사 람 이
답 이 다

사람이 답이다

발행일   2017년 8월 4일

지은이   하 옥 선
펴낸이   손 형 국
펴낸곳   (주)북랩
편집인   선일영   편집   이종무, 권혁신, 송재병, 최예은, 이소현
디자인   이현수, 김민하, 이정아, 한수희   제작   박기성, 황동현, 구성우
마케팅   김회란, 박진관, 김한결
출판등록   2004. 12. 1(제2012-000051호)
주소   서울시 금천구 가산디지털 1로 168, 우림라이온스밸리 B동 B113, 114호
홈페이지   www.book.co.kr
전화번호   (02)2026-5777   팩스   (02)2026-5747

ISBN   979-11-5987-694-3 03810 (종이책)   979-11-5987-695-0 05810 (전자책)

이 도서의 국립중앙도서관 출판예정도서목록(CIP)은 서지정보유통지원시스템 홈페이지(http://seoji.nl.go.kr)와
국가자료공동목록시스템(http://www.nl.go.kr/kolisnet)에서 이용하실 수 있습니다.
(CIP제어번호 : CIP2017018650)

(주)북랩 성공출판의 파트너
북랩 홈페이지와 패밀리 사이트에서 다양한 출판 솔루션을 만나 보세요!
홈페이지 book.co.kr   •   **블로그** blog.naver.com/essaybook   •   **원고모집** book@book.co.kr

하옥선 에세이

사 람 이
답 이 다

상 처 받 은   사 람 들 의   마 음 치 유   이 야 기

북랩 book Lab

남들은 다 자는, 아니 남들은 이제 일어나는 아침 6시에 난 왜 아직 잠도 안 자고 이 시간까지 이러고 있냐 하면? 가슴이 답답해서, 뭔가 체한 것 같고 어지럽고 온갖 쓸데없는 생각들 때문에 잠이 들지 못해서.

집안의 공기도 마음에 안 들고, 건조한 것 같고, 짜증도 나고, 눈물이 나서 뭐 이런 감정 내 기분을 지금의 남자친구에게 말한들 귀찮은 듯 "오늘 또 예민하네, 그날이가? 왜? 또, 뭐?" 하는 소릴 들을 게 뻔해서 말하기 싫고, 부모님은? 더, 말하기 싫다. 더 이상 그들이 하는 말이 위로가 되지 않아 혼자 노는 법을 배워가듯 나에게 스스로 위로를 건네는 글을 쓰고 있다.

나? 나는 '미친년'이었다. 그야말로 밑도 끝도 없이 잘난척하는 '미친년'. 자기 하고 싶은 대로 다 해도 친구들과 남자친구들에게 열렬한 응원과 사랑을 받던, 그것만으로도 신나 하고 행복해하던 그런 '미친년'.

그 좁은 통영 시내를 표범 무늬 바지, 빨간 바지, 초록 코트를 미친 자신감으로 소화하고는 사람들의 시선을 즐기며 무척이나 행복하다고 즐겁다고 하던 '이상한 년'.

힘들다며 투덜거리다가도 곁에서 누가 소주병만 흔들어도 진짜 '미친년'처럼 '깔깔'거리고 웃던 그런 '미친년'.

그 '미친년'이 왜? 심장이 찢어지나? 뜨거운 불덩어리가 몸속 어딘가를 계속 돌아다니며 내 속을 뜨겁게 들쑤시고 다닌다. 너, 혹시 병난 거 아니야? '미친년'이 미친 짓을 하지 못하고 사니까 아픈가 보다. 왜 잠 못 들고 이러고 있냐? 왜? 사랑이, 인생이 잘 안 되냐?

사랑받는다는 것이 얼마나 행복한지, 얼마나 큰 힘이 되는지 알았던 사람이 바로 나였다. 사랑하고, 사랑을 받는 것만큼 나를 웃게 하고, 움직이게 하고, 잘하고 싶다고, 할 수 있다고 용기를 주는 것이 없다는 걸 알고 있었다.

지금 너무 간절하게 처절하게 그 사랑이라는 것이, 사람이 그립다. 사춘기를 겪을 때 이성 친구가 생기면 한결 수월하게 사춘기를 넘길 수 있다. 내가 보기에도 못난 내 얼굴, 눈, 코, 입, 피부, 주근깨, 여드름, 키 등을 예쁘다고, 멋있다고 말해주는 단 한 사람만 있어도 그 힘들고 어렵다는 사춘기 시절 외모 콤플렉스는 더 이상 아무것도 아니다. 세상에 대해 나에 대해 던지는 그 온갖 철학적인 인생관, 이성관, 연애관을 자유롭게 토론하고, 싸우고, 이해하고, 납득하는 과정을 또래 친구들과 충분히 나누고 교감하는 것이 그 시절 반드시 필요하다. 가족 문제, 학업이나 학교문제에 온통 비관적인 생각들이 쏠려있을 때 좋아하는 이성이 내 편이 되어준다면 그냥 그것만으로도 세상이 긍정적으로 변한다.

실은 사춘기뿐만 아니라 어른이 된 지금도 이 험난한 세상에 살아나가는 동안, 버텨내는 동안 내 편이 되어주는 사람, 사랑 때문에 힘을 내고 의지하며 헤쳐 나가 보자고 용기를 낸다.

> 사랑하는 것은 사랑받는 것보다 행복하나니라
> - 중략 -
> 사랑하는 것은 사랑받는 것보다 행복하나니라
> 오늘도 나는 너에게 편지를 쓰나니
> 그리운 것들이여 그러면 안녕
> 설령 이것이 이 세상 마지막 인사가 될지라도
> 사랑하였으므로 나는 진정 행복하였네라
>
> — 유치환, '행복' 중에서

사랑하였으므로 나는 진정 행복하였다. 요즘은 사랑이 뭔지 모르겠다고 할 정도로 사랑하기 어렵다. 사랑은 퇴색되었고 재고 따지는 것이 많아졌다. 사람과 사람이 어쩔 수 없이 한데 어우러져 살아가야만 하는 세상이라면 상처받은 마음을 달래고 보듬어 주고 안아주면서 함께 살아갈 수 있는 힘. 그 사랑이라는 힘을 모르는 척하지도 말고, 피하지도 말고, 용기 있게 쟁취해 가야 한다. 서로가 서로에게 의도했든, 의도하지 않았든 상처를 주고받는 사회 속에서 더 이상 혼자 아프지 말고 혼자 힘들지 않기를 바라는 마음에서 글을 쓴다.

누구에게나 무섭고 힘들고 암담한 순간들이 어쩌면 아니 반드시 한 번쯤은 찾아온다. 그때 희망의 한 줄기 빛과 같은 인연이 나타나 나를 구하기도, 내게 용기를 주기도 한다. 나도 누군가에게 그 빛이 될 수 있다. 유치환 시인의 시처럼 '사랑하는 것은 죽는 그 순간까지

우리의 삶에 있어 그 어떤 약보다 더 강력한 수면제, 진정제, 마취제
가 되어 주리라 믿는다.

> 내가 그의 이름을 불러주기 전에는 그는 다만 하나의 몸짓에 지나지
> 않았다
> 내가 그의 이름을 불러주었을 때 그는 나에게로 와서 꽃이 되었다
> - 중략 -
> 우리들은 모두 무엇이 되고 싶다
> 나는 너에게 나는 너에게 잊혀 지지 않는 하나의 눈짓이 되고 싶다
>
> — 김춘수, '꽃' 중에서

지금 당장 죽고 싶고, 내가 죽으면 이 고통의 시간이 끝날 것 같은
순간이 한 번쯤은 찾아온다. 그때 죽지 말기를 바란다. 어떤 어렵고
힘든 순간에도 부디 죽지 말고 살아서 누군가 한 사람에게라도 사랑
을 전하길 바란다.

내가 그의 이름을 불러준다면 세상에 그 피지 못한 그 흔한 봉우리
하나가 한 떨기 아름다운 꽃이 되어 향기를 전하게 되지 않을까?

받은 사랑을 군이 다시 그 준 사람에게 똑같이 주어야 한다는 것이
아니다. 어떤 식으로든 어떤 방식으로든 우리는 누군가에게 의미가
되고 싶고, 사랑하였음으로 행복할 수 있다. 세상엔 많은 다양한 사람
이 있다. 하지만 변하지 않는 진리 중 하나는 사랑이 있고 돈이 없을
때 조금은 불행하다 느낄 수는 있다. 하지만 돈은 있고 사랑이 없을
때의 그 헛헛함과 공허함은 사람을 황폐하게 만들 수 있다는 걸 나는

몸소 배웠다. 부디 둘 중 단 한 가지를 선택해야 한다면 사랑을 선택하시길. 상처가 너무 깊어 누굴 안아줄 수 없을 것 같을 때는 모든 걸 내려놓고 사랑을 구걸하시길. 그래서 그렇게라도 사랑을 받고 그 상처가 조금만 치유된다면 다른 이에게도 부디 조금만 베푸시길 바라는 마음이다.

마음이 차가운 사람은 사람을 돈으로 보기 때문에 돈을 벌기 쉽다. 사람을 돈으로 보는 사람들 때문에 상처받고 이용당하지 말고 만약에 상처가 있다면, 이용당했다면 그것 역시 사람으로 치유받으시길 바란다.

내가 뜨거운 눈물을 흘릴 때 격려해 주고, 눈물을 닦아주는 것은 돈이 아니라 가슴 따뜻한 사람임을 잊지 말았으면 하는 바람이다.

2017년 7월
하옥선

사람이 답이다

5장 결국은 사람이다

1 장

누구나 상처는 받는다

살아간다는 것, 이 세상에 나 혼자가 아니라는 것, 더불어 살아간다는 것, 상대방이 의도했건 의도하지 않았건 부딪치게 될 때마다 누구든 상처를 받을 수밖에 없다. 관계는 세상에 태어나면서부터 이미 시작된 것이라 부모와 형제에게서부터 상처가 시작된다. 친구를 사귀면 그 친구들로부터 상처를 받게 되고, 연인을 사귀면 그 연인으로부터 그 연인의 주변인들로부터 상처를 받게 된다. 사회생활을 시작하면 그때부터는 사랑과 연민 따위의 감정 때문에 상처받는 게 아니라 그 조직이 원하는 소모품으로써 적합한가, 아닌가에 따라 상처의 크기가 달라질 뿐 누구나 상처를 받는다. 나를 잃지 않으면서 상처를 극복하고 이겨내는 훈련이 반드시 필요하다.

나 혼자서는 따로 행복할 수 없다. 원하든 원하지 않았든 우리는 서로 연결되어 있기 때문이다.

— 달라이 라마

무심코 던진 한마디

"공부하기 싫으면 공부하지 마라. 저어기 어데 굴 까러 가거나 오봉 한 개 들고 씹이나 팔러댕기면 된다."

"가시나가 젖탱이만 커서 뭐할래? 지 애미 닮아가지고."

무척이나 거친 표현이지만 이와 같은 말들을 어릴 때부터 매일 같이 듣고 자랐다. 어린 시절 엄마와 아빠는 결국 이혼했고, 할아버지는 우리를 볼 때마다 아들과 손녀들 버리고 간 며느리 얼굴이 생각이 나셨던가 보다.

"앞길 창창한 인생 말아먹고 내뺀 년!"

"지 애비 등골 빼 먹은 년!"

"네가 아들로 태어났으면 네 애비 인생이 달라졌을 낀데, 계집애로 태어나서…"

이러한 이야기는 언제 들어도 내가 이 세상에 태어나지 말았어야 했나? 내가 없어지길 바라시는 건가? 하는 생각을 하게 만들었다. 어른이 되어서 동생과도 이런 이야기를 나눈 적 있다.

"언닌 그래도 사랑받는 순간이라도 있었지. 난 그런 순간조차 없었어. 진짜 언니조차 없었으면 난 어떻게 됐을까?"

어린 나도 상처였지만 더 어린 동생도 상처를 받고 있었다. 원망과 미움, 탄식이 만들어낸 화살이 나에게만 꽂힌 것이 아니었나 보다.

"아, ××. 얼굴도 진짜 뭐같이 생긴 년을 오빠들이 왜 좋아하지?"

"맨날 해주니까 놀겠지, 뭐 볼 거 있다고."

"저 ××년은 맨날 뭐 믿고 저리 나대는데, 잘났나?"

"××년 아주 지 세상이네, 좋단다. 아주 지랄을 해요."

무슨 년, 무슨 년 하도 욕을 많이 들어서 이젠 어떤 년도 별로 욕처럼 와 닿지 않는다. 중1 때부터 술을 배웠는데, 그때 술을 배우지 않았으면 난 이 세상에 숨 쉬고 있을까? 하는 생각이 들 정도로 암울한 시기를 겪고 있었다. 애써 밝은 척을 하며 강한 척을 했지만, 사실은 너무 아파서, 힘들어서 누구든 붙잡고 떠들고 이야기하고 싶어 했다. 혼자 있을 때 찾아오는 어두운 내 모습이 싫어 오버든, 가식이든 사람과 함께 있어야 했는데, 술은 좋은 핑계가 되어주었다.

16~17년 전 채팅과 요즘 채팅은 의미도 많이 다르고 내용도 달랐다. 다른 아이들에게 어렵다는 그 채팅이 나에겐 너무 쉬웠다. '세레나데의 여왕' 내가 세레나데에 나타나서 술 한잔하자고 하면 하루에 5~6개의 번호를 받아 내는 건 일도 아니었다. 그렇게 또래 아이들과 만나 많은 이야기를 나누며 술잔을 나누었다. 이런 내 모습이 일반적인 시선으로는 납득이 잘 안 되고, 비행청소년 같고 뭔가 어울리면 안 될 것 같은 인상을 줄 수 있다. 근데 또 진짜 비행청소년, 진짜 노는 아이들이 볼 때의 나는 자기들 그룹도 아니고 그렇다고 공부하는 그룹도 아니고 소속도, 정체도 알 수 없는 년이 통

영 시내에 모르는 오빠가 없으니 어이가 없을 수밖에. 하물며 하루는 위에선 선배들이 "저년 뭔데?" 하고 나를 예의 주시하고 있고, 또 어떤 날은 자신들이 좋아하는 오빠들 입에서 내 이름이 나오며 내가 그 남자와 사귀어 주지 않았다고 내가 어떤 아이인지 궁금하다고 하니 뭘 곱게 넘기려야 넘길 수가 없었겠지. 평범하지도, 완전히 까지지도 못한 어중간한 '년'이 자기 잘난 맛에 아주 지랄 발광을 하고 통영 시내를 휘젓고 다닌다고 칠 공주라는 아이들이 하루가 멀다 하고 찾아와 내게 세상의 욕들을 쏟아냈다. 그 긴긴 모진 고문의 시간, 나는 육체적인 폭력 사건이 생겼다면 아마 그 '년' 죽고, 나 죽자고 달려들었을 '년'이었다. 근데 떼로 몰려와서 자기들끼리 비아냥거렸다가 인신공격을 했다가 온갖 욕을 지껄이는데, 이 시간이 빨리 끝이 나길 참는 것밖에는 답이 없었다. 무리 지어 다니는 아이들은 나를 흥밋거리, 이야깃거리 정도로 생각했는지 몰라도 나에게는 내 친구라 믿었던 그 친구가 그 무리에 속해 그곳에 서서 웃고 있는 것 자체가 폭력이었다. 대항할 수 없는 폭력.

한마디, 한마디가 뼈에 사무치지 말았어야 했다. 그중에서도 창녀라는 단어는 네게 그 뜻도 모르던 시절에도 충격이었다. 왜, 말로 사람들을 찔러서 죽음으로 몰고 가는 것일까? 알고 하는 것일까? 모르고 하는 것일까? 내가 정말로 죽어 없어지길 바라는 것일까?

내 상황, 내 이야기에만 너무 집중하고 있으니 세상만사가 어렵고 복잡했다. 그때 또래 친구들의 고민들을 듣고, 이야기 나누고 해결책을 같이 고민하다 보니 자연스럽게 내 문제는 별 게 아닌 것처럼 느껴지기도 하고 우연히 답을 찾는 경험도 수없이 했다. 채팅에서 '술 한잔 할까?'로 시작된 또래 아이들과의 인생 상담은 그 아이들의 인생도 바꿨고, 나의 인생도 바꿨다.

"난 형보다 뭐든지 못 하고 부족해서 항상 비교를 당해. 형이 없어졌으면 좋겠어. 부모님은 날 사랑하지 않아."

"난 찌질한 놈이야. 이번에도 성적이 오르지 않으면 날 어디 딴 곳으로 보내버리겠다는데, 도무지 성적이 오르질 않아. 내가 창피하신 거야. 난 이 세상에 왜 태어난 걸까?"

"너희 그런 부모님이라도 있지, 난 내가 아르바이트를 하지 않으면 동생이랑 나, 몸이 불편한 어머니는 당장 라면 하나 끓여 먹을 수도 없어. 난 이 짐을 그만 벗어버리고 싶지만 죽을 수도 없어. 차라리 빨리 어른이 돼서 돈이라도 많이 벌 수 있었으면 좋겠어."

10대 때만 할 수 있는 나를 찾는 시간. 이 외로운 시간에 형제나 부모님은 응원보다 원망이나 질책을 먼저 한다. 스스로 극복하길 바라셨거나 극복된 줄 아시겠지만 우린 그 시절 우리를 불신하던 그 눈빛과 말들이 평생 가슴속에 남아있다.

털어내고 털어내도 아직도 남아있는 우리의 이 응어리들을 그때 우리들 스스로가 서로 공감하고 소통하면서 응원하고 지지해주기를 하지 않았다면? 술 한잔에 털어버릴 수 있는 지혜를 배우지 못했다면 얼마나 더 많은 상처들이 덧나서, 곪아서, 멍들고 병들어갔을지 생각만 해도 끔찍하다. 우리는 살기 위해서 행복을 찾아서 본능적으로 서로를 응원하고, 서로를 믿어주었던 것 같다. 우리도 에너지를 채워야 살 수 있지 그렇지 않으면 지금 당장 서 있기조차 힘들어 앞으로 걸어갈 엄두가 나지 않을 테니 말이다.

사람이 답이다

우리를 미워하는 사람들에게 신경 쓰고, 마음 쓰고, 그들의 원하는 대로 해주기 위해 나를 더 아프게 하지 않길 바란다. 그들은 우리가 그들을 무서워하며, 숨어 지내면서 자신들 눈에 띄지 않기를 바라는데, 우리가 왜 굳이 그들이 원하는 대로 해주어야 하는가? 내 옆에 내 손을 잡아줄, 나를 응원하고 지지해 줄 친구를 찾아라. 그리고 그와 함께 더 하고 싶던 것들 실컷 하며 자유롭게 그들이 감히 따라올 수 없을 정도로 신난 발걸음으로 우리의 길을 가자. 우리가 지쳐 쓰러지길 바라는 사람들에게 본때를 보여줘도 된다. 우리는 행복에 겨워 달려가 버리면 그뿐이다.

많은 연예인이 무성한 소문과 악성 댓글에 시달리며 결국은 자살을 선택하기도 하고, 우울증이나 대인기피, 공황장애 등을 앓기도 한다. 예전에는 연예인에 국한된 이야기처럼 느껴진 게 사실이었지만 이젠 주변에서 찾아보기 어렵지 않을 만큼 점점 더 많은 사람이 고통에 시달리고 있다. 나를 만나는 사람들은 각자 사람에 대한 불안과 상심을 털어놓는다. 사연마다 차이는 조금씩 있지만 결국은 주변에다가 자기 이야기를 안 좋게 하고 다니는 사람이 있는데, 그 이야기가 커지고 커져서 이젠 무리에서 나를 바라보는 시선이 안 좋아진다. 어떻게 해야 할지 모르겠다는 것. 난 이럴 때 주위에 얼마나 확실한 내 편이 있는지 살펴보라고 한다. 그들을 믿고 그럴수록 그들과 더 단단해지라고 말한다. 그 안에서 행복해지라고 말한다.

전교생을 상대로 '은따'를 시킨 경험이 있는 나에게는 그것이 가장 중요했다. 절대적으로 나를 믿어주는 사람이 한 사람만 있어도 일단 버틸 수 있는 힘이 생긴다. 두 사람 세 사람 많으면 많을수록 좋겠지만, 그 한 사람이 있고 없고는 극명한 차이를 보이기 때문이다.

"언니, 제가 좋아하는 작가님이 그런 말씀을 하셨어요. 세상엔 내가 태어나기도 전부터 나를 싫어하는 사람 1/3과 나에게 무관심한 1/3, 나를 지지해주고 응원해주는 1/3이 있다고. 그니까 언니를 싫어하는 1/3 때문에 신경 쓰고 맘 아파하지 말고, 그럴 때일수록 언니를 지지하고 응원하는 언니가 사랑받을 수 있는 곳에 가서 에너지를 채우세요. 언닌 충분히 사랑받을 만한 가치가 있는 사람이에요. 그들도 그걸 알고 질투하는 거예요. 그들의 말에 신경 쓰지 마세요."

사실 이렇게 말하고 나면 나 스스로에게 말하는 것 같다.

'신경 쓰지 마. 이럴 때일수록 나를 사랑하는, 내가 에너지를 채울 수 있는 곳에 가서 행복해지면 돼. 네가 행복해지면 더는 그들이 하는 말은 들리지 않을 거야.'

사람이 답이다

이별의 아픔

새하얀 드레스 수줍은 발걸음 꿈꾸는 설레임

나만을 믿고 내 곁에 선 소중한 그대

차가운 시선이 우릴 막아설 땐 슬퍼도 했지만

어느새 그댄 사랑으로 날 감싸 주었죠

그대도 나도 아닌 다른 이유로 아파해야 했던 날

참아준 그대

약속할게요 더 이상의 눈물은 없을 거란 걸

— 유리상자, '신부에게' 중에서

   내 생일, 단골 노래방으로 친구가 불러 갔더니 문을 열고 들어선 내게 유리상자의 '신부에게'를 불러주며 친구들이 잔뜩 모인, 풍선으로 가득 예쁘게 꾸며진 큰 방 한가운데서 한쪽 무릎을 꿇어 내게 손등 키스를 해주며 생일 축하한다던 남자친구가 있었다. 나의 첫사랑과 별개로 나의 열여섯, 열일곱을 가장 설레고, 따뜻하게 만들어준 사람. 베이스를 치며 밴드 활동도 했던 이 남자는 자기 고등학교 축제에 날 불러 무대에 선 모습도 보여주고, 가이드도 해주며, 남자 고등학교 안에서 축제 분위기 속에 달콤한 키스도 해보게 해준 진짜 멋진 남자였다. 야간자율학습을 위해 먹는 저녁 밥값을 모아 내게 커다란 마시마로 인형을 선물했고, 내가 부르면, 내가 보고 싶으면 그 긴 다리로 언제, 어디에서든 숨이 차게 달려와서 나를 안아주었던 남자였다. 명문고에 다니던 그 남자는 내게 영어공부도 가르쳐 주었는데, 난 그때 그 남자에게 배운 'stay - 머무르다'라는 단어를 접할 때면 곧바로 그 남자가 떠오른다. 참 멋진, 그리고 나를 많이 사랑해준 남자였다. 늦은 밤 사람 없는 한적한 공원으로 불러서 갔더니 반 친구가 여자 친구에게 고백하는 거 도와주려고 다들 고생해서 만든 공원을 가득 채운 촛불 하트를 내게 먼저 보여주고 싶어 불렀다며 해맑게 웃던 그런 로맨틱한 남자였으며, 나를 찬 유일한 남자였다. 그 후로 아직도 나는 남자에게 차여본 적이 단 한 번도 없지만, 그렇게 어이없게 차여본 적도 처음이었다. 내 같은 반 친구였고, 내 덕에 내 남자친구의 가장 친한 친구와 양 동생이 되면서 함께 행복한 시간을 많이 공유하던, 믿었던 그 여자애가 어느 날부터 내 인사를 씹고, 연락을 피하고, 다른 무리를 만들더니 나를 '왕따'시키기 시작했다. 그때 맞춰 그 남자도 연락이 안 됐었다. 며칠 만에 걸려온 그 남자의 전화에 반갑고, 걱정 섞인 맘으로 분수대로 달려갔다.

그 남자가 내게 아주 냉정한 말투로 "너 창녀야?"라고 물었다. 내가 세상에서 제일 사랑받고 있다고 생각하던 순간, 그 순간을 만들어준 남자에게 듣게 될 말이라고는 상상하지 못했던 말. 난 잠시 침묵을 유지하고는 주변을 살펴봤다. 아니나 다를까 저 뒤편으로 그 여자애랑 무리들이 숨어있는 게 보였다. "뭐? 어, 나 창녀 맞다.

이 말이 듣고 싶었나?"고 말해주고 자리를 떴다. "나를 제일 잘 아는 '놈'이 여자애들 말에 휘둘리고 휩쓸려서 사랑하는 여자한테 어떻게? '병신 같은 놈', 너 같은 '놈'한테 변명 같은 거, 설득 같은 거 하고 싶지 않다. 네가 생각하고 싶은 대로 생각하고 괴로워해라. 넌 창녀랑 사귄 놈이 된다. 이 안타까운 놈아!" 하고 보내줬다.

어찌나 아프고 눈물만 나던지 상처가 쓰라리고 아려서 도려내고 싶을 만큼 진한 아픔을 가르쳐준 남자였다. 김소월 시인의 '못 잊어'라는 시를 온통 써가며 이별을 덤덤하게 받아들이려고 애썼다. 'O'와 'S'. 이 두 여자는 내 소문이 진짜가 아님을 알고 있으면서 질투에 눈이 멀어 멀쩡한 커플을 파탄 내고, 내 이야기를 뒷담화거리 삼아 하고 다니며 우쭐해 했는지는 몰라도 너희 이름은 잊혀지지 않더라. 내가 너무 좋아하던 너희에게 놀아나 나랑 헤어진 그 남자를 'O' 네가 다시 사귄다는 이야기를 들었을 때 허탈하면서도 안타깝기도 했고, '그 남자, 나 못 잊을 텐데.'라는 자신감도 있었다. 김건모의 '잘못된 만남'이 이런 건가 싶다가도 그 '병신' 무말랭이 같은, 착해빠진, 약해빠진 그 남자가 너무 미웠다.

이후에 그 남자는 나를 그리워하느라 고3 생활과 수능을 망쳐서 대학을 부산으로 갔다며 한번 만났었다. 너희가 원한 게 이런 거였는지 묻고 싶다. 그 시기와 질투로 도대체 몇 명의 인생이 변한 건지 너희는 알고는 있니?

나는 일반적인 시선으로 보면 이상한 년이 맞다. 월, 화, 수, 목, 금, 토, 일 매일매일 다른 남자들과 신나고 재밌게 사는 고삐리, 부모님 간섭, 용돈 걱정 같은 거 없이 제멋대로 사는 '년'. 그래도 그렇지 가십이고, 이야깃거리에 지나지 않는 이 '이상한 년'의 이야기에 뼈대를 세우고 살을 붙여 사실로 만든 '년'들이나, 그 말이 사실이 아님을 누구보다도 잘 알 만한 '놈'이 용기가 없어 이래저래 휘둘리며 자기가 사랑하는 여자랑 헤어진 '놈'이나 다 똑같다.

난 그 이후로 증권가 찌라시건, 연예인 이야기건 주위듣는 내용은 남에게 가급적 옮기지 않는다. "직접 들었어?", "직접 경험한 거야?"라고 꼭 확인한다. 어느 여자 연예인이 걸레라는 둥 그래서 그 남자 연예인이 그 여자 연예인과 잤는데, 그 사실이 방송 중에 나왔다는 둥 이런 이야기를 내가 옮기기만 해도 당사자인 사람들은 상처를 받을 수 있다. 지금은 각자 결혼해서 다들 너무 예쁘게 살고 있다. 보란 듯이 그렇게 해줄 필요도 있는 듯하다. 이제 와서 그들이 밝히는 진실을 들어보면 그때는 아주 대한민국이 떠들썩하게 진실인 양 떠들어 댔던 사람들이 또 고개를 끄덕이면서 "그랬어?" 그냥 그러고 만다. 그 사람들은 사실이건 아니건 그것이 중요한 것이 아니다. 심심풀이 오징어 땅콩처럼 질근질근 씹어 술안주나 하려는 것이다. 나라도 남의 이야기 술안주 삼아 씹어 대며 살지는 말자고 하며 살아가는 중이다.

이런 어이없는 이별을 하고 나서 실은 남자를 잘 믿지 못하게 됐다. '그대도 나도 아닌 다른 이유로 아파해야 했던 날 참아준 그대. 약속할게요. 더 이상의 눈물은 없을 거란 걸'이라고 했던 남자는 남들도 잘 입에 담지 않던 그 창녀라는 단어를 입 밖으로 내면서 내 가슴에 씻을 수 없는, 지워지지 않는 낙인을 새기고 떠났는데, 어떤 남자가 나를 감당할 수 있을까 하는 겁이 났다.

사랑하는 이들이여, 부디 이별해야겠거든 둘만의 문제로 둘이, 안 맞아서 헤어지길 바란다. 주변의 시선이나 떠도는 이야기, 일어나지도 않을 이들 때문에 겁먹고 지레짐작해서 사랑하는 이와 이별하는 바보 같은 짓은 하지 않기를 바란다. 그대들의 사랑을 응원하는 사람보다 어쩌면 잘 안 되기를 바라는 사람이 더 많을 수 있다. 상대가 매력적이면 매력적일수록 그런 호기심과 질투는 훨씬 더 많을 수 있다. 용기 내고 서로 믿어주어서 말도 안 되는 이별을 하지 마시길. 그리고 혹시 그동안 심심풀이 땅콩으로 남의 이야기 함부로 하고 옮기고, 비난하고, 판단하는 걸 즐겼다면 지금이라도 멀쩡한 사람들 눈에서 눈물 쏟게 하고 상처 주는 것을 재미로 하는 어리석은 짓은 이제 제발 그만하시길 바란다. 누구나 언제든 가해자도 피해자도 될 수 있다는 사실을 잊지 않았으면 좋겠다.

식어버린 사랑

　중·고등학교 때 내가 채팅 시 사용했던 이름은 '하주란'이었다. 하주란은 내 그리움의 집약체 같은 거였다. 아빠, 엄마가 가장 사랑할 때 나만을 위해 지어주신 그리움과 사랑의 상징, '주님의 꽃'이라는 뜻으로 두 분은 서로 얼마나 사랑했고, 반가워했고, 또 나를 얼마나 사랑했는지 알 수 있는 이름. 그 이름으로 아빠, 엄마와 계속 살았다면 어땠을까? 어떤 모습일까? 내가 6~7살 때 아빠, 엄마는 헤어졌다. 내가 미운 6살, 미운 7살 시절 말을 지독스럽게 안 들어 처먹었겠지. 지금도 고집이 세고, 하고 싶은 게 있으면 해야 하는 성격인데, 나를 무지 사랑하는 여린 엄마에게 내가 얼마나 못되게 굴었을지 안 봐도 선하다. 나 같은 딸 낳을까 봐 겁나서 아직 아기를 못 낳는 거 아니냐고 동생이 놀릴 때 실은 나도 겁이 좀 날 정도니.

　아빠, 엄마가 이혼하던 날이었던 것 같다. "주란아, 엄마한테 전화 왔는데 받아볼래?" 우리를 숙모네 집에 맡기고 두 분이 법원에서 만났겠지. 법원에 들어서기 전에 엄마는 마지막으로 숙모 네서 아무것도 모르고 놀고 있을 내 목소리를 듣고 싶었던 것 같다.

　"어, 엄마."

　"응, 주란아, 너 진짜 엄마 없이 살 수 있나?"

지금 생각해보면 내가 이 순간에 엄마를 잡았다면 '아니, 안 돼, 못 살아, 엄만 나 없이 살 수 있어? 가지 마.'라고 했다면 다들 다른 인생을 살고 있을까? 아직도 그 무언가를 원하는데 말하지 못하고 있는 그 힘없는 애틋한 목소리가 귀에 맴돈다.

"응, 나 엄마 없이 살 수 있어."

오기 같은 것 같다. 반발심 같은 것일 수도 있다. 아니면 매일 당하기만 하는 엄마가 짜증났던 걸까? 그때의 난 엄마 없이 살 수 있다고 말했다. 왜 그랬을까? 그 목소리가 또렷이 기억이 나서 내가 더 밉다. 동생에게 더 미안하다.

22살 겨울이 지나고 따뜻한 햇살이 이제 제법 반가움을 넘어서 익숙해져 갈 때쯤 동생의 임신소식을 들렸다. 나랑 한 살 차이니까, 동생 나이 21살 때다. 너무 놀랐고, 당황스러웠고, 무서운데 내 동생과 제부는 오히려 태연했다. 나보다 더 무서웠을 당사자들은 어른들이 아기를 지우라고 할까 봐 당당한 척했던 것이다.

"지우자, 은미야. 니 아기엄마가 되기엔 너무 어리다. 연애도 하고, 취직도 하고, 해보고 싶은 거, 하고 싶은 거 없어? 안 돼. 지워야 해."

"언니야~ 나 못 지워. 내 뱃속에서 꿈틀대는 게 느껴지는데 어떻게 지워~"라고 코끝이 찡해지는지 콧물을 훌쩍이며, 울먹이며 말하는 동생의 두려움이 전화기 넘어 전해지면서 말문이 막혔다. 뱃속에서 꿈틀대는 게 느껴진다고? 그러곤 생각했다. 엄마도 이런 기분이었을까? 동생은 엄마가 얼마나 보고 싶을까? 그러곤 엄마를 수소문하기 시작했고 드디어 통화가 됐다. 은미의 임신소식을 듣고 엄마도 많이 놀랐다. "주란아, 엄마는 은미가 엄마처럼 살까 봐, 엄마랑 똑같은 전철을 밟을까 봐 겁이 난다. 뭘 이렇게 일찍…"이라고 말하는 엄마에게서 연민 같은 게 느껴졌다. 십여 년 동안 한 번도 듣지 못한, 느껴보지 못한 엄마라는 사람의 떨리는 목소리. 그리고는 마산 역에서 엄마를 만났다. "어? 생각보다 키가 작네, 느그 아빠 닮아서 클 줄 알았더니 딱 느그 아빠네. 우찌 나랑은 하나도 안 닮았노." 날 거의 14~15년 만에 만난 엄마의 첫 마디였다. 실은 길거리 지나가다 봤으면 몰라보고 시비가 붙을 수 있을 정도로 난 정말 못 알아봤다. 분명 여기 마중 나온 사람 중에 40대 초반인 여자를 찾으면 될 일이었는데, 날 보고 먼저 아는 체 해주지 않았다면 지나쳤을까 봐 걱정됐다.

이 엄마라는 사람도 불쌍하고 가여웠다. 같이 놀던 친오빠의 친구와 스무 살도 안 된 나이에 별난 연애랄 것도 없이 내가 태어나버렸고, 연년생 딸아이 둘 낳고 사는데 신랑은 돈 벌어온다고 바다로 배 타고 나가버려서 혼자 그 외롭고 긴긴밤을 아이들에게만 의지하며 살아갔단다. 남편 없는 집에 불쑥불쑥 찾아와 검문검색을 하며 살림도 하나 못 사는, 아들도 하나 못 낳고 딸만 싸지르는, 당신 아들 인생 말아먹은 여자취급을 하는 할아버지의 시집살이를 견디며 육아도 뭐도 다 처음인 이제 갓 스무 살이 된 여자는 그렇게 두 딸아이의 엄마로 너무 외로운 힘든 시간을 보냈다. 딸들은 자신도 그리운 아빠만 찾지만 정작 육지에도, 집에도 잘 들어오지도 않는, 잘생기고 잘난 어린 남편에 대한 원망이 이 긴 세월이 지나도 남아있었다.

예쁜 사랑을 하다가도 헤어지고, 아기 낳고 살다가도 싫으면 헤어진다. 시부모님과 주변 사람들의 응원을 받지 못하고 미움을 받고, 의심받기에 지쳐서 헤어지고, 경제적인 상황 때문에 같이 있지 못해 외로워서 헤어진다. 헤어지고, 헤어지고, 헤어지고…. 난 이 헤어짐이 싫다. 헤어짐이 좋은 사람이 어디 있겠냐고? 헤어질 수 없다는 마음이 아주, 아주 간절한 사람, 어떤 고난과 역경 속에서도 함께 이겨내고 주변으로부터 응원을 끌어낼 수 있는 사람과 만나 튼튼하고 따뜻하며 견고한 사랑을 하고 싶다. 그런 가정에서 내 아이와 사랑하는 사람이 사랑하며 살고 싶다. 매일 날 웃게 해줄 사람, 헤어지지 않을 사람을 찾고 싶다. 그래서 미녀들이 개그맨과 결혼하는 걸까? 다정하고, 긍정적이면서 열정적인 책임감이 있고, 생활력 강한!

'냄비 같은 사랑보다 뚝배기 같은 사랑을 하라'는 말을 한 번쯤을 들어봤을 것이다. 쉽게 달아오르고 쉽게 식어버리는 사랑보다 시간이 좀 걸리겠지만 나는 오래 두고 서서히 달아올라도 식지 않는 사랑이 좋다. 그래야 더 오래 볼 수 있고 오래 만날 수 있으니까, 적어도 사람 잘못 봤다며 사랑하다 홀쩍 떠나가 버리는 일은 없을 테니까. 나도 준비라는 걸 할 수 있을 테니까. 헤어짐을 위한 사랑, 이별이 없는 사랑이 없다면 하겠다. 변하는 내 마음을 잡아주고 함께 더 좋은 사랑으로, 삶으로 함께 나아가는 사랑, 그 사랑이 영원히 식어버리고 꺼져버리지 않기를….

비가 오면 생각나는 그 사람

언제나 말이 없던 그 사람

사랑의 괴로움을 몰래 감추고

떠난 사람 못 잊어서 울던 그 사람

그 어느 날 차 안에서 내게 물었지

세상에서 제일 슬픈 게 뭐냐고

사랑보다 더 슬픈 건 정이라며

고개를 떨구던 그때 그 사람

- 중략 -

안녕이란 단 한마디 말도 없이 지금은

어디에서 행복할까 어쩌다 한 번쯤은 생각해 줄까

지금도 보고 싶은 그때 그 사람

이제는 잊어야 할 그때 그 사람

— 심수봉, '그때 그 사람' 중에서

뭐든지 식는다. 그래서 금방 식은 사랑보다 오래가는 정이 더 무서운 거라고 심수봉 언니가 그렇게 울부짖었나 보다. 사랑하는 사람과 정들어 살 수 있길 바란다. 정들어 살아도 다시 사랑할 수 있기를 바란다.

헤어짐은 당사자들에게도 아픔이겠지만 주변에서 같이 오랜 시간 함께하고 정들었던 모든 이에 대한 아픔이니까 책임감 있는 오래가는 사랑과 정을 나누길 바란다.

만약에, 만약에 아이가 있다면 자신들의 삶보다는 이 아이들이

사람이 답이다

받을 상처에 대해서도 꼭 다시 한 번 생각해 주길 바란다. 새로운 사람과의 사랑만이 사랑이 아니다. 지켜봐 주고 응원해주는 것 또한 사랑이다. 적어도 아이가 있다면 하는 말이다. 현재의 식어버린 사랑이 아이들에게 더욱 상처가 될 것이라면 떠나야겠지만, 식어버린 사랑을 자식들 때문에 이어가다 보면 또 아는가? 세월의 흐름 속에서 아이들이 크는 것을 지켜보다 다시 불타오르지는 않더라도 그 따뜻함을 되찾을 수 있을지. 선택은 당신의 몫이다.

마음을
열 수 없는 이유

　부모님이 이혼하셨고, 아빠는 돈을 벌러 떠나야 했다. 당시에 아빠는 장어 배를 탔는데, 그때 통영은 장어 뱃사람들이 다녀가면 지나가는 개도 만 원짜리를 물고 다닌다던 그런 풍요의 상징이었다. 안쓰럽기도 하고 그 장어 배 딸애를 맡아주기만 하면 거액의 생활비를 주니 맡아준다고 했다가 도저히 안 되겠다며 다른 집으로, 또 다른 집으로 그렇게 새로운 곳에 적응하며, 또 적응하지 못하며 12살이 되었다.

　이 집에서 1년, 저 집에서 1년. 이렇게 5년을 많은 집에 전전하며 어린 시절을 보냈다. 고집 세고, 호기심 많던 미운 7살 여자애는 12살 때에도 어떤 할머니 집에 맡겨졌다. 그 할머니는 알코올중독이었다. 술 먹고 주사라는 걸 처음 겪은 날, 놀란 동생을 진정시키기 위해 처음으로 노래를 불러주었다. 허밍으로 이 노래 저 노래 섞어 한참을 부르던 내 목소리와 감정은 아직도 생생하게 기억난다. 봄이 아직 오지 않은 그 계절처럼 함께가 아니었다면 이 오들오들 떨리는 몸을 감정을 다 어떻게 녹였을까?

　그때는 동생과 오랜 이별 뒤에 다시 만난 때여서 함께인 것만으로도 좋았다. "큰딸은 니가 데려오고, 작은딸은 지 애미 닮아 꼴 보기 싫으니까 하나씩 나눠!"라고 해서 동생은 엄마를 따라 외할아버지댁으로 보내졌다. 내가 이집 저집 전전하며 떨어져 산 동안에도 서로 너무 그리워서 버스가 1~2시간마다 있는 시골 외할아버지 댁을 8살짜리 어린애 혼자 시내에서 시골까지 찾아가곤 했었다. 동생에게 유일한 가족은 나였고 나를 무척이나 반가워 해주는 동생을 찾아가는 것은 내 행복이었다. 그러다 11살 때 드디어 아빠에게 졸라서 같이 살게 된 것이다.

그런 애틋한 동생과 같이 살게 된 직후여서 누구보다 든든한 엄마이자 아빠로, 언니로 동생을 지켜주고 싶었다. 술이 잔뜩 취해서 들어온 할머니는 자고 있는 우리를 깨워 "술 사 와! 술 사 오라고!" 하며 소리를 지르다가 또 갑자기 "아이고, 아이고, 가벼운 것들~" 하시면서 그 두꺼운 손으로 얼굴에 침을 튀겨가며 머리와 볼을 때리듯 쓰다듬으며 했던 말 또 하고 했던 말 또 하며 옆방의 삼촌이 제발 그만하라며 말리거나 성이 풀릴 때까지 고문은 계속됐다.

그러던 어느 날, 그날도 동생과 내가 마당에서 놀고 있었다. 할머니의 술친구인 대나무 집 아저씨가 마트에 뭐 사러 간다며 할머니에게,

"뭐 사다 주랴? 데리고 갔다 올까?, 따라갈래?" 하면서 나를 힐끗 본다.

"뭐 알아서 해라. 맛있는 거 많이 사 오고. 아저씨 말 잘 들으레이."

"나도, 나도." 동생이 같이 놀던 언니만 어디 가는가 싶어 따라오고 싶어 하자,

"넌 너무 조그마해서 아저씨 귀찮다."며 나만 딸려 보냈었다. 마트였는지 슈퍼였는지 뭘 잔뜩 사고는,

"아저씨가 땀을 흘렸다. 사우나 들렀다가 좀 씻고 가야겠다."고 했다. 그러면서,

"넌 왜 애가 이렇게 안 씻고 다니는데? 너도 가자."

교육을 받은 적도 공포감을 느낄 줄도 몰랐다. 데려간 곳은 1층은 목욕탕, 2층은 여관이었던 곳. 바로 2층으로 올라가는데도 그땐 몰랐다. 먼저 씻으라며 나를 욕실로 떠밀 때만 해도 사태의 심각성을 못 느꼈다. 목욕이 오래 걸리자 아저씨가 문밖에서,

"아저씨가 때 밀어주랴? 아주 묵은 때를 벗겨 내려나 보구나."라며 조롱했다.

"아니요. 다 씻었어요."라고 말해도 아저씨는 벌컥 문을 열어 내 몸을 확인했다. 내가 놀라자 문을 닫아주며,

"옷 입고 나와."라고 했고 옷을 입고 내가 나오자 아저씨는,

"뭔데? 이렇게 오래 걸릴 것이 없다."며 씻으러 들어가더니 정말 얼마 후 바로 나왔다. 장 본 것들을 꺼내 보지도 못하고 구경만 하며 서 있던 나를 보자 아저씨는,

"오늘 너 때문에 장도 너무 많이 봤다. 너희 동생이랑 할머니 먹을 것까지 사게 됐다. 안마 좀 해봐라."며 이불 위에 누웠다. 난 무슨 상황인지 그때도 이해하지 못했다. 나가야 하는 건 상상도 못 해봤던 터라 조그마한 손으로 등을 꾹꾹 정성스럽게 눌렀다.

"왜 이렇게 못 해? 누워봐! 안마는 이렇게 하는 거야."

나를 눕히고는 엎드려 누워있는 나를 여기저기를 만지기 시작했다.

"근육이 많이 뭉쳤네. 앞으로 돌아 누워봐."

내가 쭈뼛거리자 윽박질렀다.

사람이 답이다

"더운데 말 좀 들어라. 내가 너 잡아먹어?"

난 싫었지만, 아저씨가 화내는 것이 무서워 돌아눕자 갑자기 내 입에 혓바닥을 밀어 넣더니 바지를 벗기려고 했다. 바지가 엉덩이에 걸리자,

"옷 때문에 안마를 못 해주겠다. 너희 할매도 다 알고 보낸 거다."

라고 말했다. 강제로 옷을 벗기려고 힘으로 나를 제압했다. 발육이 남다르다고, 운동신경이 좋다고 들었는데, 어떤 힘 때문인지 나는 벗어진 채로 울며, 몸부림치는 것이 다였다. 실패했었는지 어쨌는지 화를 많이 냈고, 집으로 돌아오는 내내 뒤따르는 나를 한 번도 돌아보지 않았다. 할머니에게 장 봐온 것을 집어던지 듯 던져주고는 우리 집을 지나 자기 집으로 가버렸다. 난 그날은 간만에 고기반찬을 먹었고, 동생은 동생이 좋아하는 아이스크림도 먹을 수 있었다.

"너거 애비한테 생활비 끊어진 지 두 달 됐다."며 투덜대던 할머니도 그날은 술에 취하지도 주사를 부리지도 않았다. 그날 밤 잠을 잘 수 없었다. 그 괴물이 내 몸 여기저기를 만지고 핥았기 때문이다. 동생은 영문도 모르고 우는 나를 달랬다. 이후에 한 번 더 그런 일이 있었다. 이번엔 아주 노골적으로 바로 여관으로 향했다. 이번엔 시키는 대로 하지 않으면 너네 동생한테도 똑같이 할 것이고, 학교에도 다 소문내 버릴 거라고 협박까지 했다. 너무 무서웠다. 그땐 핸드폰도 없던 시절이었고, 아빠의 목소리는커녕 생사의 여부도 알 수 없었을 때였다. 나를, 내 동생을 지켜줄 사람이 단 한 사람도 없을 때였다. 벗으래서 벗었고, 씻으래서 씻었다. 귀를 핥으라고 해서 핥았고, 시키는 대로 했다. 너무 수치스러워서 내내 울었다. 그날 밤

울며, 달래며 겨우 잠든 우리를 할머니는 또 깨웠다. 술이 잔뜩 취해서 다짜고짜 우리를 흔들어 깨우더니 누워있는 내 뺨을 세차게 때렸다. 얼얼해진 뺨을 부여잡고 놀라서 일어나 앉자 더 심하게 머리, 어깨 등 마구잡이로 때렸다. 술에 취해서 혀는 꼬일 대로 꼬여서,

"그놈이랑 했나? 했냐고, 그놈이 니 진짜 따 먹었나?"며 몇 번이고 물었다. 나는 울었다. 동생도 울었다. 잘못했다고, 잘못했다고 왜 때리는지 할머닌 진짜 몰랐는지 물어보지도 못하고 반항 한번 못 해보고 때리면 맞으면서 계속 빌었다. 어떻게 잠들었는지 기억나지 않지만, 다음날 동생은 학교에 보내고 나는 경찰서 앞에 고소장을 작성하는 곳에 할머니와 같이 와있었다. 고소장을 작성할 때도 주변에 사람들이 있건 말건 사무실에 사람들이 있는 와중에 이것저것 아주 수치스러울 때까지 물었다. 그렇게 고소장이 작성됐고 얼마 후 경찰서에서 형사들에게도 더 강도 높은 심문을 당했다. 나에게 성기가 어떻게 생겼느냐고 물었다. 나는 그때 왜 성기를 표현하지 못했을까? 보지 못해서? 글쎄다. 아무것도 모르던 나는 눈앞에 동그란 엄지발가락같이 생긴 것이라고 말했다. 콘센트같이 둥근? 귀두, 그것만 생각이 났나 보다. 여하튼 그 괴물은 법원까지 갔지만, 처벌은 받지 않았다. 다행히? 중간에 아빠가 배에서 들어와 모든 사실을 아셨고 합의해주셨다.

12살이었던 나는 그 애틋하던 동생도 그 이후론 짐스럽고 싫었다. 어린 나에게는 '동생만 없었으면…'이라는 생각이 크게 작용했던 것 같다. 아빠는 더 싫었다. 나를 짐보다 못한 취급을 했다고 생각했다. 죽고 싶었고 울고 싶었다. 고아원에 갖다 맡긴 것과 뭐가

사람이 답이다

다른데? 이후에 난 제대로 반항이라는 걸 했고, 가출도 했었다. 다행히 좋은 친구와 친구네 부모님 집으로 가출한 것이어서 큰 탈은 없었지만, 어른을, 특히 어른 남자를 미워하게 됐다.

요즘 어린이들이 성폭행이나 성폭력에 노출되면 어른들의 자세가 중요하다고 교육한다. 처벌하는 것도 매우 중요하다고 말한다. 그 할머니가 신고하였기 때문에 나에게 더는 몹쓸 짓을 하지 않은 걸 수도 있고, 혹은 다른 아이들에게는 그런 짓을 안 했을 수도 있다. 그런데 그 과정이 너무 수치스러웠다는 것이 함정이고, 또 없던 일로 그냥 넘어가길 바라는 어른들이 있다는 것이 또 한 번의 상처가 됐다. 마지막으로 무엇보다 그 순간 나를 구해줄 사람이 단 한 명도 없더라는 그 무력함은 아직도 견딜 수가 없다.

나 스스로 상처 입은 것을 알았고, 극복하는 중이었다. 많이 극복했다고 믿었었는데, 어쩌다 한 번씩 턱턱 숨이 막히기도, 가슴이 철렁 내려앉기도 한다.

2011년, 한참 우울증 비슷한 것이 와서 살이 많이 찌기 시작할 무렵, '남자의 자격'이라는 TV 프로그램에서 연예인과 일반인들이 모여 합창을 하는 방송이 있었다. 그 프로를 보다가 나도 모르게 눈물이 났다.

눈사람이 녹은 자리 코스모스가 피었네.
세월아 가려무나 아름답게 다가오라 지나온 시간처럼,
가려무나 가려무나 모든 순간이 이유가 있었으니,
세월아 가려무나 아름답게 다가오라 지나온 시간처럼

가려무나 가려무나 모든 순간이 이유가 있었으니,

세월아 가려무나 아름답게

— 김태원, '사랑이라는 이름을 더하여' 중에서

　우리 부모는 왜 자신들의 인생에서 책임이란 끝맺음을 못 하고, 나를 이런 환경에 노출시켜야만 했을까? 정말로 나는 귀찮은 존재이고, 버림받은 존재인가에 관해 묻는다면, 이제는 아니다. 아빠는 아빠 나름대로 최선을 다했다. 그런 아빠의 희생이 있었기 때문에 나는 그럼에도 불구하고 이렇듯 밝게 자랄 수 있었다. 내가 글을 쓰겠다고 마음먹은 이유가 여기에 있다. 모든 아픔과 상처, 힘듦과 고통은 다 이유가 있더라. 그러니 이것들을 묵묵히 이겨내고, 계절이 지나고, 바람이 지나고, 폭풍우가 지나듯 이겨내고 나면, 다른 누군가의 아픔에도 더 잘 공감해줄 수 있지 않을까? 그런 아픔이 없는 사회를 만들기 위한 노력을 하면서 살아가는 더 멋진 내일이 반드시 올 것이라는 믿음도 가지게 됐다. 그리고 부모님을 더 이상 원망하지 않기로 했다.

　서른두 살쯤 되고 보니 이제는 12살 때, 22살 때 겪은 아픔이 내게 거름이 되고, 뿌리를 더 단단히 해주는 무언가가 되었음을 느낀다. 그렇게 아프던 상처도 조금씩 아물기도 하는가 보다. 지금의 딱 내 나이에 어쩌지도 못하고 내 딸아이에게 닥친 시련이 뼈에 사무치도록 아프지만 단 한 번도 티 내지 못했을 아빠도 이해하고 용서하기로 했다. 그럼에도 불구하고 아무리 긍정이며, 이해를 논해도 아직도 누군가에게 마음이 쉽게는 열리지 않는다. 아직 완전히 아문 것은 아닌가 보다.

　　　　　　　　　　　　　　　　　　　　사람이 답이다

꿈을 잃은 사람들

　청년실업자 수가 어쩌고, 그래서 5포(연애+결혼+출산+내 집 마련+인간관계), 7포(5포+꿈+희망) 세대를 넘어 이젠 N포 세대라는 말을 들으면 나의 짧은 서울 생활이 떠오른다.

　12살 때 옆집 아저씨에게 성폭행을 당한 나는 그 사실 자체보다 그렇게 만든 현실이나 상황에 더 분노를 느꼈다. 어른들이 싫었고, 12살 이전부터 우리를 맡아주면서 아빠에게 받은 생활비 대부분을 착취하며 우리에겐 김치와 반찬 몇 개, 딱 승차권 살 돈만 주던 어른들에 대한 불만이 불신으로 바뀌면서 어른들에게서 벗어나고 싶었다. 친구 집으로 가출을 감행하고, 얼마 후 아빠가 배에서 들어와 친구 집으로 나를 찾아왔다.

　"네가 원하는 게 뭐고? 아빠가 우째 해주기를 바라노?"

　특별히 바라는 게 있어 가출한 건 아니었지만 그렇게 물어보시니 나는 망설이지 않았다.

　"우리끼리 살게 해주세요. 아빠가 벌어온 돈 당당하게 쓰지도 못하고, 동냥하듯 살기 싫어요. 더 이상, 이상한 어른들 손에 우리 맡기지 마세요."

　그때가 13살 때였고 14살부터는 내가 생활비 120만 원을 스스로

관리했다. 처음에 이런 큰돈이 생겼을 땐 우왕좌왕이라는 표현이 맞을 정도로 허둥댔다. 이 큰돈을 어찌 써야 할지 몰라 난감했다. 한 달, 두 달, 한 해, 두 해가 지나자 봄·가을 교복 맞출 돈, 여름방학, 겨울방학에 놀러 다닐 돈, 매달 생활비, 아빠가 우리를 위해 든 종신보험 보험료, 우리 휴대전화 요금까지 내도 돈이 많이 남았다. 그동안 챙겨주는 부인이 없이 남자 혼자 뱃사람으로 생활하다 보니 아빠의 신용도도 엉망이었다. 아빠 앞으로 빨간색 체납이라 적힌 것들은 다 내고 회복시켜드렸다. 한 달에 120만 원이면 중학생, 고등학생 여자애 둘이 풍족하게 살 수 있었다. 내가 대학에 가서도 한 달 생활비 120만 원은 변하지 않았다. 동생이 대학에 들어가도 한 달 생활비는 변하지 않았다. 학교에서 어학연수, 교환학생 같은 기회를 얻어 호주로 공부하러 갈 때도 그 120만 원은 변하지 않았다. 욕심 많은 언니 때문에 동생이 많이 희생하고 더욱 검소하게 생활해야 했다.

"언니야, 나 생활비 좀 더 붙여 주면 안 돼? 대학생활 시작하고 하려니 돈이 너무 많이 들어."

"아빠한테 더 달라고 해. 언니도 더는 힘들어."

오래간만에 서로 대학생이 된 설렘과 흥분을 나누기보단 차갑고 냉정하게 돈 이야기만 하고 통화를 끝냈다. 한 달에 30만 원만 붙여 주고, 나머진 모두 내가 썼다. 보험료랑 이것저것 나가는 거 빼면 나도 용돈 얼마 안 된다는 핑계를 대면서 말이다. 실제로 고등학교 때와 대학교 때는 돈이 들어가는 단위가 달라져서 공과금, 보험료 따위를 내고 나면 얼마 되지는 않았다. 21살, 서울로 취업해

사람이 답이다

서 웨딩 플래너로 활동할 때도 기본 생활비 90만 원에, 기본급 60만 원이 있었으니 서울살이도 버텨볼 만했다. 아빠가 재혼하시겠다고 이상한 여자를 데리고 오기 전까지는 나도 뭔가 될 수 있을 것 같은 희망과 설렘으로 행복한 나날을 보냈었다.

"아빠 등골 그만 빼먹어. 너 대학 졸업까지 시켜줬으면, 아빠는 아빠 할 일 끝난 거지. 언제까지 너 뒷바라지만 하길 바라니? 이제 아빠도 아빠 인생 살아야지. 생활비는 이제부터 한 푼도 없으니 그런 줄 알아. 그동안 키워준 거 감사할 줄은 모르고 어디서 나이 스물이나 넘게 처먹은 계집애가 아빠 꼬드겨서 계속 돈 타 쓸 궁리나 하고 말이야. 이젠 너희 아빠 내 사람이니 연락 안 해도 된다. 바쁜데 굳이 안 찾아와도 되고."

"저, 아빠는 뭐라고 하세요? 딱 1년만 아니 6개월만 지켜봐 주시면 안 되나요? 이제 막 취업해서 아직 기본급이 너무 작거든요. 아빠도 1~2년 사회에서 자리 잡을 때까진 도와주겠다고 하셨는데, 아빠랑 이야기해 보신 거죠? 조금만 시간을 주세요. 네? 다 갚아드릴게요."

"너, 애가 왜 이렇게 이기적이니? 너희 아빠 지금 어떻게 살고 있는지 알아? 한 달에 200만 원 가까운 돈을 너한테 부쳐주고 나면 아빠는 생활이 안 된다고. 이제라도 정신 차리고, 아빠 등골 그만 빼먹어, 너 살길 너가 찾아."

"200만 원이라고요? 누가요? 제가 200만 원을 다 쓴다고요? 아빠가 그래요?"

"시끄러워. 어디서 발뺌이야. 그럼 내가 없는 말 지어서 하니? 됐고, 그런 줄 알아. 아빠 전화긴 이제부터 내가 들고 있을 테니 그리 알고."

너무 억울하고 화가 났다. 내가 한 달에 200만 원을 썼다고? 아빠 등골을 빼먹었다고? 찾아오지도 말고 전화도 안 바꿔주겠다고? 부모와 자식 간에 인연을 끊겠다는 거야? 뭐 이런 여자가 다 있어? 여자를 골라도 맨날 이런 여자들만 골라 와서 우리는 클 때도 힘들었다. 계속 전화했다. 그만큼 간절했다. 매일 전화했고, 밤낮없이 전화해서 결국은 아빠와 통화할 수 있었다.

"아빠, 잘 지내요? 저 아줌마 진짜 사랑하는 거예요? 아빠, 나보고 아빠 등골 빼먹었대, 연락해도 안 바꿔 줄 거고 찾아오지도 말래요. 아빠가 그런 말 한 거 아니죠? 그리고 나한테 200만 원이나 붙여줘서 아빠가 엄청 힘들어한다는 말도 하던데, 사실 아니잖아. 아빠 난 200만 원까지도 필요 없으니까 50만 원씩 6개월만 도와주면 안 돼? 아빠~ 진짜 저 아줌마 말 들을 거예요? 제발…."

애절함도, 처절한 애교도 느꼈을 텐데 분명 수화기를 들고 있을 텐데 한참을 아무 말도 반응도 없었다.

"아빠, 졸업하고 자리 잡을 동안은 도와준다 했잖아. 아님 서너 달이라도 아빠~ 이제 겨우 서울에서 자리 잡아 간다고. 지금은 안 된다구요. 응?"

한동안 침묵하던 아빠가 드디어 입을 떼 말했다.

"이젠 너도 너 알아서 좀 살아라. 아빠도 힘들다."

누가 망치를 들고 뒤에서 내리친 걸까? 만화에서 나오는 것처럼 퍽 하고 쓰러지는 게 맞는 것 같은데 멍하게 고개를 숙이고 땅을

사람이 답이다

바라보며 숨을 고르지 않으면 숨 쉴 수 없을 것 같았다. 순간 세상의 소리들도 사라졌다. 통화가 끊어지지 않은 수화기를 들고 있을 힘이 없어 팔을 툭 떨어뜨렸다. 다행히 휴대전화는 땅에 떨어지지 않았지만 난 세상을 다 잃은 기분이었다. 아버지의 부고를 전해 들은 큰딸의 마음은 이럴까? 이젠 진짜 내 아빠가 아니구나. 수화기 넘어 아빠가 뭐라고 대답하는지 노려보고 있을 장면이 눈앞에 그려졌다. 그 여자가 있는 한 나는 이제 더 이상 난 아빠 딸이 아니구나, 특별히 그 어떤 살가운 인사도 없었고 이후에 따로 연락이 오지도 않았다.

다들 안 될 거라고, '너같이 중·고등학교 6년, 초등학교까지 치면 12년을 놀고먹은 년이 대학은 무슨 대학이냐'고 했을 때도, 애플이나 굿 모닝을 중1에 배웠고, 어떤 과외도, 학원도 다녀본 적 없었지만 절실함 하나로 영어책을 씹어 먹으며 고3 1학기 중간, 기말 두 번의 시험에서 300명이 넘는 학생 중 1~20위 안에 드는 기적을 만들어, 결국, 웨딩 매니지먼트라는 '세상에서 가장 행복한 순간에 함께하는 멋진 일을 하는 여자'가 되고 싶다는 꿈을 가지고 대학이라는 곳에 입학이라는 걸 하게 됐을 때만 해도 세상에 안 되는 일은 없구나 생각했다.

대학이라니, 순간순간이 믿어지지 않았고, 신났다. 기숙사 장학생으로 학교 안에 있는 기숙사에 살면서 근로 장학생이며, 학과 관련 아르바이트를 치열하게 하면서도 항상 A나, A+을 유지하며 수업 한번 빠지지 않고 과대생활을 했다. 방학이면 듀오 웨딩 페어, 웨딩 박람회 아르바이트를 다니며 교수님들의 눈에 들기 위해, 하나라도 더 배우기 위해 노력하며 꿈같은 시절을 보냈다. 오리엔테이션 때 학교에서 한해에 몇 명씩만 멜버른으로 교환학생, 어학연수 같은 걸 보내 준다는 내용을 보고는 이 기회를 놓치면 내 인생에 외국물은 없을지 모른다. 우리 형편이면 신혼 여행도 외국으로 못 갈지 모른다며 밑도 끝도 없이 욕심냈다.

"교수님, 저 멜버른 거기 보내 주세요."

입학하고 얼마 후 학과장실에 찾아가서 처음 이야기를 꺼냈을 때 대꾸도 하지 않고 하던 일에 집중하시던 교수님은 정말 열심히 학과, 학교생활을 하는 내 모습을 보고 방법들을 하나둘 알려 주셨고, 2학년 2학기 드디어 수업이나, 학업 참여, 기타 등의 평가에서 높은 점수를 받고 교수님들 추천을 받아 호주 멜버른 스쿨에 거의 공짜로 다녀왔다. 등록금은 어차피 내는 거였으니 현지에서 생활비만 부담하면 되는, 말도 안 되는 기회를 잡은 것이다. 호주에서의 생활은 정말 신세계였고, 말도 안 되는 꿈을 꾼 덕에 나는 21살, 드디어 외국에서 비키니 입은 늘씬한 미인들이 거리를 활보하는 영화 같은 썸머 크리스마스를 보내볼 수 있었다. 다녀와서도 청담동으로 멋진 정장을 차려입고 신랑, 신부님들을 모시고 럭셔리한 인테리어로 한껏 멋을 부린 웨딩드레스 숍, 스튜디오를 누비고 다녔다. 빨간 바지, 표범 무늬 바지를 입고 다니면서 깡다구 하나로 제멋대로 살던 통영 시골 촌년이, 여기가 어디야? 서울! 그것도 그 난다 긴다 하는 사람들만 모여있던 청담동 한복판에서 햇살도 받고, 돈도 벌고 이게 무슨 꿈인가 생시인가 싶었다. 여태까지의 나는 맘만 먹으면 이루지 못한 것이 없는 기적적인 삶을 몸소 경험하고 있었는데, 돈? 그게 뭔데 나를 이렇게 만드는 거지? 이제 어떻게 해야 하지? 하필 이 타이밍에 저런 말도 안 되는 여자 하나가 갑자기 불쑥 끼어들어서 왜 내 인생을 송두리째 흔들어 놓고 있는 거지?

최근 열정 페이라는 말을 들었을 때 아, 내 웨딩 플래너 생활이 저런 느낌이었는데 하는 생각이 들었다.

"버틸 수 있음 버텨 봐. 버티는 것도 실력이지 뭐."

당장 생활비가 끊어지면 지방에서 올라온 22살짜리 여자아이가 아직 상담 스킬은커녕, 적응도 채 안 됐을 때 지인 하나 없는 타향, 그것도 서울살이를 할 수는 없었다.

기본급 60만 원으로 친구네 집에 월세도 보태야 했고, 매일 점심은 사 먹고, 저녁엔 술 먹고, 옷도 사 입어야 하고, 휴대전화 요금은 내야 하고, 교통비까지 감당할 수 없었다. 한순간에 영화 한 편 보는 것도, 연애는 꿈도 못 꿀 일이 돼버린 것이다. 점점 인센티브 제로 바뀌고 있어서 인맥이나 지인, 친구가 많을수록 유리한 직업인지 알아버려 좌절하던 찰나였다. '기본급 없이 인센티브제를 도입하는 회사들이 늘어나는 업계 분위기와 불규칙한 출퇴근 시간 때문에 아르바이트할 수도 없는데 어떡하지?' '이대로 돈 때문에 처음으로 가져본 꿈을 접어야 하나?' '기본급 한 달에 60만 원'이라는 돈을 받으면 집에서 받쳐주는 사람 없이는 아무리 계산기를 두들겨 봐도 계산이 나오지 않는다. 하필 이 타이밍에…

딱 하루 울고 정신을 차린 나는 고정급이 나오면서 상담을 실컷 할 수 있다는 웨딩홀로 이직해야겠다고 마음먹었다. '그까짓 거, 이 없으면 잇몸이고 어차피 다 경력인데 괜찮지. 그래 아빠도 할 만큼

하셨어.'라고 나를 위로하며 대신 가장 경쟁률 높고, 체인점만 전국에 수십 개가 있는 대한민국에서 제일 잘 나가는 웨딩홀 리더스클럽에 근무하면 되는 거야. 이때까지만 해도 전화위복, 뭐 이런 느낌으로 죽으란 법은 없지 생각했었다. 22살 추석, 입사 얼마 후 명절이 왔지만, 아빠를 보러 가지 못했다. 내가 나타나면 분위기 험악해질 게 예상되는데 아빠의 새 출발을, 행복할 시간을 방해할 순 없어서 나는 아빠도, 동생도 못 봤다. 친구네 집엔 친구네 삼촌들과 사촌들이 방문할 예정이어서 난 이 집에 있으면 안 됐었다. 어디로든 가야 해서 여행이라는 걸 떠났고, 너무 쓸쓸한 추석을 보내고 돌아왔다. 열지 않은 식당을 한참을 찾아 헤매다가 겨우 찾은 식당에 혼자 앉아 주변과 시선을 나누기 싫어 곱디고운 한복을 입고 즐거워하는 사람들이 나오는 명절 프로그램에만 시선을 둔 채 일부러 더 피식피식 웃어가며 대충 배를 채우고 나올 때의 그 쓸쓸함. 평소엔 밝은 성격을 가진 나였지만 한없이 작아지고 외로워지는, 언제라도 눈물이 터질 것 같은 그런 추석 연휴가 끝나던 날, 친구와 친구 아빠, 나 셋이 친구네 아빠 방에서 양장피에 소주 한잔을 하며 나는 가족과 보내지 못한 아쉬움을, 친구와 친구아빠는 갈 곳도 없는 나를 내쫓은 것 같은 미안함을 나누며 새로운 가족이 생긴 반가움에 한 잔, 두 잔 무척이나 든든하고 따뜻한 시간이었다. 한 병, 두 병 쌓여가자 친구가 먼저 다음날 일찍 일어나야 한다며 우리 방으로 간다고 말하고 일어났다.

"양장피가 이렇게나 많이 남았는데 의리 없게 벌써 일어나나?"

"야, 나 내일 진짜 일찍 출근해야 한단 말이야. 그리고 너야 추석

때 쉬었지만, 난 일했다고. 나 피곤해. 먼저 잔다. 적당히 마시고 와."

친구를 방으로 보내고 다시 친구 아빠와 한잔 더 술잔을 나누며 새로 구한 직장 이야기를 나눴다. 얼마 후 먼저 자러 들어간 친구는 자기의 제일 친한 친구에게 자기 아빠가 끔찍한 짓을 하는 비명 소릴 들어야 했다.

"아빠 그만, 하지 마세요. 만두야, 만두야. 아, 아빠 아, 아아…"

내가 우리 방으로 돌아왔을 때 만두는 없었다. 전화해도 받지 않은 채 그렇게 아침이 왔다. 나는 다음날 회사에 출근했고 본부장님은 안색이 안 좋아 보인다며, 오늘은 추석 다음 날이라 상담도 적을 테니 조퇴하라고 하셔서 다시 친구네 집으로 왔다. 친구는 새벽부터 사라졌고, 친구 아빠도 출근하고 없는 빈집에서 혼자 울기 시작했다. 최악의 추석이었다. 한순간에 살 곳도 잃고 친구도 잃었다. 전화할 사람도 오늘 밤 당장 잠잘 곳도 없었다. 밤이 오는 것이 무서웠다. 이곳에서 친구 아빠를 다시 볼 수는 없는 일이다.

사실 친구나 새로운 가족을 잃은 충격, 친구 아빠에 대한 원망이나 미움보다 당장 내일 출근하기 위해 오늘 밤 몸 누일 곳을 찾는게 시급했다. 새 여자에게 빠진 아빠한테 연락하긴 싫었고, 했었다 한들 아빠의 새 여자는 돈 한 푼 내주지 않았을 것이다. 나중에 동생에게서 전화가 왔다.

"언니야, 그 여자 꽃뱀이었다. 그나마 있던 주공도 다 털어먹고 아빠 돈도 다 들고 도망가서 지금 아빠 혼자 도천동에 조그마한 방 한 칸짜리 월세로 이사해서 혼자 계시는데 안타까워 죽겠어."

내 동생의 연락을 받고 한걸음에 달려가 아빠와 화해했지만 내 22살, 내 꿈과 내 가족을 다 엉망으로 만들고 사라져버린 그 여자의 얼굴도 못 본 게 한이다. '어떻게 생긴 년이길래! 면상이라도 봐둘걸!'이라는 생각이 들었다. 그런 여자가 작정하고 딸에게 주던 생활비를 끊고 집까지 털어갔는데 나에게 보증금을 보내 줄 리 없었을 것이다. 그 일이 있던 추석 다음 날부터 친구는 계속 연락이 되지 않았다. 충격이 너무 커서 잘못된 선택을 하진 않았을까? 왜 들어와서 나를 구해주지 않은 것일까? 짐승으로 변한 자기 아빠의 모습을 차마 볼 수 없었던 것일까?

'통영 시내에서 알아주던 미친년'이 다들 안 될 거라던 대학에 들어가고, 해외도 나가보고, 졸업도 하고, 꿈에 그리던 일을 하며 청담동을 누비고 다니게 됐다고 행복에 겨워할 때 갑자기 '아빠 등골 빼먹은 년'이 되면서 생활비가 끊어졌다. 그나마 있던 비상금에 비자금까지 털어가며 꿈을 이어가다 도저히 안 되겠다 싶어서 직장을 옮겼고, 맘에 드는 직장 구해 이제 좀 잘해보려니까 이런 끔찍한 일을 겪고 잠잘 곳을 잃다니, '뭐지? 간밤에 무슨 일이 벌어진 거지?'

정말 땡전 한 푼 없을 때까지, 어떻게든 웨딩 플래너로서 생활을 하루라도 더 버텨보고 싶었다. 월세는 나중에 준다고 하고 여기저기 비상금으로 두었던 돈들도 다 생활비로 탕진한 이후에 벌어진 일이라 더 충격이었다. 짐승 같은 더러운 본성을 누르지 못하고 자신이 보살피지 못한 딸, 중·고등학교 시절 6년을 대신 동고동락해준 자기 딸이 누구보다 의지하고 또 의지했던 그런 딸의 친구에게 딸이 있는데, 듣는데 더러운 짓을 한 '친구의 아빠'와 '꽃뱀'. 왜 한꺼번에 나에게 이런 시련이 닥친 건지 이해할 수가 없었다.

그해 겨울, 경기도 수원, 화성 일대에서 번듯한 얼굴로 여자들에게 다가와 차에 태우거나 납치하여 살인을 저지르는 연쇄살인범 강호순이 활동하던 지역에 살고 있었다. 수원, 서울 서대문 리더스클럽까지 지하철로만 1시간, 중간에 버스로 갈아타고 어쩌고 1시간 반, 총 2시간 반이 걸리는 거리에서 출퇴근했다. 우리 딸, 우리 언니는 대학 나와서 서울서 직장 생활한다며 대견해 하시는 아빠나 동생, 내 꿈을 생각하면 어려운 결정은 아니었다. 다만, 살인자가 이 인근에서 범행이 계속되고 있다는데, 잡히지 않았다고 매일같이 뉴스에서 난리니까 더 불안했다. 돌잔치는 주말에 저녁 10시 반이나 11시에 끝난다. 계산 받고, 정리하고 퇴근하고 버스 타면 12시, 수원 도착하면 너무 늦은 밤.

여자 혼자 버스정거장에 내려 어두운 밤 가로등 불빛 하나에 의지하며 무거운 걸음을 걷다가 누가 뒤에서 쫓아오는 소리나 따라 걷는 소리만 들려도 온몸에 솜털이 곤두서고 예민해진다. 가방을 뒤져서 호신용 스프레이를 찾아 코트에 옮겨 넣고 고추 가스 뚜껑을 연다. 뒤따르는 발걸음 소리가 가까워지자, 손끝으로 분사될 구멍을 찾는다. 집게손가락에 힘을 주며 발사 태세를 갖추고 긴장한다. 내 발걸음 소리에 딱딱 맞춰 걷는 소리만으로도 심장이 쪼여 온다.

이제 진짜 쏴야 하나 눈을 질끈 감는데, 멀어지는 발걸음 소리, 간격을 두고 멀리 앞질러 가는 사람을 보며 아무것도 아닌 것을 확인하고는 안도의 한숨을 내쉴 때 온몸에 힘이 풀리며 털썩 주저앉고 싶은 충동을 달랜다. 여자 혼자 걷기에도 너무 무서운 세상.

12살 때 어른에 대한 불신, 세상에 대한 분노를 느끼고 잊어버리고 살다가 22살 때 딱 10년 만에 생활비 걱정, 잠잘 곳 걱정, 안전의 위협까지 생각하다 보니 살아도 사는 것 같은 재미가 더는 없었다.

결국, 나는 세상에 졌다. 일하는 업무 강도에 비해 임금이 많이 적고, 돈이 모이지 않는 구조의 팍팍한 서울살이를 그만두고 웨딩업계를 떠나기로 마음먹었다. 등 떠밀리듯 밀려나는 것 같아 또 한번 뜨거운 눈물을 흘렸다. 이 많은 집 중에 내 집, 내 몸 하나 따뜻하게 누일 공간도 없고, 돈을 벌고는 있지만 그렇다고 제대로 한번 맘껏 쓰지 않았는데, 돈은 크게 모이지 않는 삶에 지쳐가는 것이 싫었다. '꿈 같은 소리 하네. 그냥 굴 까러 가기 싫고, 오봉 순이 되기 싫어 대학은 가야겠다 싶어서 선택하다 보니 멋지고 거창한 거, 폼 나는 거 선택한 거 아니야? 청담동에서 예쁜 옷 입고 싸 돌아다닐 때는 신났는데 돈 없어서 그거 못 하고 계약 노예로 전락한 것 같으니 자책하는 거 아니야?' 그때는 너무 지쳐있었다. 세상이 부정적으로 보이고 돈 때문에 차선을 택한 나에게 바보 같다고 자책했었다.

내가 진짜로 원하는 게 뭔지도 모르고 딱 10년의 세월이 더 지났다. 돈 없는 게 너무 싫어서 지독하게 벌고 눈감은 채로 살다 보니 지금 내 나이 32살. 우연의 일치치고는 너무 소름 끼치게 딱 10년 만에 다른 이유 없이 이젠 그냥 다시 나를 찾고 싶다. 공포나 두려움, 꿈을 잃고 헤매던 시간에 대한 미련이나 상처는 조금 아물고 굳었다. 그동안 '지지 않을걸 버텨볼걸' 하는 후회도 많이 했지만, 용기가 나지 않았다. 언제 어떤 일로 다시 고꾸라질 내가 겁났다. 하지만 이제는 새로운 삶을 살아보고 싶다는 희망이나 갈증이 두려움보다 더 크다.

그래서 이제부터 다시 시작하는 삶에는 22살에 나를 주저앉게 만든 집, 생활비, 비명횡사할지 모른다는 공포부터 극복해 보기로 했다.

10년 전이나 지금이나 열정 페이가 존재하지만, 집 없고, 돈 없어서도 꿈을, 사랑을, 사람을 포기하지 않는 젊은 청춘들이 저렇게나 많고 멋지게들 사는데, 저들보다 10년이나 늦은 나는 이제라도 더 치열하게 멋지게 살아보려 한다. 테러니, 인신매매니 일어나지도 않을 일을 걱정하고 돈 걱정, 일 걱정 때문에 해외여행 한번 못 가보지 말고 오늘을 살아보자 마음먹었다.

10년 뒤의 내가 32살의 나에게 뭐라고 할지 고민했다. '더 이상 쫄지 말고, 겁내지 마. 지금 용기 내지 않으면 지금과 똑같이 앞으로도 살아야 해! 네 삶에 핑계 대지 않을 자신 있어?' '움직여, 지금이 아니면 안 돼. 집? 그거 꼭 서울 아니 여도 되고 살 필요도, 전세도 필요 없어, 이 한 몸 눈치 안 보고 편안히 누이면 되는 거야. 생활비? 그것도 죽으란 법 있겠어? 어떻게든 되겠지. 나쁜 일에 휘말려 죽을 확률? 에잇 진짜 그런 일이 내게 벌어질까 봐 무서워 방구석에만 쳐박혀 있기엔 이 청춘이 너무 아깝지 않아?'

최선보다 차선이 때로는 삶에 더 많은 재미를 선사하기도 한다는 걸 배웠다. 차선이라고 결코 나쁜 선택만은 아니니 자책하지 말고 열정적으로 가려는 길이 어디인지, 사람인지, 돈인지, 성공인지, 행복인지 스스로 찬찬히 물어가며 되짚어가며 급하지 않게 내 길을 가는 것. 글 쓰고 싶으면 글 쓰고, 춤추고 싶으면 춤추면서 내일을 위해 살지 말고 오늘 하고 싶은 것들 미루지 말고 하면서 살기로 했다. 더 이상 꿈에, 오늘에 핑계 대며 살지 않으련다. 돈 때문에, 가족 때문에, 사랑 때문에, 사회 때문에 내 꿈을 잃지 않으려면 이상, 꿈, 믿음, 용기 그것이 오히려 도움되더라는 것을 이제야 배우게 됐다. 배고픈 인디 밴드에, 가난한 신혼부부에게, 어느 날 갑자기 신체 일부를 사용할 수 없게 된 친구에게, 고아원의 어린아이들에게 돈이 다가 아닌 것처럼 말이다.

사람이 답이다

SNS 때문에 우울하다

"야, 넌 내가 사고 났을 때도 연락 없더니, 이제 와서 웬일이서?"

몇 년 만에 연락해도 반갑게 통화하던 친구가 갑자기 역정을 내길래 순간 전화를 잘못 걸었나 하고 내 발신번호를 다시 봤다. 뭐지?

"야, 뭔데? 뭐? 무슨 사고? 나한테 말 안 했을걸? 몰랐는데."

"지랄, 야 웃기지 마라. 다른 사람들 전부 이 정도 사고면 나 죽었겠다 싶어서 전화 오고 찾아오고 난리 났었는데, 몰랐다는 게 말이 되나?"

진짜 뭐지 싶었다. 서운함이 가득해서는 수화기 넘어 표정이 보이는 듯이 정색을 하고 이야기했다.

"인마, 무슨 사고냐고 묻잖아. 그리고 야이 씨, 그 정도 심각한 일이면, 네가 먼저 전화해서 이랬고 저랬고 내가 보고 싶고 뭐 그러면 안 되는 거가?"

순간 걱정도 되고 미안도 한데 나도 역정부터 나갔다.

"헐~ 그걸 말이라고 하나? 내가 죽니 사니 하는데 연락도 없는 너한테 전화해서 투정부리란 말이가?"

"하하하 아니, 인마, 미안하다고. 그래서 뭔데? 뭐가 죽니 사니

해? 살아있네. 무슨 사고?"

"지랄, 나 교통사고 엄청 심하게 나서 폐차했거든. 카스 올렸는데 너만 연락 한 통도 없더라."

나야말로 '헐'이었다. 너무 어이가 없어서 웃음이 터졌다. 한참을 웃으니까 친구가 성질을 냈다.

"야, 나 죽을 뻔했다고. 웃기나?"

"아니, 인마, 너, 너무 귀엽잖아. 누가 보면 또 뭐 나를 엄청 찾고 수소문하고 했는데도 연락 안 된 줄 알겠다. 이야~ SNS 올린 거 보고 재깍재깍 연락 안 온 것 때문에 삐진 거라고? 야! 너야말로 나, SNS 잘 안 하는 거 모르나? 와~ 제일 잘 아는 놈이 이런 말 하니까 완전 서운하네. 내가 더 서운하려고 한다!"

"야 몇 주나 계속 올라가 있었거든? 거의 10일 가까이 올라가 있었는데, 한번을 못 봤다는 게 말이 되나?"

"야이 씨, 계속 똑같은 말 시킬래? 봤으면 내가 안 찾아갔겠나? 전화 한 통을 안 했겠나? 어디서 되도 안 하게 꼬투리를 잡노?"

그제서야 좀 누그러든 친구는 통화 중에 카톡을 보내왔다. 폐차 직전, 사고 직후의 사진이었다.

"헐, 뭔데 이게 너 차라고? 주차장인데?"

"응, 주차하다가 D인 줄 알고 밟았는데, 후진이어서 그대로 꽝했다."

"어? 큭큭큭." 나도 모르게 실소가 터져 나왔다.

"웃지 말라고, 나, 진짜 죽는 줄 알았다니까."

"큭큭큭큭, 머리나, 목 이런 데는 괜찮나? 엄청 놀랐겠네. 신랑은 뭐라 하대? 열라 궁금하다."

"웃지 말라고~ 첨엔 죽이려고 하더니 지금은 또 아무 말 없네."

말끝을 흐렸다. 마누라 생사도 생사지만 와~ 친구 신랑의 반응이 너무 궁금했다.

"너희 새 차 뽑은 지 얼마 안 되지 않았냐?"

"응, 6개월 조금 넘었었지."

"와~ 신랑 장난 아니었겠는데? 폐차하면 돈 좀 나오나? 너, 몸은? 병원에서는 뭐라던데? 입원해서 뭐 엑스레이 찍어봤나? 뒤에서 차가 박은 거보다 어쩌면 더 심각한 거 아니가? 주차장에서 얼마를 밟았는데, 차가 저래 되나?"

"우리 신랑도 그 말 하더라, 몰라 이년아. 나 엄청 서운했다고."

"큭큭큭, 야, 서운할 만도 하겠네. 어디 하소연할 데도 없이, 입원은 안 했나?"

"3일인가 입원하고 회사 땜에 나왔지. 진짜 쪽팔려서 어디에 말도 못 하겠더라."

안부를 묻고 조만간 '놀러 가마'를 남기고 전화를 끊고 보니 이런 황당한 일은 또 처음이다. 아니 자기가 무슨 연예인이야, 대통령이야? 자기가 보라고 올려놨는데, 나의 반응이 없어서 서운했단다. 이런 무슨 말도 안 되는 경우가 다 있어? 이 이야기를 동생에게 했다.

"언니야, 그럴 수 있다. 완전 서운할 수 있지. 언니가 카스 안 하는 거 아니까, 나도 덜 서운하려고 하는데, 남들은 다 아는 안부를 언니가 모를 때나 다른 사람들 댓글 밑에 언니 축하도 달렸으면 싶을 때 있다. 쫌 하면 안 돼?"

그렇다 가끔 이런 민원이 들어오지만, 페이스북이나 카스를 하고 싶지가 않다. 난 셀카도 잘 찍지 않는다. 살이 급격히 찌면서 외모에 자신감이 없어졌고, 내 모습이, 어색하고 웃는 것도 맘에 들지 않는다. 그런 내가 가끔 조카들과 놀아 주고 있는 내 모습이나 내가 그나마 자신감에 차있었을 때 표정을 동생이 찍어서 올린 사진 등을 확인하기 위해 얼마 전 카스를 다시 시작했다. 하다 보니 다른 사람들 사는 게 궁금하기도 하고 안부를 묻고 답하는 게 나쁘지만도 않게 느껴졌다. 55 사이즈를 넘어 66 사이즈를 향해갈 때 우울감과 삶의 회의가 들기 시작하면서 주변 사람들에게 더 이상 SNS를 하지 않겠다고 공표했다. 외국여행 다녀온 사진, 유명한 집, 맛 집을 찾아다닌 음식 사진, 멋진 풍경을 찍은 사진, 나만 빼고 다들 저렇게 행복할 수가 있나 싶었다. 뭐가 잘못된 걸까? 나도 조카들과 나름 행복한 순간이 있고, 동생도 만나고 나름 그 안에서 만족을 찾으며 살려고 노력하고 있는데, SNS만 들어가면 무슨 배틀 하는 것도 아니고 서로 경쟁하듯 잘살고 있다고 멋진 인생을 과장해서 표현하고 있었다. 물론 진짜 행복한 삶도 있겠지만 내 생각은 달랐다. '나'는 아무리 맛있는 음식도 혼자 먹으면 맛이 없고, 아무리 좋은 곳에 가 있어도 외로우면 오히려 같이 못 온 동생과 가족에게 미안해서 온전한 기쁨으로 느끼지 못했다. 또 한편으로는 아직 내가 가야 할 길, 내 삶의 방향을 정하지 않은 현실에 많은 것이 불안하고 초조하면서 오늘을 위로하고 달래기 위해 돈을 쓰고 시간을 쓰는 것이 과장돼 보이고 행복한 척, 문제없는 척 자랑하는 것이 낯 뜨거웠다. 억지스러웠다.

사람이 답이다

물론 진심으로 행복한 순간들이 있다. 그래서 함께한 사람들과 기억하려고 올릴 수도 있다. 하지만 한편으로는 똑같은 사진을 보고 부러워하는 것에서 끝나지 않고 혹시나 나처럼 아려오는 사람이 생길까 봐 겁이 난다. 난 누구의 눈치를 보는 편이 아니다. 지극히 이기적이고 자기밖에 모른다. '여왕님이시다.'라고 친구들이 놀린다. 그런 나도 우울하고 담담한 어두운 시기를 겪고 보니 사소한 행복자랑이 어쩌면 다른 이를 자극하고 슬프게 만들 수도 있겠다는 생각에 미치게 되면서 SNS를 끊은 것이다. '내 삶은 왜 이런가?'를 자책하게 되고 빚을 내서라도 무리를 해야 하나? 싶은 맘도 드는 나 자신이 부끄러웠다.

요즘 연예인들의 SNS의 팔로워가 몇이니, 하루 방문객이 얼마니 하는 논쟁이 뜨겁다는데, 이런 걸 보면 첫 번째 연예인 아닌 것이 다행이고, 두 번째 적어도 남들에 영향력 있는 사람들이면 SNS에서만큼은 좀 더 감정적이기보단 신중했으면 하는 바람이다. 돌이키자니 늦은 것 같고 자존심 상해서 그 타이밍을 놓치는 순간, 고통스러운 시간이 찾아온다. 가십의 중심에 있어 본 사람으로서 안쓰럽다. 솔직한 것도 좋고 소통하는 것도 참 부럽고 좋은 일이지만 '안티'가 있고. 그들은 나를 죽을 만큼 싫어한다. 그들로 인해 내 가족 내 사람들이 상처를 받을 수 있다는 것은 분명 너무나 아픈 일이다. 특히 요즘은 수사대니, 캡처니 증거 자료가 너무 많이 남고 심지어 예전 기록들도 찾아내기 때문에 더욱 신중했으면 하는 안타까움이 있다. 관심받고 싶어서, 인정받고 싶어서, 과시하고 싶어서 남기는 글은 말보다 훨씬 더 치명적이고 내 인생뿐만 아니라 타인의 인생에도 큰 영향력을 줄 수 있다는 것을 생각해 주면 좋겠다. 내가 내 삶에 확고한 가치관이나 철학이 생기기 전에 섣부른 글은 함부로 쓰지 않았으면 좋겠다.

고리타분한 옛날 사람같이 들리지는 모르겠지만 나는 그렇다. 내 조카나 내 아이에게 자신의 SNS는 자신을 광고하는 하나의 수단이고 이 광고에 자신이 진정으로 원하는 것이 무엇인지 모른 채로 단순히 팔로워나 늘려보겠다고 이것저것 모으고 올리다 보면 정작 자신이 진짜 하고 싶은 이야기는 할 수 없게 될지 모른다고 말해주고 싶은 거다. 천천히 자신을 길을 조용히 묵묵히 가다 보면 좋은 인연, 기회들이 생긴다. '나'가 없는, 철학, 가치관, 아름다움이 없는 SNS는 쓰레기다.

나에게는 사진 찍는 걸 무척 좋아하는 친구가 있다. 이놈은 찍는 것보다 자랑하는 것은 더욱 좋아한다. 내 반응은 다른 누가 해주는 것보다 기분이 좋다고 말하며, 시도 때도 없이 카톡을 보낸다. 현재 자기가 누구와 있든 상관없이 찍은 사진을 멀리 있는 나에게 자랑하느라 바쁘다. 사실 처음엔 짜증이 났다.

'지금 뭐하자는 거지? 어쩌라는 거지? 뭐, 부러워해 달라는 건가? 염장 지르나? 그래서 뭐? 어쩌라고!' 근데 이것도 한 10년 가까이 되니까 어느 날부터는 그냥 즐기는 날이 많아졌다. 언젠가부터 내게 전화해주는 사람이 너무 없고 외로우니까 이렇게 염장이라도 질러주는 이놈이 너무 고마웠다. 돈을 번다는 명분하에 가게에 갇혀있는 나에게는 두 눈이 되어주고 다리가 되어 내가 보고 왔었어야 하는 것들 지금이 아니면 보지 못하는 것들을 보여주고 있다는

사람이 답이다

생각에 닿았다. 내가 가보지 못한 곳에 대한 바람, 햇살, 파도 그리고 자신의 감정을 그대로 전해주며 내 공감을 기대하고 기다려준다. 그러면 나는 더 격하게 공감하며 기쁨을 느낀다. 얼마나 감사한 일인가. 항상 오버가 심하다, 목소리가 너무 크다, 감정변화가 너무 크다며 핀잔만 듣던 나에게 자신이 행복한 순간에 나를 떠올린다는 것. 나와 다시 같이 오기를 바란다며 나를 자극해주는 것이다. 그 친구는 나와 이렇게 한판 수다를 떨고 나면 그뿐 어디에 올린다든지 '좋아요'를 기대한다든지 하지 않는다.

올해 드디어 그동안 받은 자극을 실행했다. 가게에 휴가를 내고 시험에 떨어진 직후 여행을 떠났다. 똑같이 자랑이라는 걸 그 친구가 했던 것처럼 친구에게 했다. 대단한 역정과 짜증을 내주며 내 기분을 살려주었다. '큭큭큭 앗싸~ 기분 좋네~'

"호야~ 여기 너무 좋다. 사진 봤어? 진짜 너랑 같이 왔으면 어땠겠어? 담에 꼭 같이 오자. 사랑해~"

"야~ 그마이 좋나? 항상 내가 너 놀렸었는데 오늘은 네가 나 놀리네. 네가 좋아하니 나도 좋다. 행복한 시간 보내고 온나. 사진 많이 찍어오고~"

그 친구에게 자랑하고 나니 특별히 자랑할 만한 친구들이 더 이상 없었다. 다들 사느라 바쁘고 지쳐서 사진을 투척해도 별스러운 내가 기쁜 만큼의 반응이 돌아오지 않았다. 이런 느낌이었구나. 나도 아쉬운 대로 내가 SNS에 올렸다면 분명히 주변의 반응을 기다렸을 것이다. '불특정 다수 중에 누구라도 보고 관심 가져줘~ 너희가 아무리 바빠도 '좋아요' 누를 시간도 관심도 없단 말이야?' 같은 생각을 하면서 말이다. 관심을 가져주는 이에게는 일일이 '고맙다, 좋다, 기쁘다'를 달아야 하고 관심 가져 주지 않는 이에게 서운함을 느끼지 않을 만큼의 새로운 대화 방식을 문화를 익혀야 한다는데, 사실 잘 안 된다. 한 사람, 한 사람 소중하지 않아서가 아니라 순간순간 대처하고 응원하고 하는 것이 정말 잘되지 않는다. 그래서 그냥 나도 올리기를 포기하고, 마저 여운을 즐기다가 계획보다 며칠이나 앞당겨 돌아왔다. 한 친구에게 시시콜콜 떠드는 것도 재미없고, 누구도 관심 없는 여행을 혼자 다녀보는 게 처음이라 어색해서, 영~ 신이 나질 않았다. 어딜 가나 돈이 들어가는데, 그 돈 써가며 놀기엔 차라리 가게 가서 돈이나 벌자 하는 생각이 든 것도 사실이다.

이후로도 나는 일대일 소통을 한다. 불특정 다수가 아니라 '너에게 자랑하고 싶어', '너와 함께 오고 싶어'라며 의미를 부여하다가 보니 나도, 상대방도 진심이 느껴지고 더 깊은 정이 쌓인다. 다시 시작한 내 카스는 프로필 사진이나 상태 메시지만큼은 가끔 변경해준다. 프로필 변경은 공지처럼 '모두 보시오.' 같은 느낌이다. 다들 힘낼 수 있는 내용으로, 광고나 PPL은 없다. 내가 조작이 서투르거나, 무지에서 오는 소소한 실수는 있을지 모르지만 적어도 나의 기준에선 허위내용이나 확인되지 않는 내용, 옷 자랑, 돈 자랑, 시간 자랑으로 어떤 누군가 소외감을 느끼거나 우울감을 느낄만한 내용은 자제한다. 뉴스는 매일 하지만 난 매일 업데이트하지 않는다는 차이만 있었으면 좋겠다. 웬만하면 하기 싫고 하더라도 내용에 있어서는 과장되지도 부담되지도 않는 꼭 필요한 소식, 좋은

사람이 답이다

이야기나 에너지가 있는 가끔 들르는 공간이었으면 좋겠다. 아직까지는 그렇다. 나도 광고하고 싶은 나를 찾게 된다면 활용하겠지만, 함부로 과장된 이미지를 만들어 억지로 행복하기도, 누군가를 불행하게 만들고 싶지 않다.

아주 하지 않을 수는 없는 세상인 것 같으니, 천천히 묵묵히 나의 가치관, 아름다움, 나를 응원하고 응원해 줄 수 있는 정도의 소통으로 시작해 보려고 한다. 그 정도도 사실 내게 너무나 과분하고 어렵다.

학교에서 들려주지 않는 성교육

"나 안에다 했는데, 너 왜 임신 안 해?"라고 남자가 말했다. 여자는 눈이 동그래지고, 두 볼이 뜨거워지면서 심장이 빠르게 뛰는 것을 느꼈다. 젓가락을 내려놓으며 미간을 찌푸리며 따지듯 묻는다.

"뭐? 지난번에? 진짜? 왜 그때 말 안 했어?"

"너 그때 기절했었어. 자는 거였나? 너무 예뻤어." 뭐 이런 미친놈이 다 있어? 처음 보는 여자가 잠자리 도중 잠들었는데 예쁘다고 안에 사정했다고? 그래 놓고 뭐? 왜 임신을 안 하냐고? 이제 와서? 너무 아무 표정 변화도 없이 말하는 남자를 빤히 보던 여자는 고개를 절래절래 흔들더니 젓가락을 들어 곱창을 집어 먹는다.

"거짓말하지 마라."

퉁명스럽게 한마디 던지고는 소주를 들이켠다.

"야~ 왜 혼자 마셔."

남자는 놀라며 여자의 빈 잔에 술을 채워 준다.

"진짜야? 왜, 그날은 말 안 했어? 진짜 임신했으면 어쩌려고?"

여자는 젓가락을 집어 곱창을 찾으며 남자를 쳐다보지도 않고 이야기한다. 곱창집은 시끌벅적, '위하여'를 목청껏 외치며 잔을 부딪치는 건장한 남자들의 소리로 말소리도 잘 들리지 않는다. 음식 냄새, 술 냄새가 섞여 겨울이라 환기도 되지 않는지 가게 내부는 연기로, 온기로 밖에서는 안이 보이지 않는다.

"난 너 정말 맘에 들었어. 지금도 마찬가지야. 나 오늘 너 집 데려가주면 안 돼? 부모님께 인사드리자."

남자는 아주 해맑게 웃어 보인다. 여자는 남자를 잠시 처다보더니 남자 보란 듯이 소주잔을 들어 보인다. 남자는 얼른 잔을 들어 여자의 잔과 부딪친다.

"왜~ 기분 나빠? 화났어? 넌 나 싫어?"

남자가 눈치를 살피기 시작한 듯 빠르게 묻는다. 가식적인 미소? 비웃는 듯한 미소? 왼쪽 입꼬리를 살짝 올리더니 술을 들이켠 여자는,

"싫으면 만나고 있겠어? 근데 너 좀 당황스럽긴 하다. 아무 여자한테나 이런 말 함부로 해?"라며 눈을 흘기고는 남자를 빤히 처다본다. 다급해진 남자는 몸을 의자 끝으로 바짝 당겨 자세를 고쳐 앉으며 더 가까이 여자 쪽으로 몸을 숙인다.

"야, 너 왜 그래? 나 그런 남자 아니야. 치, 너 사람 진심을 왜 그렇게 몰라 주냐?"

여자는 더 이상 말을 하지 않는다. 시선을 피한 채 한동안 곱창을 집어 먹던 여자는 남자를 보며,

"왜 안 먹어? 맛없어?"

여자는 까칠한 눈빛과 말투를 보이는가 싶더니 이내 미소를 보이고,

"됐어. 임신 안 됐으면 됐지 뭐. 책임질 용기는 있었어?"라며 입꼬리를 올려 의미심장한 눈빛을 보낸다.

"없어~ 근데 너한텐 욕심 생기더라. 오늘도 안에 하고 싶어."

갑자기 여자의 아랫배가 당기는 느낌이다. 볼이 뜨거워졌다. 젓가락을 내려놓으며,

"안 먹을 거면 나가자. 여기 너무 시끄러워." 두 사람은 서둘러 코트를 입었다. 여자가 가방을 열어 지갑을 꺼내며,

"이건 내가 살게."라고 말한다.

"아, 아냐 내가 살게." 재빨리 지갑을 찾는 남자를 지나 여자의 카드를 먼저 종업원이 받아든다.

"32,000원입니다. 영수증 드릴까요?"

"아니요. 확인했어요. 버려주세요." 종업원이 피식 미소를 짓는다.

"왜요? 왜 웃지?"

종업원을 향해 1초 웃어 보이고는 무섭게 정색하자 남자가 여자를 안으며,

"너 목소리가 예뻐서, 귀여워서 그랬겠지." 하며 밖으로 여자를 떠민다. 어린 남자종업원이 그랬으니 망정이지 지금 여자의 기분 상태로는 한마디 들었을 행동인데 다행히 남자가 캐치 하고 종업원을 살렸다.

"우리 어디가?" 남자는 눈치를 살피며 여자에게 조심스럽게 던지는데, 여자는 별생각이 없다.

"소주나 한잔 더 하지 뭐."

"나 일단 방부터 잡을까? 너 오늘같이 못 있어 준다고? 잠시만 있다가는 건 안 돼?"

"안 돼! 방 잡고 와요. 기다려줄게. 아니면 좀 이따 잡던지. 한잔 더 하고, 나 가고 나면 잡아요."

"나 술 더 안 먹고 지금 너랑 있고 싶은데…. 그럼 안 돼?"

"뭐래~ 안 되거든요? 그럼 나 지금 간다? 나랑 그거 하고 싶어서 창
원 온다고 한 거야? 그럼 가. 난 싫어."

"아냐, 아냐 알겠어. 한잔 더 하자 방은 좀 이따 잡을게."

여자는 노골적으로 같이 있고 싶다고 표현하는 남자에게 묘한 감정
이 든다. 짜증이 나는 것 같은데 기분이 나쁘진 않고 자신을 그런 여
자로 보나 싶은 반감이 들면서도, 진심인가 싶은 의심 의문이 생기는
여자다. 확인이 필요했다 '요즘 남자들은 도대체 진심을 알 수가 없단
말이야~' 속으로 그렇게 생각한 여자는 여기 갈까? 하며 근처에 아
무 술집을 가리킨다.

"응, 응."

남자는 이미 여자를 따라 술집에 들어서고 있었다. 자리에 앉은 여자
가 메뉴판을 찾는다. 남자와 메뉴판을 한참보다, 남자가 먼저,

"간단한 거 먹을 거지? 닭똥집 같은 거 먹을 줄 알아?"

"아니, 느끼한 곱창을 먹었으니 이제 담백한 두부김치찌개에 소주 한
잔하지 뭐. 어…때?" 말이 채 끝나기도 전에,

"그래, 좋아."

주문하고 자신을 빤히 바라보는 남자를 여자는 조금 부담스럽게 생
각한다.

"너희 집으로 가면 안 돼? 너희 부모님이 해주시는 닭백숙 먹고 싶다~"

여자는 어이가 없다는 듯, 미간을 찌푸린다.

"아무 여자한테나 이런 말 하고 다니는 거야? 우리 이제 겨우 두 번째
야."

"처음부터 맘에 들었다고 말했잖아~ 오늘 보니 더 맘에 들어서 그런

거거든. 나 그렇게 쉬운 남자 아니야~"

"치, 야 너 내가 인천 간다고 하면? 같이 살 건가? 집은 있어?"

대답을 못 하고 꼬리 내릴 줄 알았는데 말을 이어나가는 남자에게 여자는 호기심이 생긴다.

"그냥 나 지금 사는 집에 같이 살면 안 돼?"

"되지~ 왜 안 돼. 안 될 건 없지~ 방 몇 갠데?"

"하나"

"하나? 그럼 아기 생기거나 시부모님 오시고 하려면 돈 얼른 모아서 좀 더 큰 데로 옮겨야겠네. 한 달에 얼마 벌어요?"

"나 300만 원 조금 넘어."

"어? 진짜? 그 정도면 적게 버는 건 아니지 않나? 보험금, 월세 등 해서 얼마 나가요?"

처음엔 분명 농담 같았는데 보험료를 말할 때 여자의 목소리 톤이 달라졌다.

"나 지금 취조당하는 거야? 말해야 돼?"

"아기 생기라고 그랬다며? 오늘도 같이 있고 싶다며? 아기가 생기면 어떤 일이 벌어질지 예측해 보는 중이잖아요. 고정 지출이 얼마예요?"

"잘 모르겠어. 그냥 거의 다 쓰는 것 같은데."

눈을 동그랗게 뜨고 여자는 놀란 듯이

"뭐? 적금은? 얼마 정도 들어가요?"

"나? 50만 원?"

"오~ 그래도 적금은 넣어? 얼마나 들어갔어요? 모아둔 돈은 얼마나 있어?"

"야, 나 아기 안 가질래. 그냥 술이나 먹자."

"왜? 왜 갑자기? 모아둔 돈 없어서?"

"야, 나 외동아들이야. 지금 부모님 돈 다 내 거라고. 나 그렇게 안 열심히 살아도 집이나 이런 건 걱정 안 해도 돼~"

"응? 진짜? 외동아들이구나. 외롭진 않아요? 외로워서 매일 술 먹는구나?"

농담이라는 듯 웃어 보이는 여자와 달리 남자는 결혼 이야기에 현실적으로 변하는 여자를 보고 당황한 표정을 숨기지 못했다. 약간 서운한 표정을 지어 보이는 남자를 여자는 달랜다.

"오빠, 물론 외동아들이니까 물려받을 수도 있죠. 근데 평생 모으신 부모님 재산 오빠한테 다 주고 나면 부모님은? 부모님 남은 인생은 오빠가 책임져 줄 수 있어요? 부모님 건 부모님 거지. 오빤 오빠가 열심히 살아야죠. 행복하게! 지금은 그렇게 같이 행복하게 살고 싶은 여자를 찾는 과정인 거고."

"우리 부모님은 나 다 주신다고 했어, 우리 부모님들 그렇게 힘들게 일하시는 거 다 나 주려고 그러시는 거야."

여자는 자신의 빈 잔에 소주를 따른다. 그러곤 소주 대신 물을 한잔 마신다. 억지 미소를 보인 여자는 체념한 듯 이야기한다.

"노후 준비도 하시고, 아들 줄 것도 있으시면 오빠처럼 살면 되지. 그래서 결혼하면 당장 집 주신대요?" 남자는 정말 이해가 안 되는 표정으로 여자를 바라본다. 이미 짜증도 좀 난 두 사람은 이 불필요한 언쟁을 마무리 지어야겠다는 생각이 든다.

"아님 집이고 뭐고 생각이 들지 않을 만큼 오빠랑 있는 것만으로 행복하다고 하는 여자를 만나면 제일 좋은데."

남자가 재빨리 쉬운 질문이라는 듯 대답한다.

"야~ 넌 아냐? 난 너 좋은데."

"아직은 잘 모르겠는데요? 그렇게 만들어 보든지~ 할 수 있어? 나도 궁금하다~ 내가 넘어갈 수 있는지." 남자는 기운을 차렸고 삐진 게 풀린 표정이다.

"오늘 밤, 같이 있어 주면 너가 나 없이 못 살게 할 자신 있는데." 남자는 장화 신은 고양이의 애절한 눈망울을 연습이라도 한 듯 연기한다. 여자는 놀리듯이,

"진짜? 그럼 너무 무서워지는데? 봐서~ 근데, 그렇게 자신 있나? 그땐 잘 모르겠던데?" 남자는 전공분야가 나왔다는 듯이 자신이 생겨서는 몸을 더 테이블 쪽으로 당겨 앉는다. 그리곤 약간 속삭이듯,

"야, 우리 그때 세 번인가, 네 번 했거든? 밤새도록 해 놓고선. 이제 와서 잘 모르겠대! 내가 얼마나 열심히 했는데."

여자가 묻는다.

"그래서 싫었어?"

"아니, 아니, 엄청 좋았지. 너 같은 여잔 처음이야. 놓치기 싫어. 그래서 안에 했잖아."

이 남자랑 이날, 같이 잤을까 안 잤을까? 아니면 질문을 바꿔서, 지금 언니 옆에 이 남자가 있을까? 없을까? 남자들이 이런다. 한번 하고 싶어 달려들 때는 정말 세상에 이보다 좋은, 이보다 멋진 남

사람이 답이다

자가 없어요. 온갖 감언이설로 여자를 유혹하려고 한다.

결론부터 말하자면 이 남잔 당연히 언니 옆에 없어. 그날 밤 언니는 같이 안 잤고, 이 남잔 삐져서 그 이후로 연락도 없다.

'세 번째 만나는 날은 같이 있어 줄게. 그때까지 오빠라는 사람을 좀 더 보여줘요.'라고 여우같이 뽀뽀도 해주고 헤어졌음에도 이 남잔 그날 실망했다며 '돈 많은 남자 만나' 라고 톡이 왔더라.

응? 그래 자긴 멀리서 왔는데 자기 버리고 진짜 갈 줄 몰랐다, 이거지. 자긴 내 기준에서 보면 결혼할 준비가 안 된 것 같으니 돈 많은, 결혼할 준비된 남자 만나라는 거야. 난 돈 많은 남잘 바란 게 아닌데. 그니까, 어리석은 거 맞지. 바보, 너무 처음부터 세게 나가서 남자 자존심이 상한 것 아니냐고?

헐~ 이 남자가 먼저 실수했잖아! 처음 만난 여자한테 동의도 없이 안에 사정해놓고 몇 달 뒤에 '나, 안에다 했는데, 왜 임신 안 해?' 라니? 진짜 뽐는 줄 알았다고. '뭐 이런 놈이 다 있어'라는 생각이 안 드는 게 이상하지 않니? 진짜 임신했음 언니 인생이 어떻게 됐겠냐고? 소름 돋지 않니? 이런 놈한테 코 끼어서 그렇고 그런 인생을 살거나, 미혼모의 삶을 선택해야 했을 텐데, 진짜 인생 한순간이구나 싶어서 진짜 소름이 돋더라니까.

이 남자 처음 만났을 때 제정신이 아니었거든. 언니한텐 오래된 남자친구가 있는데 이 오래된 남자친구랑 언니랑은 사랑? 관계? 섹스, 다 같은 말인데, 이걸 1년에 한두 번도 안 한 채로 무려 6~7년을 만났어. 아기가 생겨도 될 법한 너무 건강한 남녀 사이에 뭔가 문제가 있었던 게 맞지. 진짜 사랑받고 싶은 남자한테 사랑을 못

받으니까 내가 너무 초라해 보이고 스스로 매력적이지 않은 것처럼 느껴지는 거야. 내가 못생겨서, 뚱뚱해서 등 온갖 생각이 들면서 우울증 같은 게 오더라! 사랑이 고픈 건데 육신이 배고픈 거로 착각해서 진짜 엄청 먹었어. 허기짐, 공복 그런 기분으로 매일 살았어.

20대 때 언니 55kg도 잘 안 넘어갔거든. 항상 53kg 정도를 유지했어. 근데 30대가 되고 우연히 체중계 위에 올라갔는데 기절할 뻔했잖아. 주변에서 몸이 좀 변한 것 같다고 말할 때 흘려들었는데, 예쁜 옷 입고 갈 데가 없으니까 쇼핑도 안 하게 되고, 쇼핑을 안 하니까 기분전환이고 뭐고 없었던 거지! 왜, 여자들은 새 옷 살 때 예전 핏이나, 원하던 핏이 안 나오면 그제서야 '아~ 나 살쪘구나.'를 느끼잖아. 근데 언닌 진짜 한동안 옷을 사도 5,000원, 10,000원짜리 가판에 있는 것들만 주워 입어서 그런 기분을 못 느끼고 살았던 거야.

30대 때가 되고 우연히 체중계에 올라갔는데, 68kg인 거지. 에이 뭘 그거 가지고 그러냐고? 충격이었지. 몇 년 사이에 15kg이 쪘는데도 못 느끼고 있었단 거잖아. 심각성도 못 느끼고 '빼야지'라는 의욕도 없이 살아왔다는 것에 화도 나고, 그렇게 충격을 받고, 이 대단한 몸뚱이로 애정결핍, 우울증 등으로 스스로를 괴롭히며 지낼 때, 최악일 때, 술자리에서 만난 남자가 달달한 말을 쏟아내며 나 좋아 해주는 것 같으니까 홀랑 넘어가서는 거의 머리끝까지 술을 마시고 처음 보는 남자랑 잔 거지! 지금 생각해도 아찔하다니까. 그런 놈 아기가 생겼다면 언니 인생은 어떻게 됐을까? 아마도

사람이 답이다

많이 다를 테지? 응, 여자는 몸조심해야 한다는 어른들 말을 절실히 느끼는 순간이었어. 하룻밤에 모든 걸 걸고 도박하는 사람과 뭐가 달라? 진짜 무섭더라. 원나잇? 신중해야겠더라.

너희 진짜 예뻐. 왜냐고? 세월 지나 보면 알게 돼, 언닌 진짜 몰랐어. 언니 중학교 때 완전 남자처럼 해 다니고, 쌍꺼풀도 없었거든! 욕심이 없으니까 쌍꺼풀도 안 생기더라. 눈에 힘줄 일이 없어서 그랬나 봐, 어느 날 진짜 피곤한 날은 한쪽 눈에 쌍꺼풀이 생기는 거야. 그래서 반대쪽도 만들어 다녔잖아. 너네 '쌍꺼풀 풀'이라고 들어봤니? 테이프는? 언니가 반대쪽 눈에 만들어 볼 거라고, 그때 거울 많이 봤다~ 여튼, 그 못생긴 중학생 시절에 언닌 빨리 어른이 되고 싶었거든 내가 돈 벌어서 내 돈으로 쌍꺼풀 수술도 하고, 학교도, 내가 사는 곳도 빨리 벗어나고 싶었어. 근데 지금 생각해보면 그때가 참 예쁘고 좋았더라.

비 오는 날 떡볶이 한 접시 친구랑 나눠 먹으면서 행복했고, 어떤 오빠가 날 보고 웃어만 줘도 자지러졌지 뭐. 그 긴 수업을 마치고 하교하는 길은 또 얼마나 기분 좋니. 선생 욕하고 친구 욕하면서 걸어도 감옥을 탈출한 죄수처럼 막 해방감도 들잖아. 사복으로 갈아입고 쇼핑이나 데이트하러 갈 때 설렘은 또 어떻고? 안 되는 거 투성이에, 답답하고 짜증나는 현실이지만 그래도 거기서 가끔 해방될 때나 소심한 반항할 때 나름 정말 행복했잖아. 그리고 항상 웃고 울어주는 친구가 있었더라고. 그러다 대학 가면 또 다른 신세계가 펼쳐지는 거야. 그땐 진짜 남자친구라는 게 생긴다. 이때 조심해야 해. 일단 로맨스 러브를 해야 해. 그래야 재밌어. 명심해

바로 섹스를 하자고 덤비는 놈들은 무시해도 돼. 그냥 버리라는 뜻이야. 왜냐면 엔딩 다 알고 영화 보면 재밌어? 스토리를 모르고, 기대 안 하고 봐야 재밌고 막 뭔가 특별한 기분 들잖아. 너넨 그 단계거든. 아직 영화 시작도 안 했는데, 무슨 라스트 신이야. 기다려 달라고 해. 못 기다리겠으면 다른 여자 만나다 와도 된다고 쿨하게 말해. 자존심은 건들지 말고!

여튼 설렘과 풋풋함으로 무장한 너희들은 아무리 살이 덜 빠지고, 화장에 서투르고, 하이힐이 어색해도 그 자체로 그냥 예뻐. 너희는 아직 때 묻지 않은 채로 좀 더 젊음을 즐겼으면 좋겠어. 젊다는 게 그렇게 매력이 있더라! '스타 더스트'라는 영화 못 봤지? 거기에 영원한 젊음을 쫓는 마녀 자매가 나오거든. 언닌 그 마녀들도 이해되더라. 그 젊음, 파릇파릇이라는 게 피어나는 꽃 같은 거지. 이미 피어 생글생글 웃는 꽃과 달리 앞으로 피어날 그 무궁무진한 아름다움은 태양이 떠오를 때의 찬란함과 같아서 그만큼 매력적이고, 경이로운 특별한 설렘과 예쁨이 있어. 무르익고 농익은 것과 차원이 다른 순수함 같은 거랄까? 아무튼, 너희 진짜 예쁘니까 하고 싶은 것들도 하고, 연애도 해서 꼭 행복해지길 바랄게.

언니가 어릴 때, 한 15년쯤 전이니까… 응, 언니도 중학생 때부터 술 마시고, 남자 만나고 그랬어. 언니가 어릴 때 술 마시면서 만난 친구들 이야기 잠시 해줄까? 너희 혹시 편부모 가정으로 한쪽 부모랑 살면 정부에서 보조금 나오는 거 알아? 우리나라는 이상하게 가족들을 떨어뜨려 놓거든. 떨어져 살고, 모른 척하고 살면 국가에서 돈 나오는 구조거든. 예나 지금이나 그래. 그래서 돈 때문에 하는 수 없이 이혼하고 사는 멀쩡한 가정들도 있어. 근데, 다 그렇다는 건 아니고, 언니가 만난 힘든 친구들은 대부분 이런 편부모 가정, 흔히 이혼 가정이라고 하지? 유독 이런 아이들이 많았어. 돈을 선택하게 되고 부모가 서로 같이 안 살고, 각자 돈 벌러 가느라 아이들은 방치돼. 그 방치된 아이들끼리 놀러 다니고, 사고치고 하는 거거든. 근본적으로 외로워서 그냥 누군가 필요한 거야.

관심을 받고 싶고, 사랑을 받고 싶고 그렇잖아. 또래들끼리 놀다 보니 돈이 어디 있겠어? 그래서 일단 엄마 지갑부터 시작해서 물건 훔치고, 자전거, 오토바이 훔쳐서 싼값에 내다 팔고 들켜서 일단 빌고 변상해주기부터 시작하다가 그렇게 나쁜 짓도 하게 되고, 같이 어울려 놀던 애들끼리 아기라도 생기면 그래도 그중에 책임감 있는 아이들은 매일 그렇게 술 먹고 하루하루 살더라도 중국집 배달 아르바이트라도 하면서 노는 거 대신 생계를 책임지게 되고, 그렇게 어른이 되어 가기도 해.

물론 몰려다니면서 흔히들 '삥 뜯는다'고 하지? 그거 없으면 유흥비를 감당할 수가 없는 거야. 심지어 요즘은 뭐? 선배가 후배한테 돈 가지고 오지 못할 거면 몸이라도 팔라고 해서 휴대전화 어플로 원조교제 알선까지 한다며? 참, 무서운 세상인데, 결국, 언니가 하고 싶은 말은 이 아이들도 그냥 처음엔 순수한 마음으로 시작했고, 결국엔 다들 빠져나오길 희망한다는 거야. 보호관찰 같은 걸 받으면서 다시 가정이나 학교로 돌아오는 경우도 많지만 실은 돌아갈 곳이 없는 아이들이 더 많아. '사고나 치고 다닐 거면 집에 들어오지 말지, 뭣 하러 기어들어 와서 사람 속 뒤집어 놓냐'고 엄마가 말할 때 내 친엄마가 맞나 싶어 엄마를 때릴까 봐 도망쳐 나온 아이들도 있었거든.

한번은 술을 먹으러 원정을 갔어. 남자친구들, 여자친구들 할 것 없이 다들 이사 간 원년멤버네 집에 방문한 거였어. 거기가 진해였는데, 무서운 건 시내 한복판에 지금은 사라졌는데 홍등가라고 빨간 정육점 조명을 골목에 있는 방마다 켜놓고 그 골목을 지나가는 남자들에게 여자들이 성을 파는 곳이 있는 거지. 시내 한가운데에서 직접 봤으니 너무 놀랐어. '무서운 동네다.' 했지. 10대는 못 들어간다고 표지판이 돼 있었지만, 어린 나이에 충격을 받은 거야. 그러고는 5시? 좀 이른 시간부터 한잔하기 위해 다들 그 집주인의 작은 방에 모여 앉았는데, 큰 형들이 들어와서 컴퓨터 좀 하겠다고 신경 쓰지 말고 놀라고 하더라. 큰방은 어른들 방이고, 작은방이 아들들 방인데, 컴퓨터는 작은방에 있었거든. 부모님이 밤에 일 나가시니까 형들은 큰방에서 놀 생각이었나 봐. 키득키득 자기네들끼리 컴퓨터를 하면서 '채팅해서 여자 꼬였다'고 좋아하며 나가더니 얼마 후 여자들을 데리고 들어오는 소리가 들렸어. 근데 언젠가부터 계속 이상한 소리가 크게 들리는 거야. 우리는 하던 행동을 멈추고 안방에서 들리는 소리에 집중했지

"오빠, 저 방에서 이상한 소리나."

"아, 저 형들이 진짜~ 됐다, 모르는 척해라."

"아, 진짜? 모르는 척해도 돼?"

"뭐, 그렇겠지."

그렇게 이야기하고 있는데 안방이 조용해졌어. 현관문 쪽에서 시

사람이 답이다

끌시끌하더니 형들은 밖으로 한잔 더 하러 가는 것 같은 거야. 우리는 호기심 반, 걱정 반으로 집주인 오빠더러 안방에 가보라고 했어. 형 한 명이 잠들어 있고, 여자 두 명도 널부러져 잔다고, 죽거나 그런 건 아닌 것 같으니 우린 그냥 술이나 마시자는 거야. 사실 엄청 무서웠어. 낯선 지역이기도 하고 낮에 봤던 정육점, 응, 그 홍등가에 대한 충격이 남아있을 때였는데, 이상한 소리까지 들렸으니 뭔가 찜찜한 기분이었어. 그리고 우리도 한잔하다가 다들 그렇게 잠들었어. 잠을 깼더니 친구가 깨있더라.

"몇 시고? 안 잤나?" 친구는 거의 못 잔 것 같더라고.

"8시, 근데 어젯밤에 나간 남자들 안 들어왔고, 저 여자들은 깬 것 같은데 이제 나가려나 봐."

그 말이 떨어지기 무섭게 안방에서 여자들이 나오면서 누군가와 통화하는 소리가 들렸어. 다급한 듯이.

"네, 지금 나가요. 죄송해요, 오빠." 그러곤 후다닥 사라졌어.

"뭐지? 누가 여자들을 데리러 왔나 봐. 어제 그 형아들인가? 아닌 것 같은데."

언니 친구는 거의 모든 촉각을 곤두세우며 소설을 쓰고 있는데 사실 나도 좀 무섭더라니까. 여자들이 가고 그 안방에서 자고 있던 형 한 명이 우리 방에 배가 고프다며 찾아왔어. 우리는 라면을 끓이고 있어서 나눠 먹었는데, 충격적인 이야기를 하더라. 어제 그 여자들은 다방에 다니는 미성년잔데, 가출해서 숙식제공 해주는 곳으로 일자리를 구해 갔다가 거기서 처음 마약이라는 걸맞았다고. 돈이나 밥 대신 마약을 주며 일을 시켰고, 여자들은 어젯밤에도 도망 나온 것이지만 집엔 연락할 수 없고, 마약을 끊을 수가 없어서 다시 포주에게 연락해 다방으로 간 거였대. 정말 소름이 돋을 정도로 무서웠지만, 그땐 덤덤한 척 들었고, 하루 더 묵지 않고 통영으로 바로 내려왔어.

무섭지? 그때나 지금이나 세상은 무서워. 나쁜 길로 빠지는 건 한순간이고 특히 가출은 예나 지금이나 진짜 위험해. 대책 없이 나가면 정말 끝이라고 생각해야 한다고. 치밀하게 계획을 세워도 어찌 될지 모르는 게 인생인데, 계획도 대책도 없이 집을 나오는 일은 없어야 나중에 돌아갈 수라도 있어. 미성년자 보호법이 강화됐다, 어쩐다 해도 아직 너희들이 맹수한테 잡아먹히기 너무 쉬운 세상이고, 이용당하기 딱이야. 맹수와 싸우거나 맹수의 공격을 피하는 약한 동물들을 본 적 있니? 무리 지어 생활하지? 그 무리의 우두머리가 지혜로우면 그 무리는 살아. 근데 맹수한테서 몸을 보호하기 위해 무리에 들어가도 우두머리가 멍청하면 또 그 무리도 분산되거나 죽어. 어딜 가던 생각이나 철학이 맞는 상황판단을 잘하는 그런 우두머리를 볼 수 있는 눈을 키우라고 말해주고 싶어.

그 눈은 네가 너 자신을 아는 것에서 비롯해. 그래 맞아, 소크라테스 아저씨의 말이야. 이 말이 얼마나 중요한 말이냐면 너희 팀플레이로 게임을 해 봤어? 뭐 리×지, 레×문 다들 비슷해. 그런 거 하면 각자 전사니, 마법사니, 뭐 그런 거, 정하잖아. 그걸 알아야 그 안에서 레벨업도 쉽게 할 수 있고, 뭐 어쩌고 클 수가 있잖아. 무슨 말인지 알지? 내가 어떤 성향인지 알아야 어떤 길드나 혈맹이 나랑 맞을지 선택할 수 있잖아. 하다못해 팬클럽 하나만 가입하려고 해도 내가 어떤 느낌의 가수를 좋아하는지 스스로에게 물어봐야지, 안 그래? 하물며 초식동물이 무리에서 벗어나는 건 맹수의 표적이 되기가 더욱 쉽다는 말이 되는 거야. 어른들은 그걸 아니까, 우릴 걱정하는 건데 잔소리처럼, 훈계처럼 들리는 게 문제가 되는 거지. 뜻을 모르는 건 아니잖아. 우린 우리 스스로가 어떤 성향, 캐릭터인지 파악해서 스스로 지키면서 무리를 벗어나지 않도록 해야 해. 전쟁을 걸어오는 누군가가 있으면 피하지 말고, 쫄지 말고 싸우고!

연애도 사랑도 인생의 중요한 결정을 할 때 너무 충동적이지는 마. 너를 아끼고 사랑하는 건 네가 해야 돼. 이렇게 소중한 너에게 스스로 상처를 주고, 아파하지 말았으면 좋겠어. 언니가 살아보니까 뭐 자잘한 건 충동적이어서 즐거울 때가 많지만 중요한 건 부디 몸조심하고, 너를 사랑해주는 사람과 꼭 콘돔을 사용해서 사랑하고, 혹시 진짜 상황이 안 되면 이 남자랑 아기가 생겨도 후회하지 않을 자신 있을 때 그때 해. 엄한 놈한테 코 꿰어서 인생 좆 치는 거, 그놈은 단순한 놀이나 스트레스 해소 정도인데, 너에겐 씻을 수 없는 치명적인 결과를 낳을 수도 있다는 걸 명심 또 명심해야 해. 고마워, 사랑한다. 너흰 존재만으로도 사랑스러워!

2 장

/

사람 때문에

덕분입니다. 내가 네 덕에 산다. 내가 너 때문에 못 살겠다. 사람 덕분에 죽고 살고, 살맛이 났다가 살맛 안 나다가, 하루에도 수십 번 마음이 변하는 사람과 사람이 사는 세상. 난 특히 예민한 편이어서 나의 한마디에 변하는 사람들의 표정에 마음을 졸이거나 잠 못 자는 일이 많았다. 잘 보이고 싶은 사람, 예를 들면 회사 동료, 직장 상사 특히 사랑하는 사람 등 내가 더 많이 좋아하고 잘 보이고 싶은데, 나를 죽도록 싫어하고, 미워하고, 나의 실수를 마치 기다렸다는 듯 격멸 섞인 질타를 쏟아낼 때 내가 무슨 죽을 죄를 지었나 싶은 자괴감에 빠져든다.

사람으로 인해 내가 겪는 감정변화, 감정소모가 얼마나 큰가. 그런데 이런 사람이 매시간, 장소마다 있으니 우리가 무슨 훈련을 하지 않으면 휘둘리고 휘말려서 너덜너덜해지고 정작 내가 여기에 왜 있는지, 나는 뭐 하는 사람인지 잊어버리게 된다. 조금만 방심하면 멘털이 나간다. 정신이 혼미해진다. 마음이 초조해지거나, 불편해지기 다반사다.

과거의 내가 오늘이 되었고 오늘의 나는 내일의 나가 된다. 그러니 부디 그동안 과거에 받은 사람으로 인한 상처가 있다면 오늘이라도 늦지 않았으니 용서하고, 위로받고, 풀고, 쏟아 내버리고, 내일은 조금 더 아물어서 건강한 아름다운 당신이 되었으면 좋겠다. 혹시 받지 않아도 될 상처나 아픔을 겪었다면 오래 끌 것이 아니다. 그날, 그날 위로받고, 풀고 쏟고, 버리고, 가벼운 마음, 행복한 마음으로 가자.

상처는 인간관계에서
시작된다

나의 첫 번째 직업은 웨딩 플래너였는데, 예쁜 옷 입고, 럭셔리한 공간들에서 아름다운 신랑, 신부와 함께 최고의 순간을 만들기 위한 작업은 너무나 행복했지만 돈 때문에, 생활비가 없어서 그만두었다. 두 번째 직업은 예식, 돌잔치로 전국에 체인점 수십 개를 둔 리더스클럽의 기획관리부 사원이었다. 기획관리부는 음향기기, 카메라 모니터 작동, 안내방송, 여러 행사준비, 한 주 동안 행사 및 뷔페에 사용될 식자재 및 용품 발주, 행사비용 정산, 본사제출용 일지와 실제 금액 일치 여부, 본사 입금 준비와 다음 주 행사 확인전화까지 모두를 해야 하는 한 지점의 엄마와 같이 안 살림을 하면서 상담과 계약은 필수로 아주 잘해야 하는 멀티태스킹 능력을 갖추고 있는 사람이어야 했다.

22살이었던 나는 상담을 원 없이 할 수 있을 것이라는 기대에 무작정 웨딩홀 중에 제일 크고, 제일 좋은 데 입사하고 싶어 들어갔다. 하지만 상담이나 계약은 필수요, 컴퓨터 앞에서 온종일 씨름해야 하고, 계약을 많이 받아서 행사가 많으면 많을수록 확인전화, 행사준비는 더 많아지지만, 기본급은 연차로 상승하는 구조의 직장이었다. 배워야 하는 것도 많고 실수도 많이 하는 내게는 기

살려 주고, 실수를 커버해주는 사람보다 깎아 내리고, 시기하는 사람이 더 많았다. 난 상담은 다들 인정할 정도로 잘하는데, 그 외 사무 관련, 특히 컴퓨터 앞에만 앉으면 한세월이었다. 발주를 실수하거나 계산이 틀리면 그땐 '상담 잘하고, 계약 잘한다고 칭찬받던 사람과 같은 사람이 맞나?' 싶을 정도로 격멸을 쏟아내는 직장 상사가 있었다. 내가 한 계약을 자기 이름으로 본사에 보고하고 미안해하기는커녕 당연한 듯 가로채기를 하는데, 어이가 없을 지경이었다. 이럴 거면 미워하지나 말든지. 진짜 이상한 인간이라고 생각했었다. 바로 직속 직장 상사와 마찰이 있으니 종일 마음이 불편하다. 눈치 보고, 컨디션 살피는 것이 너무 싫어 외근을 자처해서 돌아다녔다. 외근에서 실적이 나와서 보너스를 받자 직원을 선동해서 한 턱 쏘라고 강요했다. 어린 나이에 혼자 서울살이 하는 어린 여자애가 열심히 해서 다른 직원들보다 한두 푼 더 받았기로서니 저게 무슨 추태인가 싶고, 얄밉고, 밉고, 싫고 그랬다가, 또 자기 기분 좋은 일 있거나 자기 원하는 대로 해주면 헤벌쭉해서는 실실거리고 다니는 것을 보면 또 덩달아 기분이 좋아지는 것이 정말 아이러니했다.

같이 말도 안 되는 큰 행사를 무사히 치르고는 또 고생했다고 한마디 해주면 그걸로 좋아서 집에 가는 발걸음이 경쾌해진 경험도 있다. 상담하는 데 재미가 붙어서 계약을 하루에 5~6건 하는 날도 있었다. 그러면 일단 지나가던 다른 부서 직원들은 짜증을 낸다. 계약 장부가 빼곡해지면 질수록 비번 빼기가 어렵다는 둥, 다른 점포에 비해서 우리는 일이 너무 많다는 둥 나 들으라는 듯이 꼭 인포데스크 앞에서 불평과 불만을 늘어놓는다. 막상 접시 빼고, 음식 리필하고, 행사 진행해야 하는 직원들 입장에서는 조금은 여유 있는 점포가 부러울 수 있으니, 어느 정도는 이해가 됐지만, 그 나이에는 칭찬은커녕 불평만 늘어놓는 동료 직원들이 미웠다. 하루에 5~6건 계약한 날, 직속 상사는 더 가관이었다. 자기가 두 개, 선배가 하나, 관련도 없는 다른 직원이나 본부장님 이름으로 하나를 기록하고, 나는 기껏해야 한두 개, 보통 이 정도 하면 상담을 일부러 안 하거나 못 해야 하는데, 난 더 열심히 했으니 놀리는 재미가 쏠쏠했을 수도 있다. 어린 나이에 어찌나 열 받고, 억울하고, 화가 나던지 이유를 설명해주지도 않고 한마디 상의 없이 자기 마음대로 하는 것이 정말 괴로웠다. 나는 일 잘해서 능력을 인정받고, 그래서 월급 많이 받고, 칭찬받고, 크게, 크게 성공하고 싶은데, 11살이나 많은, 그것도 점장이라는 인간이 계속 내 계약을 자기 것인 양 훔쳐가고, 맘대로 하고, 약 올리고, 동료 직원들 선동하고, 정말 미웠다. '뭐 저런 인간이 점장이야?'

결국, 핍박과 설움에도 2년이라는 시간을 버텨서 선배는 다른 점포로 발령 나고, 혼자서도 점포를 꾸려갈 수 있는 정도에 이르렀다. "혼자서는 큰살림이 어려우니 후임을 붙여 주겠다." 해 놓고, 후임이라고 나보다 11~12살씩 많은 신입들을 넣어주는 전무님께 화가 났다. 이 나이 많은 후임님은 일단 버텼다. 새파랗게 어린 여자애가 경상도 사투리 써가면서 계약 좀 잘한다고 기고만장해서 점포를 휘젓고 다니고, 다른 직원들도 그냥 따라주는 것이 그 나이 많은 신입들 눈엔 이상해 보였다. 하나부터 열까지 애 다루듯, 가르치는 말투, 면박, 처음 겪어보는 당돌함에 회장님과 대학원 동기라던 11살 많은 여자 후임님은 회장님께 직접 전화해 나에 대해 이야기하면서 점포를 옮기고 싶다고 말했다며, 자기는 이제 점포 옮길 것이고, 난 좀 당해 봐야 한다고 했으나, 시간이 지나도 소식이 없자 작전을 바꿨는지, 먹는 거로 동료 직원들을 포섭했다. 매일 퇴근 후 직원들에게 술을 사고, 점포로 맛있는 걸 가져와서 내 앞에서 내겐 먹어보라고 말 한마디 하지 않고 얌얌 맛있다며 자기들끼리 먹었다. '유치한 인간들.' 하루는 저녁 시간인데 도넛 파티를 벌이는 걸 보고 화가 뻗쳤다.

"고객이 언제 오실지 모르는데 데스크에 전부 모여 뭐하는 거예요? 다들 어디 가서 드세요." 어린 경상도 여자애의 특유의 차갑고, 싸가지 없는 말투에 다들 혀를 내둘렀다.

"왜 항상 여기서 먹는데, 에이, 또 삐졌네!"

"아, 예~예. 가자, 가자. 여왕님 말씀 들어야지." 입에서 욕이 나오지만 참았다. '와~ 먹는 거로 치사하게 더러워서 안 먹는다. 먹으라고 했어도 안 먹을 생각이었거든? 나이들 처먹고 왜들 저러지 진짜?' 휴무 표 짤 때도 한편이 돼서 나 혼자 근무하게 만들곤 했다. 조리부 직원 한 명도 없이 점포 지키던 어느 날 배가 너무 고파서 짜장면을 시켰다. 잠시 후, 상담으로 보이는 신랑, 신부가 걸어 들어오는데 그 뒤로 중국집 배달부가 따라 들어왔다. '안 돼, 정말 하늘도 무심하시지 배고픈데.' 당황한 얼굴을 들키지 않으려고 더욱 방긋 웃어 보였다.

"안녕하세요. 예식 상담 오신 거세요? 날짜는 정하셨어요?"

최대한 상냥하게 웃고 있는데 눈치 없는 중국집 배달원이 "어디 놓을까요?"라고 불쑥 끼어들었다.

"아, 네, 여기 두세요."

"돈은 그릇 찾을 때 받아 갈게요. 맛있게 드세요."

프로패셔널한 면모를 보이고, 쿨하게 떠나는 뒷모습을 예비 신랑, 신부와 나는 잠시 서로 바라봤다.

"어머, 식사하셔야 하는 거 아니에요?"

난 어디서 이런 프로 정신이 나왔나 싶을 정도로 놀라운 대답을 했다.

"아, 제 거 아니에요. 직원 한 명 더 있습니다. 날짜 얼마 안 남으셨네요." 하고 짜장면을 얼른 데스크 밑으로 숨기고 상담을 이어나갔다. 예식장, 피로연장, 상담실을 거쳐 다시 돌아와 "네, 그럼 시식 날짜 잡아드릴게요. 이럴 때일수록 맘 조급히 먹지 마시고, 직접 예식도 보시고, 음식도 드셔 보셔야 어른들에게도 인정받으실 수 있습니다. 혹시 걱정되시면 아주 부모님도 모시고 오세요. 시식 인원 좀 더 여유 있게 잡아놔 드릴게요." 예비 신랑, 신부는 돌아갔다. '꼬르륵, 아, 내 짜장면.' 상담 하나, 특히 예식 상담 하나 하고 나면, 정말 넋이 나간다. 랩도 안 뜯은 내 짜장면… 나는 사태 파악 못 하고 랩을 뜯었다. 오~ 생각보다 상태 좋은데? 젓가락을 쪼개고 짜장면을 공격하려는 순간 놀랐다. 겨울도 아닌데 얼었다고 표현해야 맞을 것이다. 모형으로 만든 짜장면처럼 윤기와 기름기, 오이 장식까지 하나 흐트러지지 않고 딱딱. 젓가락을 간신히 밀어 넣어 들어 올리니 통째로 무겁게 덩어리째. 헐, 뭐가 비벼져야 먹지, 배는 너무 고프고 퇴근 시간까진 아직 시간이 너무 남아 '뭐라도 먹긴 먹어야 하는데' 싶어 뜨거운 물 한 컵을 받아 살살살 얼어 있는 무언가를 정성껏 녹이듯이 간절한 손놀림으로 심폐소생에 성공했다. 드디어 비벼진 짜장면에 감격하며 한입 입에 넣고 씹는데, 왈칵 눈물이 쏟아졌다. 전혀 상상하던 맛이 아닌데, 먹어야만 하는 상황, 버리지도 못하고, 이러고 있는 내 모습, 누구 하나 알아주는 사람도 없는데 혼자 지지리 궁상을 떨고 있는 것이 서러웠다. 친구에게 전화했더니 친구가 말했다.

"누가 있어서 비벼놓기만 했어도 그 지경까진 안 됐을 텐데. 그럴 땐 그냥 컵라면을 먹지. 사치 부렸네. 그냥 버려. 먹지 마. 배탈 나."

이 말에 왜 이렇게 눈물이 쏟아지는지 더 서럽게 울던 기억이 난다. 학교생활 6년 왕따보다 직장생활 왕따가 더 눈물겨웠다. 눈물 젖은 짜장면… 아직도 잊혀지지 않는다.

이후에 많은 사람에게 질렸고, 서울살이도 싫고, 자기 살자고 남 짓밟는 게 너무도 당연한 사회구조도 싫어서 동생이 있는 창원으로 내려와 맘 편히 살고 있다. 직장이나 사회에서 힘든 건 초과근무가 아니라 사람이었다. 나에게 지독스럽게 악랄하게 실적을 뺏어가고 나를 찍어 누르는 것으로 스트레스 푸는 인간들, 난 그런 인간들과 어떻게 공생해야 하는지, 내가 나를 위해 어떤 위로를 해주어야 하는지 몰랐고 결국은 나는 나를 지키기 위해 도망을 선택했다. 시간이 지나고 그때의 사람들을 떠올려보니 그들도 살려고 그랬을 수 있겠다 싶다. 나처럼 도망갈 곳도, 용기도 없는 그들이 오히려 조금 안쓰럽다는 생각도 든다. 더 찌들지 않은 것에 감사하기도 한다.

도망갈 곳도, 용기도 없어진 어느 날 그 지긋지긋한 직장 상사가 하던 행동을 나도 누군가에게 똑같이, 아니 더 했을지 모를 일 아닌가? 나도 살려고, 살아보려고… 무섭다.

전쟁을 피해 도망을 선택해 왔다고 해서 내가 루저인가? 아니다. 왜, 싸워야 하는지 명분도 없는 싸움을 계속하다 전쟁 좀비가 되느니, 차라리 조용한 내 가족이 있는 고향으로 가서 세상을 위해, 사회를 위해, 나를 위해 사는 삶을 택한 것에 누구도 손가락질을 할 수 없을 것이다. 가치관의 차이니까.

일왕이 신인 줄 알고, 신의 부름을 받고, 뜻을 받아 가미카제 특공대로 활동했던 한 일본의 파일럿이 "한국과 동남아시아에 용서를 구한다."는 말을 하며 끊임없이 일제의 침략을 정당화하던 자국을 부끄러워하며, 활동하시는 것을 영상에서 본 적이 있다. '나는 과연 저럴 수 있을까?' 내 잘못을 인정하고 용서를 구할 용기가 있는 사람인가? 잘못된 신념에 사로잡혀 전쟁을, 상대방에게 상처 주는 것을 정당화하기보다 이제라도 나부터 깨닫고, 인정하고, 용서하고 세상에 선한 영향력을 끼치며 살아가야겠다.

기대와 두려움

봄이 오고 신학기가 되면 내 가슴이 두근거려온다. 아주 어릴 때 하늘거리는 하얀 원피스를 입고 빨간 책가방에 파란 실내화 주머니를 흔들며 반 배정을 위해 운동장에 서 있던 설렘이 피어오른다. 또 한편으론 고등학교 1~2학년 때 나를 미워하기 위해 세상에 태어났나 싶은 담임과 또 같은 반이 된다면 그냥 들이받고 퇴학이나 자퇴를 해야겠다. '제발, 제발 S만은 안 된다.'고 간절히 기도했던 그때가 떠오른다.

난 참 별나고 이상한 아이였다. 적어도 일반적인 기준에서 보면 그렇다. 중학생이 매일 술 냄새 풍기고 수업시간에 자고, 칠공주, 흔히 말하는 일진들을 시간마다 찾아오게 만들어 교실을 시끄럽게 만드는 아이였다.

부모의 간섭이나 잔소리 같은 거 안 듣고 사는 것 같은데 그렇다고 궁핍해서 매일 돈 걱정을 하는 것도 아닌 것 같은, 나는 통영여중 5대 미스터리 중 하나였고 웬만한 안티 팬 100만 명을 거느린 연예인 부럽지 않은 관심과 미움을 받으며 그야말로 가십의 중심에서 하루하루를 살았다.

드디어 연예인 생활도 청산할 때가 됐나 싶은 순간이 왔다. 중학교 졸업과 동시에 고등학교 입학. 이 지긋지긋한 칠 공주들과 마침내 이별이구나! 난 다행히 성적이 좋았다.

나를 선입견 없이 봐주는 선생님들 수업시간엔 자지 않고 일어나 집중하고, 시험 기간엔 공부해 가며 놀았다. 통영 시내에서 성적순으로 2번째 공부 잘하는 고등학교, 4칸이었다면 제일 높은 칸은 말 그대로 입김 좀 강한 엄마들이 보내는 대표 고등학교, 우리 밑으로 3번째 칸은 상고, 4번째 칸은 말 그대로 꼴찌 고등학교였다. 2번째, 내가 갈 고등학교는 남녀 공학이었는데 7:3으로 여자 비율이 월등히 적으니 에너지 쓸 일 적고 무엇보다 칠 공주들은 공부 안 했을 거니까 더 안 볼 수 있었다. 분명히 따로 공부한 건 아닌 것 같은데 같이 사는 친구 놈과 나는 남녀 공학이면서 좋은 고등학교로 진학했다. 방학 내내 새로운 출발, 새로운 친구에 대한 기대와 떨림에 너무 설레고 들떴다.

개학 날 아침, 새로 맞춘 교복을 입고 옷매무새를 만지고 책가방을 메고 집을 나섰다. 첫 등교의 설렘, 이미 버린 이미지를 좀 털어내고 새로운 이미지로 고등학교에 가면 좀 더 이해받고, 좀 더 좋고 많은 친구들과 사귈 수 있지 않을까? 긴장되는 마음으로 교실에 들어섰다.

언제나 처음은 탐색에서부터 시작된다. 실은 첫 탐색에서 거의 판가름 난다. 물론 때때로 더 좋은 친구가 되기도 하고 친구로 받아들였다가 오히려 적이 되는 경우도 발생한다. 특히 나처럼 '준 연예인급'인 경우, 염탐으로 내게 접근하는 놈들을 경계해야 하는데 난 사람을 너무 믿으니 일단 내게 다가오는 놈들에겐 항상 관대했다.

한 달이 지나갈 때쯤, 이제 탐색은 거의 다 끝이 났다. 항상 새로운 남자들과 친구, 술, 자신감, 자유가 있는 내 곁에 활기차고 밝은 성격의 친구들이 모였다. 남자도, 친구도, 술도, 각자 궁금한 건 달랐지만 나라는 사람을 알게 되면서, 나와 놀게 되면서 느낀 해방감이 꽤 즐겁고 행복했다고 말했다. 반면 같은 반이지만, 나와 나의 무리를 경계하는 무리도 생겨났다. '소문이 이렇대, 저렇대 왜 학교에 술 냄새가 나는 채로 와서 수업시간에 잠만 자는 거지? 밤에 뭐하고 다니는 거래? 이럴 거면 학교는 왜 와? 쟤네 뭐야?' 의심에 의심이, 소문이 소문을 낳아, 소문은 칠공주와 같은 학교에 가게 된 내 중학교 시절 3인방 중 한 놈을 거의 죽음 직전까지 몰고 가는 극한 상황에도 치닫게 했다. 상고로 혼자 떨어져 버린 내 친구 놈은 하주란이 어떤 년인지, 어떻게 노는 지 불지 않으면 중학교 3년보다 더욱 괴롭혀 주겠다는 으름장에 치를 떨며, 그들이 듣고 싶어 하는 대로 적당히 '모른다'와 거짓말을 섞어가며 나를 팔고, 우정을 팔아가며 살아남는 중이었다. 친구에게 당한 첫 번째 배신은 그렇게 가장 믿었던 친구에게서다.

"저 애 소문 진짜라던데. 같이 놀던 친구 있는데 그 애가 직접 말하고 다닌대."

그놈을 만나 자초지종을 듣기 위해 집 앞에서 며칠을 형사가 된 마음으로 잠복했다가 드디어 만났다. 첨엔 놀라는 것 같았지만 이내 침착해져서는 일제의 고문을 버텨내면서 애국하던 사람들 존경한다고 비유하며 눈물 흘리는 것을 보고 더 이상 내 사람이 아님을 느꼈다. 주변에서 계속 같이 놀았는데 같은 고등학교로 안 오고 우리끼리만 살려고 자기를 버린 것처럼 이야기했다고.

"그럼 너는 고문을 못 견디고, 살아남으려고 나라 팔아먹은 친일파다. 이제는 더 이상 우리의 친구가 아니다. 눈에 띄지 마라. 그땐 진짜 어떻게 할지 모른다."고 이야기하고 돌아섰다. 후회 없다. 그것 또한 나와 시간과 추억을 함께한 내 사람을 지키는 나만의 방법이었다. 다만, 그놈이 죄책감과 미안함에 정말로 나에게 연락 한 통 못한 채 그놈을 잃어야만 했던 시간에 마음이 쓰릴 뿐이다. 나는 그놈을 지켜주지 못함에 며칠을 울었다. 내 곁에 바짝 붙어있지, 내가 지켜 줄 수 없는 곳에서 얼마나 외롭고 힘들었을까?

고등학교 시절이 힘들었던 이유는 나에 대한 소문이 진실이 아님을 알 거 다 아는 놈들이 자신들의 이익을 위해서 거짓과 회피를 통해 나를 이용하는 것에 첫 번째 놀라고, 두 번째는 무서웠기 때문이다. 이후에 나는 사람을 잘 믿지 않게 되었다. 곁에 있을 때는 좋을 때는 온갖 아첨을 다 떨며 나를 추켜세우고 기분 좋게 만들어 얻어가고, 챙겨가고는 더 큰 이익 앞에 아니 조금의 불이익 앞에 변하는 것이 사람이라면 사람이 너무 무서워졌다. 더 큰 두려움이 공포로 바뀌는 순간은 선생님에게 처음 느꼈다.

무리라면 다르겠지만, 또래들끼리는 특히 1:1로는 사람을 죽일 정도로 강한 힘을 발휘하기는 어렵다. 그러나 어른 대 아이라면 1:1로도 아이를 죽고 싶게 만들 정도의 강한 독을 뿜어내서 상대를 무기력하게 만들 수 있다. 내 고등학교 1~2학년 때 담임은 여태껏 만난 담임 중에 최악이었다. 아이들에게, 학부모들에게 인기를 얻기 위해 학생들이나 학부모에게서 미움받는 엄마 없는 아이 하나 정도는 우습게 짓밟을 수 있는, 학생들보다 먼저 조롱하고 주변에 흩어진 이미지들을 모아 실체가 있는 것처럼 만들어내는 인간. 선생으로서 제자에게 하는 것도 최악이었고, 인격 정도 짓뭉개는 건 우스운 인간.

　우린 우리만의 규칙이 있었고, 해도 되는 일과 하면 안 되는 일들을 구분했다. 예를 들면 우린 담배는 입에도 대지 않았다. 담배마저 하면 진짜 비행청소년임을 입증하는 것 같아 자존심도 상했고, 인정하기 싫었다. 또 관계하지 말 것, 우리에겐 당연한 거였다. 하도 그런 년들로 몰아가니까 진짜 남자랑 술 마시고 다니면서 관계까지 한다면 진짜 술 한 잔에 몸을 파는 창녀랑 다를 게 없다고 생각했었다. 또 한 가지, 그 시달림과 언어폭력 따가운 시선 속에서도 학교를 빠지지도 않았다. 학교에 가면 벼랑 끝에 서 있는 기분이었지만 학교에 가지 않으면 벼랑 밑으로 밀려 떨어지는 것이라고, 더 이상 누구에게도 보호받을 수 없게 된다고 생각했다. 우린 서로 서로의 자존심을 지켜줘 가며 책임질 수 있는 선까지만 즐기는 중이라고, 그러니 언제 어디서도 어떤 상황에서도 기죽을 것 없다고 생각했었다. 만약 모든 것이 잘못돼 파출소 같은 데 쫙~ 일렬로 앉아있어도 부모님도 이해할 수 있는 선까지만 놀자는 게 우리의 원칙이었다. 이런 선입견이 싫다고 하면서도 채팅으로 만난 사람과 술 먹고 다니지 않았느냐고? 사람 만나는 것이 왜 나쁜 거냐고 그때도 당당했었다. 술을 마시는 것도 '뭐, 그럴 수 있지, 더 좋은 게 뭐? 있어?'였다. 이 힘든 시절을 술도 없이 어떻게 맨정신으로 버티라는 건데? 내가 공부를 안 해? 학교를 안 가? 아니면 저년들 말대로 내가 남자랑 막 나쁜 짓을 하는 것도 아닌데 왜들 나를

　　　　　　　　사람이 답이다

못 잡아먹어서 안달인 건데? 채팅이 나빠? 채팅이 왜 나빠? 난 채팅만 하는 게 아니라 통화도 하고, 나름 검증도 하고 우리만의 원칙을 가지고 즐긴 거라고, 우린 단지 그 설렘, 분위기, 사람이 좋은 건데 다르다고 해서 어쩔 수 없이 생긴 사람들의 선입견을 일일이 변명하기도 싫어 차라리 우리 스스로 당당할 수 있도록 놀자는 거였다. 어른들 눈에는, 특히 담임 'S마녀' 눈에는 그게 아니었나 보다. 난 웬만해선 지각이나 결석은 자주 하지 않았다. 어느 날 내가 지각을 했고 난 'S마녀'에게 걸려온 전화를 받고 이렇게 말했다.

"선생님, 제가 머리가 어지러워서 감기약 먹고 잤는데 늦잠 잤어요. 지금 갈게요."

"뭐? 마약을 했다고? 됐다, 나오지 마라."

"아니요, 감기약이요."라고 단호하게 말했지만, 전화가 끊어져 '삐삐' 소리만 들려오는 상황에서 너무 놀라서 바로 학교로 달려갔다. 지금도 잊히지 않는 사건이고, 그 이후에 할머니는 학교로 불려오셨다. 부디 그런 애 아니니 잘 부탁드린다. 정말로 착한 아이라고 굽신굽신 흰 머리에 쪼글쪼글한 주름, 작은 체구로 연신 죄지은 사람처럼 큰 손녀딸 잘못될까 봐 어쩔 줄 몰라 하는 할머니를 보고 있자니, 저 여자는 괴물처럼 보였다. 오만한 얼굴로 웃고 있는 여자! 약, 보통 고등학생이 머리가 어지러워 먹는 약은 두통약이거나 감기약이겠지. 그 와중에 나를 어떻게 생각해야 마약이라는 단어를 떠올리며 자기 학생을 그렇게 몰아갈 수 있지? 그때 난 심장이 터져버리는 줄 알았다. 너무 억울하고 화가 나서! 학교로 바로 달려가지 않으면 진짜 이 여자 나를 자를 수도 있겠구나. 무서웠다. 얼굴에 경련이 일고 다리가 후들거렸다.

　이해가 안 되는 건 아니다. 난 보통학생은 아니었다. 소문은 무성하지, 옆에 술 냄새가 너무 난다며 하옥선이랑 짝꿍 못 하겠다는 아이도 나오지, 수업시간에 잔다는 소리는 계속 들려오니까 담임 입장에선 뭐 그럴 수도 있다. 근데 제대로 대화를 해보거나, 나에 대해 어떠한 호기심도 없었다는 것이 내가 이렇게 오열하는 부분이다. 진짜 졸업하는 날 얼린 달걀을 그 여자한테 던지는 상상을 한 적이 있을 정도로 진짜, 진짜 미워한 마녀 같은 여자였다. 그러면서 다른 친구들에겐 유쾌하고 유능한 스승으로 기억되고 싶었는지,

　"내 딸아이는 화장지 한 장을 꼭 똥구멍에 붙이고 다닌다."며 너스레를 떨어가며 영어단어를 설명하던, 자기 가족이 겪은 상황을 대입해 웃음 주며 수업하는 그런 선생이었다. 난 이해가 되지 않았다. 나를 볼 때는 징그러운 벌레나, 흙이나, 비 묻은 짐승이 자기한테 비벼댈까 경계하며, 경멸하듯 대하면서 수업시간엔 가족사까지 꺼내 수업 분위기를 즐겁게 만드는 선생, 이후엔 꼴 보기 싫어 잠만 잤다. 고등학생이 영어 시간에 그것도 담임 시간에 잠자는 것이 그렇게 용기 있는 미친년이어야만 할 수 있는 짓인지 몰랐다. 이런 행동은 곧 대학에 가지 않겠다는 선전포고와 같은 거라는 걸 누군가 알려 주었다면 나의 행동은 달라졌을까?

　스무 살 겨울방학 때 홈패션을 배우겠다며 잠실운동장 옆 방이동 올림픽 상가에서 커튼이나 이불을 홈패션 소품들과 함께 디자인 판매하는 아르바이트를 했었다. 아주 허름한 운동복에 낡은 운동화를 신고 들어온 고객이 있었다. 그날따라 한가해서 안 사도 좋

으니까 누구라도 와서 구경하는 손님이라도 있었으면 할 때였다.

"저건, 얼만가요?"

"아, 안녕하세요. 저거 미국에서 저희 사장님이 원단 직접 떼어다가 공장에 맡겨서 디자인하시고, 재단하셔서 만든 건데, 와, 사모님 안목 있으시다."

"그래요? 얼마죠?"

"흠, 근데 비싸요. 원단이 많이 차이 난대요. 저거랑 비슷한 느낌에 이 아이는 어떠세요? 실은 미국에서 건너온 것만 아니면 이 아이도 인기 많고, 면도 좋아요." 중년의 사모님이 웃어 보이시면서,

"그래요?" 하면서 두 쿠션을 비교하듯 번갈아 만져 보았다.

"확실히 퀄리티 차이는 있지만, 가격대도 훨씬 많이 차이 나거든요. 집안 분위기가 어떤 느낌인지에 따라 판단해 보시면 좋을 것 같아요."

"분위기?"

"네, 분위기가 어떠세요? 가격도 가격이지만 가구 느낌이랑 전체 패브릭과 잘 매치되는 아이로 데려가세요."

"말을 너무 예쁘게 하네."

"사장님이 커튼이랑 패브릭도 다 보시나요?"

"네, 당연하죠. 저희 사장님 안목 장난 아니세요. 저기"

맞은편 칸을 가리키며,

"디자인실에서 구경 좀 하실래요?"

"큭큭, 내가 살 것처럼 보여요?"

"네? 그건 모르는 거죠, 그리고 굳이 사고, 안 사고는 중요하지

않아요. 저희 사장님 물건 알아봐 주시는 거로도 좋아요. 구경이나 하세요. 직접 스위스나 미국 여행 다니시면서 골라 오시는 것들이거든요." 한참을 웃고 떠들고,

"그럼, 사장님 한번 집에 들러 주시라고 해요."

"아, 정말요? 저희 사장님 만나면 반하실지도 몰라요. 완전 멋진 분이시거든요."

주소와 전화번호를 받았고 인사를 하고 배웅을 했다. 전화번호나 주소는 주지 않고 구경만 하다가 가는 손님이 훨씬 더 많아서 별 기대하지 않았는데, 그것만으로도 감사했다. 사실 누가 봐도 기본적인 가격대도 높아 보이고, 그때 그 당시에도 흔하지 않은 고급스러움과 실용성을 모두 갖춘 물건들이어서 쉽게 다가가긴 어려웠다. 특히 집으로 부르는 건 더 그럴 것도 같았다. 사장님이 오셔서 설명해 드렸다. 처음에 이 아이보고 들어오신 고객이었고, 이 원단, 이 원단 관심 있어 하셨다. 방문 원하신다며 쪽지를 건네 드렸다. 사장님은 바로 통화를 하셨고, 다음날 나와 함께 방문하겠다고 인사하고 끊으셨다.

다음날 찾아간 집은 아주, 아주 멋진 집이었고 사장님도 그 사모님도 매우 만족해하시는 결과를 냈다고 하셨다. 사장님은 그날 내월급을 20만 원이나 인상해 주셨고, 얼마 후 그 사모님은 매장으로 다시 찾아와 나와 차 한잔하셨다. 내가 호기심으로 어떻게 부자가 되셨냐고 물었었는데, 첨엔 세탁소로 시작하셔서 두 번째는 목욕탕, 세 번째는 모텔, 네 번째는 시멘트 사업으로 하남에서 서울까지 도로를 놓은 일을 하고 계신다고 했다. 시대를 보는 안목이

뛰어나신 분이시고, 행동하실 수 있는 능력이 엄청나신 분 같았다. 그때 내 기준에선 어마어마한 부자였다. 그리고 그 사모님은 내게 이런 말씀을 해주셨다.

"수없이 많은 사람이 겉모습만으로 사람을 판단하는데, 고급 쿠션도 안 사 갈 것 같은 사람에게 더 고급 원단을 보여주며, 안목을 칭찬하고 두 시간이나 진심과 열정을 다하는 사람은 없다며 앞으로도 사람의 겉모습에 편견이나 선입견을 두지 않는 고운 눈과 마음을 계속 지켜나가라고, 그러면 나보다도 더 성공할 수 있을 것이다."고 말이다. 이후에도 나는 사람의 겉모습만 보고 판단하지 않기 위해 끊임없이 노력한다.

치이고, 밟히며, 생채기가 나면서 사람의 양면성을 알아버린 순간부터 겁을 먹고 마음 열기가 두려워진 것 일뿐. 어쩌면 있는 그대로의 모습만을 봐주기 원하는 사람들에게 난 필요한 사람일지 모른다.

나를 보는 시선이나 선입견은 어쩌면 나에 대한 다른 이들이 느끼는 두려움이 시작이었는지 모른다. 다름에서 오는 낯섦이 시기나 질투도 되었다가, 불편함이 되기도 하고, 불안이 되기도 한다는 걸 배운다. 하지만, 그 두려움을 다들 좀 극복하고 신선함, 설렘으로 받아들여 주면 세상이 훨씬 더 밝아지고 아름다워지지 않을까? 벌레도 가만히 놔두면 당신을 먼저 공격하지 않는다. 그냥 있는 그대로를 있는 그대로 바라봐 주고 응원해주는 일이 그렇게도 어려운 일인가? 그 벌레가 애벌레이고 예쁜 나비가 되어 날아갈 수도 있다는 걸 왜 모르고 무조건 짓밟아 없애려고만 하는가?

내 곁에 있는 사람들

TV를 보다 보면 아빠의 잘못으로 아들의 삶이 바뀌거나, 벌이나 벌금을 물려받고, 혼외 자식이 자신의 정치 인생에 방해된다며 연예인 생활이나 국내 활동을 삼가라는데, 꼭 더 유명인이 되거나 결정적인 순간에 밝혀지는 내용이 단골소재로 등장한다. 주변 사람 단속을 잘못했다며 질책받는 경우도 허다하다. 실제로도 연예인, 기업가, 정치인, 역대 대통령 중에서도 동생이나 형이 뇌물수수에 연루돼 곤란을 겪는 뉴스는 이제 너무 흔해서 별로 감흥도 없다.

그러고 보니 12살에 성폭행을 당할 때, 난 나 하나도 못 지키면서 내 동생한테도 똑같이 할 거라는 말에 좌절하며 흐느껴 울어야 했고, 아빠도, 엄마도 스무 살 때 나를 가진 기쁨보다는 두려움이, 환희보다는 암담함이 컸을 것이다. 친구가 힘들게 모은 대학등록금을 자기 아빠 합의금으로 날렸을 때나 사랑하던 여자에게 구애를 넘어선 집착으로 상해를 입혀 5년형을 선고받고 감옥에 가버린 아빠 때문에 지금 사귀는 남자와 헤어질 수는 없고, 그렇다고 5년간 동거할 순 없어 아빠 없는 결혼식을 선택한 친구는 속이 어땠을까?

현실로 벌어지고 있는, 이미 겪은, '가족'이라는 이름의 짐, 술 한 잔 기울이며 듣던 우리네 10대의 이야기들은, 가족사들은 더욱 끔찍하고 더러운 이야기들이 많았다.

생계를 위해 새 아빠에게 몸이 불편한 엄마는 구타를, 자신은 매일 밤 벌어지는 끔찍한 강간을 버텨야만 하는 14살 여자아이는 상대가 가족이 아니라 오히려 남이었다면, 인생의 결정을 내려야 하는 순간 조금 더 자신이 원하는 방향으로, 옳다고 믿는 방향으로 선택할 수 있지 않았을까 하는 아쉬움과 탄식이 나오는 부분이다.

14살, 중학교 1학년밖에 안 된 아이가 자기 스스로 가족들에게 너무 미안하다며 성적을 비관해 자살소동을 벌였다며, 그어진 손목을 보여준다. 14살이 되기 전부터도 자기는 무슨 미운 오리 새끼도 아니고 집안 식구들과 달라도 너무 달라 기대에 부응하지 못한 채 뭘 해도 항상 말썽만 피우는 아이로 크는 것에 대한 자괴감이 커서 차라리 죽으면 끝날 것 같았단다.

나의 아버지는 할아버지에 대한 복수심 같은 거로 평생을 자유롭게, 외롭게 와이프 없이 사시다가 우리를 다 키워놓고 베트남에서 색시를 얻어 결혼하셔서 늦둥이를 낳으셨다. 그 늦둥이가 우리 둘째 조카하고 동갑이니, 아버지도 참 대단한 분이시다.

나의 아버지는 아버지가 어린 시절 할아버지가 하도 바람둥이처럼 온 동네 처녀들을 다 궁금해하고 다니다가 할머니에게 제대로 들켜서 아버지가 열 살쯤에 두 분이 헤어지셨단다. 다들 참고 살던 시절, 남편이 바람 좀 피운다고 위자료로 논 열 마지기 내놓으라는 여자는 미친 여자나 다름없었다.

자신의 인생과 자식들을 논 열 마지기와 맞바꾼 할머니는 유별나다 싶을 정도로 억척을 떨며 악착같이 사셨고, 지금은 동네에서 알아주는 성실한 여성으로 살아내셨다. 할아버지의 바람기는 이후에도 계속돼서, 구체적으로 밝힐 수 없는 아내들과 혼외 삼촌들이 아버지의 사랑 한번 받아보지 못한 채 40년에 가까운, 넘는 세월을 살아내고 있다. 막내 삼촌은 심지어 나랑 4살 차이밖에 나지 않으니, 참 할아버지도 대단하신 분이다. 아버지의 바람기 때문에 엄마는 떠났고, 새로운 엄마와 동생들이 계속, 계속 생겨나고 나타나면서 아버지가 느꼈을 혼란과 감정은 어떤 것이었을까? 부잣집 도련님으로 자란 할아버지는 정말 지독스럽게도 본인밖에 모르는 분이시다. 할아버지께서 남기신 유명한 명언은 가훈이 돼서 전해져 내려오고 있다.

'네 인생 네가 살고, 내 인생 내가 산다.'

우리 집안 누구도 그 말에 토를 달지 않는다. 서로의 인생에 관여'할' 만큼 여유가 없는 것이 첫 번째고, 누구도 간섭을 '받아들일' 만큼의 여유가 없는 것이 두 번째다.

해봐야 잔소리고, 해봐야 상황만 악화시킬 것이 뻔한데, 같은 소리 반복해서 얼굴 붉히지 말자. 원망이고, 책임이고 할 것 없이 각자 인생 각자가 살자는 것인데, 참으로 무책임하면서도 지금 생각하면 나의 이 생활력의 근간이 되어준 말이다. 동생은 내게 그런 말을 한다.

"언니 참 대단했었는데, 그렇다고 언니가 정치했으면 할아버지가 해 드시는 것 때문에 아마 언니도 크게는 못 됐을 거야."

가끔 동생 말을 듣다 보면 칭찬인지 욕인지 헷갈릴 때가 있는데 이번에도 그랬다. 틀린 말은 아니다. 군이 정치 예를 들어서가 아니

　　　　　　　　사람이 답이다

라 시집갈 때 나를 키워주신 속정 깊은 할머니와 나의 핏줄, 나의 근간인 아버지를 피 끓는 사랑으로 봐주시는 다시 만난 친할머니께는 인사드리러 가야 한다. 뭐, 인사만 드리면 다행이지. 결혼식장에 두 분 할머니가 서로 할아버지 옆에 앉겠다고 하실까 봐 겁도 난다. 장모님은 나이 어린 베트남 사람이고, 막내 처제가 둘째 조카랑 같은 나이니, 촌수도 꼬이고 나이도 다들 뭐 그렇다. 재혼하지 말았으면, 아니 하더라도 꼭 다른 국적을 가진 여성이어야 했나?

정말 많이 속상했지만, 우리 집 가훈이 뭐라고? 내가 관여할 바가 아니었다. 재혼은 하시더라도 늦둥이만은 욕심내지 마시라고 기도했었는데 그렇게 아들, 아들 하시더니 아들은 동생네에 태어나고, 아들을 원하던 아빠네에는 딸이 태어나 플래카드가 걸릴 '뻔'까지만 하고 말았다. "아들이었으면 잔치를 했을 텐데, 하나 더 놓을까?" 하시는 아버지 말에 온몸에 솜털이 뻣뻣하게 서는 걸 느꼈다.

그래도 사랑 많고, 정 많으신, 특별난 사고는 안 치시는 내 아버지가 감사해서, "아이고, 우리 아버지는 양반이시네. 아버지, 밥은 챙겨 드셨소? 그래도 아버지는 밥 챙겨주고 등 긁어 주는 송희 엄마 있어서 좋으시겠소. 할머니한테도 잘하쇼~" 하고 안부 인사를 건넬 수 있다. '이렇게 별 탈 없이 잘 지내 주시는 게 어디야.'라며 안도하며 말이다.

혼자 살아갈 수
없는 세상

　웨딩 플래너 시절, 22살 시골에서 올라온 여자아이는 집도 없고, 차도 없고, 친구도 없었다. 돈도 없고, 명품은커녕 예쁜 옷, 예쁜 구두 하나 장만하고 나면 며칠은 굶어야 했다. 그런 나에게 붙은 별명 '피아체 패셔니스타 플래너님 오셨다.'였다. 신랑, 신부와 계약서 쓰고 나면, 가장 먼저 보는 것이 웨딩드레스. 두세 군데, 많게는 서너 군데 신부님이 원하는 콘셉트의 드레스 숍을 방문하고 숍에서 추천해주는 디자인 등을 고려해 한곳에서 보통 서너 벌을 입어본다. 그러다 보면 드레스 숍이나 신랑, 신부, 같이 오는 사람, 모두 지칠 수 있는데, 드레스 숍과의 친밀도나 신랑, 신부와의 교감이 잘 이뤄지면 큰 힘 들이지 않고 맘에 드는 드레스를 빨리 찾을 수 있다. 나의 기준은 신부님과 잘 어울리는 드레스였다. 사람마다 이미지가 있다. 그 이미지에 맞는 드레스를 함께 교감하고 찾아주는 것이 즐거웠다.

　"플래너님이랑 오시는 신랑, 신부님들은 다들 순하세요. 여러 군데 안 다니시죠? 우리 거 입고 나면 다른 데 거의 안 가고 결정하는 것 같더라. 플래너님이 감각이 좋으시니까 신랑, 신부님들도 여러 군데 안 가보고도 자기 옷 찾아내는 거라니까. 플래너님은 쇼핑

어디서 하세요?"

어느 날 대표님이 오셔서,

"옥선아, 자 보너스!" 하시며 봉투를 주셨다. 그 봉투를 열어보니 10만 원이 들어있었다.

"넌 일도 잘하고, 몸매도 나쁘지 않고, 옷도 뭐 그럭저럭 잘 입는데, 옷이 너무 없어. 돌려 입고, 바꿔 입는 네 센스에 다들 놀라는 중이다. 야, 얼마 안 되는데 이 정도면 넌 두세 개 사 입지? 좀 사 입어."

눈치가 없던 나는 여태껏 칭찬인 줄 알았는데, '웨딩 피아체에 패셔니스타 플래너님 있다면서 얼굴 좀 보여줘.'라며 프리랜서로 전환한 옛 동료였던 다른 플래너에게 들었다며,

"넌 우리 회사 얼굴이야, 안 예쁘게 하고 다닌단 뜻이 아니라 이 바닥이 조금 그래. '가진 아이템 몇 개 안 되는데 센스가 장난 아니더라.'라는 말은 내가 돈 많이 안 줘서 네가 옷도 못 사 입고 다닌다고 나 놀리는 거랑 똑같은 거란 말이야."

그제서야 알았다. 지금 대표님도 나에게 아주 미화해서 이야기 중이신 거란 걸. '애쓴다. 애써. 돈 벌어서 뭐하니? 옷 좀 사 입어라.'라고 다들 말하고 있었구나. 내가 진행한 신랑, 신부님들은 정말 한 분도 빠짐없이 좋았다. 인성이나, 궁합, 행복도가 높았다. 그러다 보니 "플래너님 몸매 진짜 좋으시다." "피부 좋으신 것 봐."라는 소리를 들으며 신랑, 신부님들과 같이 있을 때는 행복하다가 사무실로 들어가거나 업체를 방문해야 할 때 그들이 떠는 가식에, 뒷담화에 조금씩 기분 나빠지고, 부담스러워지고, 자신 없어지고 있었다.

가난한 시골 촌년은 청담동, 학동, 도산사거리에서 점심 한 끼도 사실 부담이었다. 동료들과의 식사시간, 그 시절에도 강남 한복판에서는 만둣국 한 그릇 가격이 6,000원이었는데, 그 집은 그나마 맛집이고, 가격대도 높은 편이 아니라서 사람들이 항상 줄을 서 있었다. 부대찌개 1인분도 6,000원, 같은 메뉴를 매일 반복할 수 없어 "오늘은 새로 생긴 멋진 집에서 먹을래요?"라고 해서 따라간 집은 13,000원부터 뭘 먹었는지 기억이 안 난다. 거기에 별도로 부가세 10%, 봉사료 3%가 붙는 건 처음 봤다. 일반 식당에서 봉사료 3%라니 경제적으로 여유 있으신 플래너님들도 계셨지만, 뱁새가 황새 쫓아가다 가랑이 찢어지겠단 생각이 들어서 사무실에서 혼자 밥 먹기를 시작했다. 그 동네는 그 흔한 김밥천국도 한군데 없을 때였다. 지금은 흔한 편의점도 몇 개 없던 시절 집에서 밥을 싸다니며 점심시간을 보내야 했다. 괜히 있는 척하고, 여유로운 척 따라다니며 점심 먹고, 다음날 눈물을 흘릴 것이 아니라 정말 특별한 날, 내가 따라가고 싶은 날만 따라가고 그렇지 않은 날은 돈을 아끼면서 조금 더 버텨보고 싶었다.

사람과 사람 사이에 너무 잘 보이려고 애쓰는 것도 싫고, '날 어떻게 볼까?' 눈치 보는 것은 더 싫다. 그냥 예쁘다, 예쁘다고 해주면 되지, 뭐 그렇게 말들이 많은 건지, 물어뜯고 험담하고 하는 것인지 이해가 되지 않는다. 사람이 사람에게 질려서 차라리 혼자 있는 것을 선택하는 이런 상황이 계속되지 않아야 할 텐데 하면서도 끊임없이 신경 쓰고 눈치 보고 하는 나다.

사람이 답이다

2~30대가 결혼하지 못 하는 건
돈 때문이 아니다

    할아버지 때에는 전쟁을 직접 겪은 세대들이어서 죽고 사는 문제가 돈 문제보다 더 걱정이다 보니 종족 번식이나 가족애가 더욱 더 남다르시다. 아버지 대에는 간접적으로 듣긴 했지만, 전쟁 즉 죽고 사는 문제보다 전쟁 뒤에 황폐해진, 허물어진 도시를 다시 재건하고, 강건하게 하는 데에 평생을 바치다 보니 가족보단 사회나 나라를 위해서 살았다고 한다. 잘 먹고 잘 사는 데 너무 치중한 탓에 자신이나, 가족에게 소홀했다며 다 늙어서야 늦은 후회를 한다고. 그럼 우리 세대에선 어느 정도 외형이 갖추어졌으니 내실을 다져야 하는데 지금 우리 세대들은 아픔이 너무 많다. 각자의 아픔이 너무 많아서 사실은 누굴 돌보고, 돌아보고 할 여유들이 되지 않는다. 전쟁의 트라우마가 있는 핏줄을 타고나서 도시나 사회를 재건하느라 가족, 가정, 사람을 자세히 보기는 힘들었던 아버지, 어머니 밑에서 자라 이제는 아버지가 된 아들들은 자기 아버지처럼 내 아이에게 무심하기는 싫다 보니 무리를 해서라도 좋은 아빠인 척, 좋은 가장인 척 애쓰느라 정작 본인들은 너덜너덜해져 간다. 받아본 적 없는 사랑을 흉내 내고, 배워서라도 해주려는 그 마음이 짠해져 온다.

그렇게라도 아빠가 되고 엄마가 된 아이들은 좀 낫지. 아예 겁을 먹고 연애도, 결혼도, 부모가 되기도 싫은 사람들이 더 많다. 부모가 된다는 행복보다 그 부담과 책임, 희생에 엄두가 안 나는 것이다. '나 하나도 책임지기 힘든 세상에 누구 인생을 말아먹으려고? 됐다. 그냥 혼자 살련다. 혼자 살기 딱 좋은 세상이잖아? 가볍게 연애나 하면서 시집, 장가 안 간 놈들도 주변에 많이 남아있으니 적적할 때는 가끔 만나 한잔하면 될 일이다. 내가 겪은 아픔, 슬픔, 고통을 내 자식에게 물려주지 않으면서 나 또한 그 고통에 얽매이지 않는 완전한 자유, 완전한 인생.'

우리 사회도, 부모도, 우리에게 계속 뭔가를 이루라고 말하지만, 지금은 재건할 만큼 황폐해진 도시도 없고, 20시간씩 일해야 할 만큼의 1~2차 산업은 이미 중국이나 기계가 대신하고 있다.

결국, 우리 같은 잉여들이 할 수 있는 건 그냥 각자의 아픔을 더 이상 상처나 트라우마인 채로 두지 말고 치료하고 다독여서 서로서로 쓰러지지 않게끔, 주저앉지 않게끔 서로 쓰다듬어 주는 일, 나에게, 사람에게 조금 몸을 숙여 들어주고 바라봐 주고, '공감', '교감', '소통', '이해', '미소' 이런 단어들의 끝에 '사랑'이나, '희망'이나, '꿈', '함께' 이런 단어들을 이어 세상을 좀 더 살맛나게 하는 일에 집중해야 하는 시대를 살고 있다. 우리는 이미 아프고 이미 지쳐있다.

지친 마음 토닥여 줄 안식처가 되어줄 사람을 힘들여 찾아오면 뭘해, 다들 이래서 안 돼 저래서 안 돼 라고 할텐데, 그러니까 주변에서 조금 부족해 보이는 사람을 결혼상대로 데리고 와도 함부

사람이 답이다

로 정의 내리려고 하지 말고, 판단하려고 들지 말고, 응원해주고 지지해줘라. 이별이나 이혼, 어른답지 못한 어른이 되는 것에 대한 공포나 두려움을 버리고, 주변 사람들의 시선에 맞춰서 그 기준보다 미달할 것 같으면 아예 행복조차 포기해 버리는 멍청하고 미련한 짓은 서로에게 그만해야 하지 않을까? 사람을 왜 자기들 시선대로 평가하고 강요해서 당사자들에게 아픔을 주는 건데?

내 아빠, 엄마를 이혼시킨 건 돈 때문이 아니라, 그 돈 벌러 간 남편 없이 혼자 애 키우는 여자에게 주변에서 했던 말들, 독, 시선 때문이었다. 제발 일어나지도 않은 일들을 마치 곧 일어날 일처럼 말하는 것부터 사양한다. 고생길이 훤하다고? 그래서 고생 안 하고 키우려다가 결국 결혼도 못 하고, 자식도 못 가져보고, 혼자 엄마 품에서 용돈이나 타 쓰고 사는 것이다. 고생 좀 해 보면 어때! 그것 또한 자기 인생이고, 거기서 값진 무언가를 찾게 되면 그것 또한 재미인 것을, 남의 인생에 제발 충고도 관심도 그만 좀 가졌으면 좋겠다. 내가 좋으면 그뿐인데, 주변 사람들, 친구들, 부모님 기준에 맞추느라 지쳐가는 우리가 안쓰럽지도 않은가? 우리가 사겨보다가 아니다 싶으면 알아서 정리할 테니 미리 겁부터 주지 말라. 먹어봐야 맛을 알고 겪어봐야 경험이 되더라.

말 잘하는 사람들이 하면
안 되는 아르바이트

　20살 때 나는 대학생이었고, 제일 친한 친구는 대학등록금을 사고를 친 아빠의 합의금으로 물어 주어야 하는 상황으로 인해 대학진학은 포기한 채 아르바이트 생활을 전전하고 있었다.

　1학년 2학기 겨울방학, 친구를 따라 텔레마케팅 회사에 아르바이트를 갔었다. 돈도 많이 주고, 힘들지 않아서 친구네 회사에서도 몇몇은 이직을 했단다. 일은 간단했다. 전화번호가 수십, 수백 장 적힌 A4용지를 출근하면 받는데, 거기에 있는 번호로 전화해서 "안녕하세요! ○○○입니다. 댁에 인터넷 사용하고 계시지요? 너무 느려서 답답하셨을 겁니다. △△에서 전화망으로 PC망까지 잡으려니까 느린 건데요. △△ 사용하고 계시죠? 네, 그래서 그렇습니다. 지금 저희 ○○○에서 새로운 랜선 작업을 점차적으로 깔고 있습니다. 일단 주소 확인 후 만약 저희 ○○○ 랜선이 깔린 지역이시라면 무료로 교체해 드리고 있는데요, 아직 100%로 다 깔린 상태가 아니다 보니 서비스해 드리고 싶어도 못 해 드릴 수 있다는 점 미리 양해해 주시고요. 먼저 주소 확인 후에 자세히 안내해 드리겠습니다. 주소 어떻게 되세요?"라고 해서 주소만 확인하면 되는 것이다. 말이 쉽지 화장실에 앉아있는 사람, 운전 중인 사람, 아기 보느라 짜증 게이지가 풀로 차있는 사람…. 그들이 필요해서 전화하는 인바운드는 상담원도 어느 정도 준비라는 게 되어있겠지만, 아웃바운드는 거는 사람도 받는 사람도 서로의 상태를 확인할 수 없으니 상처는 서로의 몫이다. 이렇게 주소를 받아 내서 팀장에게 주소를 주면 팀장이 주소를 확인해 가능 지역인지 아닌지 프로그램에 확인한다. 팀장이 오케이 사인을 주면 "네, 고객님 확인해 보니 서비스 가능 지역이시라네요. 진짜 다행입니다. 서비스받고 싶으셔도 못 받으시는 분들은 저희가 다 안타깝거든요. 지금 △△ 이용은 얼마나 하셨나요?" 하고 결국은 통신사 옮기라는 TM인 건데, 이렇게 마케팅을 하는 거였다.

물론 양심의 가책이나 그런 걸 느낄 필요는 없다고 생각했고, 정성껏 상담해 주었다. 어느 날 개인 전화로 전화가 와서 받아보니 어떤 고객이었다. 이상한 회사 아니라며 신뢰를 주기 위해 내 개인 번호를 알려준 것이었는데, 위약금 처리도 제대로 되지 않았고 주겠다던 사은품도 제대로 오지 않았다는 것이다. 그날 팀장에게 말했다가 엄청 호되게 혼났다. 개인번호를 가르쳐 주지 말라고 했을 텐데 못 들었냐며 나를 위하는 것 같으면서도 엄청난 영업비밀을 숨기고 있는 듯 아리송한 질책이었다. TM을 하면서 마신 술은 속을 버리는 술이었다. 같은 팀 사람들끼리 모여 그날 있었던 이야기들을 나누고 집에 가지 않으면 안 될 정도의 답답함, 텁텁함이 있어서 술로 내려보내지 않으면, 말로 쏟아내지 않으면, 당장 죽을 것 같았다. 그날도 팀원들과 아까 팀장님 좀 이상하지 않았냐며 이야기를 나눠다가 알게 된 충격적인 소식,

"개인번호 알려 주지 마, 네 본명도 이야기하지 마."

"왜요?"

"우린 일개 대리점일 뿐이야. 사실 위약금 처리가 얼마나 이뤄졌는지, 주기로 한 상품을 제대로 주어졌는지는 대리점 입장에서는 중요하지 않나 봐."

"우리는 한 건이라도 더 올려서 목표치 채워서 돈 벌어 가면 되고, 팀장은 자기 팀원 쪼아 1등 해서 보너스 받아 가고, 대리점 점장 입장에선 다른 점포보다 실적 좋아야 하고, 뭐 다 그런 거야. 다들 돈 때문이라고 하면서 이용당하는 거지. 돈맛 들이고 나면 평생 노예로 사는 거야. 자기 목적을 위해 사람이 사람을 이용하는 것일 뿐, 사은품? 양심? 그런 거 없어."

이름도 잘 기억이 안 나는 어떤 나이 많은 언니가 술에 취해 해준 이 이야기는 내 가슴속에 깊이 박혀서 대기업의 상술에 인간 노예들이 인간 노예들을 이용해 부를 축적하라고 하지만 결국 그 인간 노예들은 평생 노예생활을 벗어나지 못 하는 거다. 상위계층에 있는 그 대기업 놈들 눈에는 사람들의 인권이나 마음, 약속은 그저 숫자에 불과하다는 것을 깨우치고 그만뒀다. 내 말 한마디로 누군가의 인생에 부정적인 영향을 주는 것으로 끝나지 않을지 모른다. 난 실적이 꽤 좋은 편이어서 팀장이 내게 주던 칭찬과 신뢰에 배신감이 들었던 것도 사실이다. 내가 일 잘하면 자기가 좋은 거였네? 내가 예뻐서 예뻐한 게 아니었네? 내가 자기 돈으로 보였던 거네?

그래서 사람은 사람을 위한 사람을 향한 삶을 살아야 한다. 사소한 아르바이트 한 가지를 하더라도 마찬가지다.

영화 '아저씨'를 보고 충격을 받았었다. 뭐 '타짜' 이런 영화에서도 남자주인공이 장기이식을 당하는 장면이 등장하는 걸 보면 통나무 장사라고 하는데 이게 너무 만연해서 너무 깜짝 놀랐다. 정말 남의 일은 아닌가 싶었다. 사람이 사는 세상의 일이 맞나 싶을 정도의 악행, 이들에게 고용당한 이가 있었다는 기사를 읽었다. 장기가 꼭 필요한 사람과 돈이 꼭 필요한 사람을 연결해주는 천사와 같은 일이라고 믿고 자신이 주변 사람을 꼬이는 일을 했다고. 결국 자신의 신분증도 빼앗기고 팔려갈 위기에 있다가 다른 걸 수사하던 경찰에게 발견되었단다. 모집책, 알선책도 다양해지고 일상에서 볼 수 있는 일반인들에게까지 이미 손을 뻗어왔다고, 밤길은 이제 여자들만 조심해야 하는 문제가 아닌 게 됐다는데, 소름이 끼쳐온다.

보이스 피싱도 마찬가지, 다들 왜 어쩌다가 돈 때문에 스스로가 지옥을 만들며 살아가고 있는 것일까? 자기들끼리도 서로 못 믿고 떼먹고 잡히면 죽이니 살리니 한다는 데 어이가 없다. 돈이 그렇게 만든 것이 맞는지 다시 한 번 물어보고 싶다. 자신이 사람의 마음을 녹일 수 있다는 걸 아는 사람은 다른 이의 도구가 되지 말아야 한다. 아주 날카로운 도끼라는 걸 알았다면 그것으로 사람을 베면 안 된다는 것이다. 그 도끼로 나무를 해서 사람들을 가족들을 행복하게 해줄 수 있게 생각하고, 잘 사용할 수 있어야 한다. 사람의 마음을 녹이는 말솜씨로 절대 사람을 죽이지 말아야 한다. 스스로 만든 지옥에서 살아야 하는 끔찍함을 느끼지 않길 바란다.

단체생활에서
다름이 가지는 의미

우리 둘째 조카는 지금 '단체생활'이라는 걸 배우느라 무지 애를 먹고 있다. 오죽하면 7살인데 벌써 초등학교에 들어갔다. 이 초등학교는 시골이라 1:1 과외처럼 선생님 한 분이 우리 둘째만 온종일 쳐다봐 주실 수가 있어서 내린 결정이란다. 어린이집에서 "다른 학생들도 있는데 어떻게 종일 한 아이만 쳐다보고 있을 수 있겠어요!"라며 세 아이 키워내느라 나름 내공 좀 쌓인 내 동생을 눈물 흘리게 한 사건이 빈번히 발생하면서 아이도, 엄마도, 어린이집 선생님들도 지쳐가고 있었다. 둘째를 데리고 어디만 나가면 사람들이 한목소리로 '저런 아이 처음 본다', '내가 본 아이 중에 가장 별나다', '엄마가 참 대단하시다'고 사람들이 말한다. 그 말을 듣는 나는 아직 '더 별난 아이 많은데 뭘 요 정도로' 하면서 웃어 보이지만 애 엄마는 달랐다. 그 말을 들을 때마다 유별난 둘째를 미워하게 된다고 했다. 세상은 얌전하고, 선생님 말씀에 집중하며, 자기 것을 양보할 줄 알고, 친구들에게 다정한, 질서를 잘 지키는, 참을성 많은 착한 어린이를 원하는데 우리 둘째는 관심받고 싶고, 자리에 앉아 있는 것보다 뛰어다니는 게 좋고, 한 사람이 여러 사람을 바라보는 것보다 한 사람 한 사람 눈 마주치고 천천히 설명해주는 것을 더욱

사람이 답이다

좋아한다. 질서를 안 지키는 것은 아니지만 하고 싶은 건 꼭 먼저 해야 하는데, 주위에선 단체생활이 불가능할 정도이니 집에서 교육 좀 시켜서 보내라고까지 말한다. "집에선 잘하는데 어린이집에만 가면 그런 걸 어떻게 해요? 뭐 엄마가 어린이집 따라가서 같이 수업할까요?" 동생도 똑같이 역정을 내기도 하고, 사과도 했다가 선생님께 애교도 피워보고, 정말 별별 아양을 떨어가며 아이를 맡겨야 했다. 그러다 등하교 버스에서 둘째가 신발을 집어 던져서 같은 버스에 타고 있던 형아들과 시비를 붙은 일이 한두 번이 아니라며, 더 이상 등하교 버스에 태우기 힘들 것 같다는 통보를 받았을 때 동생은 무척이나 힘들어했다. 진짜 내 아들이 정말 그랬을까? 그랬다면, 왜 그랬을까? 덩치도 훨씬 작은 어린애가 왜 형들을 향해 신발을 던져야 했을까? 일본에서는 바보라는 말이 제일 큰 욕이라던데, 우리 둘째 조카가 정말 바보란 말을 들으면 불같이 화를 낸다. 혹시? 동생은 작은아들을 붙잡고 물어봤으나 아들은 엄마에게 아무 말도 해주지 않았다고 했다. 엄마와 아들 사이에도 무언가 지금 맺힌 게 있어보였다. 단체생활에 어울리지 않는 아이라는 이유로 어린이집 생활이 완전히 엉망이 되다 보니 엄마와 아이 사이에도 오해, 불신, 불만들이 생겨나고 쌓여가는 것이 안타까울 뿐이다.

나도 어릴 때 학교에 잘 적응하지 못했던 아이로 기억한다. 쉬는 시간 10분, 15분을 놀기 위해서 수업시간을 버텨냈고, 수업시간에도 '저요, 저요.' 하며 발표하거나 장기자랑을 선보이며, 춤을 춰서 반 아이들과 선생님에게 예쁨받으려고 했었다. 그야말로 천방지축. 그래서 나와 닮은 둘째에게 더 마음이 쓰이고 애틋한 게 사실이었다.

"동생아, 언니 같은 아이들은 '안 돼', '하지 마' 이렇게 키우면 더 못되게 군다. 언니가 알잖아. 언니도 그랬다니까." 내 동생은, "언니야, 엄마, 아빠가 없는 것도 아니고 있는데, 풀어놓고 키우는 게 말이나 되나? 요즘 시대엔 그랬다가 아동학대니 방임이니 방치니 소리 듣는다." 동생도 겁먹었다. 이미 비난받는 아이, 그렇게 키운 엄마라는 말이 무섭기 시작한 것 같다.

"남자아이들은 더하고, 군대도 가야 할 텐데. 이렇게 규칙 무시하고, 사회성 떨어지면 왕따는 자명한 일이다. 앞으로가 더 걱정이다."

"7살짜리 남자아이에게 너무 많은 걸 강요하는 것 아닐까? 언니 같았음 도망갔을 것 같아." 하고 편을 들었다가 "언니, 니 새끼 아니라고 말 너무 쉽게 하는 거 아니가?" 하고 따끔하게 한마디 들었다.

"딴 애들은 이 이상이라고, 또래들 수준은 따라가야 할 것 아니가?"라며 동생이 초조한 마음을 드러낸다. "넌 기억 안 나? 너도 또래들보다 더 늦었어. 그래도 이렇게 잘만 살면서~ 둘째 그만 잡아. 동생아, 저러다 진짜 언니보다 더 어릴 때 반항 같은 거 시작해서 엄마랑 멀어질까 봐 겁난다."

"아니 손길만 스치면 부서지고 깨지는데, 어디 데리고 다니를 못하겠다. 둘째 때문에 다른 애들까지 어디 안 데리고 다녀야 하나? 어디 갈 때마다 잃어버리는 거 봤제? 나도 어찌해야 할지 모르겠다고."

둘째 이야기만 나오면 울먹인다. 많이 사랑해서 많이 화가 난 것처럼 보이기도 하고, 뭐랄까? 통제가 안 되는 작은아들에게 원망이 있는 것으로 보여서 마음이 답답했다.

어릴 때 수련회를 가면 "마지막 숫자는 세지 않습니다."라고 기합을 주었다. 그러면 꼭 그 마지막 숫자를 세는 아이들이 있어서 그 아이를 미워하게 만들었다.

"아이 씨, 멍청하면 입이나 다물고 있던가. 왜 사람 생고생을 시키는데. 누고?" 조별로 경쟁을 시키는데 우리 조에도 구멍이라고 하는 아이를 어떻게 배치할지에 대해 논쟁이 치열했다. 차라리 없는 편이 낫다고 생각하는 아이들과 '야, 그래도 머릿수 하나가 나중에 성패를 좌우할 수 있다.'고 주장하는 나 사이에 대립각이 만들어지기도 했다. 어딜 가나 경쟁이었고, 그때마다 짐스럽고 또래에 비해 느리거나 빠릿빠릿하지 못한 아이들이 꼭 있었다. 말로 생각을 드러내지 않는 건 물론이고, 집중 안 하고 있다가 꼭 사고를 치고야 마는 아이들을 끌고 가려면 전담 마크 하나씩을 붙여야 하는데, 그러려면 팀 사기에도 도움이 안 되고, 이길 확률이 줄어들었다. 난 승부욕이 강해서 지는 걸 싫어하다 보니 첨엔 구멍을 그냥 제일 먼저 버리고 갔다. 우리 팀이나 그룹은 항상 최상위권이었고 인기도 많았다. 어느 날 내게 한 친구가 다가왔다.

"나 피구할 때 너희 편 되면 숨어다닐 테니까 먼저 죽으라고 안 해주면 안 돼?"

"자신 있어? 내가 항상 그랬잖아. 자신 있음 어떻게든 살라고."

"응, 이번엔 해 볼게. 나도 더 이상 밖에 있기 싫어."

"오~ 내가 막아줄게. 잘 보고, 잘 피하면 돼. 민폐 끼치지 마라."

"응, 고마워."

그날 피구경기에서 나와 그 친구, 그리고 우리를 지켜주던 친구 셋이 끝까지 살아남아 그 친구는 영웅이 되었다.

초등학교에선 이런 성격을 리더십 있다고 하지만 중학교에 올라가니 또 조금 달랐다. 나더러 별나다는 거였다. '뭐가 중간이 없고, 항상 저렇게 튄다니까. 자기가 무슨 우리들 대장인 줄 안다니까. 저렇게까지 해서 꼭 이겨야 해? 왜 저렇게 오버하는데?'

난 내가 먼저 나서고 싶고, 주목받고 싶고, 모두가 내 의견에 따라줘 더 좋은 결과를 내어서 그 공이 모두 나에게 돌아오면 그때 내가 한 사람 한 사람 공을 나눠주길 바랐었다. 그러니 내가 원하는 결과를 얻기까지 주변 사람을 괴롭히기도 했고, 버려야 하는 경우도 생겼다. 그러니 미움은 당연한 거였다. 그래서 중학교, 고등학교 생활을 하는 내내 뾰족하게 튀어나온 못처럼 망치질을 당해야 했다. 첫째 조카와 둘째 조카가 이모의 이런 면을 너무 닮았다. 단체생활에서 다르다는 것은 버려지거나, 뒤처지거나, 또는 너무 눈에 뜨여서 수많은 망치질을 당해야 하는 신세를 말한다.

어느 겨울, 동네 아이들이 "렛 잇고~ 렛 잇고~"를 외치면서 지나가는 모습을 봤다. '겨울 왕국 OST'라는데, 저 부분만 돌림노래처럼 부르는 것이 뭐가 저렇게 중독성 있나 나도 한번 봐야겠다고 생각만 했는데, 어느날 조카들을 봐주다가 같이 보게 됐다.

사람들을 받아들이지 마렴 눈에 띄어서도 안 돼

사람이 답이다

항상 그래 왔던 것처럼 착한 소녀가 되렴

감추고, 의식하지 마렴 누구도 알아채선 안 돼

그런데 이젠 모두 알아버렸는걸

다 잊어, 다 잊어

- 중략 -

참 재밌는 게 뭐든 거리가 멀어지면

점점 작게 보이는 법이거든

한때 날 속박했던 두려움조차도 날 괴롭힐 수 없어

이제 내가 뭘 해야 할지 보여줄 시간이야

한계를 시험하고 뚫고 지나가겠어

이제 내겐 옳고 그른 것도, 규칙도 없어

난 자유야

— 겨울왕국 OST, 'Let it go' 중에서

다름을 인정하고, 사랑하고, 받아들여 주는 성숙한 사회의식에서 다양하게 다채로운 문화, 예술, 정치의 꽃이 피어날 수 있지 않을까? 피카소, 레오나르도 다빈치, 미켈란젤로, 바흐, 모차르트, 베토벤, 뉴턴, 아인슈타인, 스티브 잡스, 빌 게이츠, 간디, 링컨, 버락 오바마 이들은 모두 세상의 악, 천민보다 못한 천대를 받던 왼손잡이들이다. 다름을 인정하기 싫고, 두려울지 모른다. 그러나 그 두려움, 다름을 인정하지 않았다면 저 수많은 세상을 움직이는 왼손잡이들은 탄생하지 않았을 것이다.

3 장

/

상처의 실체는 무엇인가

"말만 번지르르하니, 거짓말을 팔팔 한다."
"남의 등이나 쳐서 먹고 살 년이다."

어릴 때 들은 이 말은 내가 인생을 살아가는 데 아주 중요한 기준이 된다. 할아버지가 원하는 대로 살지 않을 거야. "공부하지 마라. 공부 안 하면 어디 굴이나 까고, 씹이나 팔러 댕기면 되지." 이 말에 이 악물고 공부해서 대학이라는 걸 갔다. 뭐? 내가 너무 단순한 것 아니냐고? 직접 주먹이나 몽둥이로 맞아야지 폭력이 아니고, 피가 터지고, 머리가 깨져야 아픈 게 아니다. 지켜주고 보호해줄 사람 하나 없는 10~11살 여자아이에게 유일한 보호자가 하는 언어로 된 화살, 매질을 맨몸으로 맞으며, 멍이 들고, 고름이 차고, 썩어서 마음에 병이 되었다. 오기로 살아서 잘된 것처럼 보이지만 미워하는 그 마음, 두려운 그 마음이 나를 아프게 하는 줄 모르고 살아왔다. 남의 등처먹고 살지 않기 위해, 말만 번지르르한 사람이 되지 않기 위해, 천 원, 이천 원 푼돈을 벌더라도 말이 아닌 몸을 움직여 일하고, 성실하게 살아가는 중이다.

내가 준 사랑만큼

　어느 날인가 오랜만에 만난 친구와 소주 한잔하고, 2차로 어디를 갈지 고민하다가 기가 막힌 술집을 발견했다.

　'임창정의 소주 한잔'

　"뭐고? 진짜 임창정이 차린 거가? 사업수완 좋은 거 봐라. 우리 창정이 오빠가 이래 멋있다."

　"그니까, 그니까 가보자."

　그렇게 맞장구를 치며 들어섰다. 임창정 노래가 영업시간 내내 울려 퍼지는 집. "캬아~ 술맛 좋다. 뭐고 이런 팬 서비스를 해주실 수 있는 거가?" 존재만으로도 빛나는 사람이다.

> 여보세요. 나야 거기 잘 지내니
> 여보세요. 왜 말 안 하니
> 울고 있니 내가 오랜만이라서 사랑하는 사람이라서
> 그대 소중한 마음 밀~쳐낸 이기적인 그때의 나에게
> 그대를 다시 돌려놓으라고 미친 듯이 외쳤어
>
> — 임창정, '소주 한잔' 중에서

본능적으로 따라 부르다가 온몸이 저릿저릿한 게 순간 찌릿한 뭔가가 온몸을 타고 지나갔다. '아~ 이 느낌인데' 임창정의 노래는 그런 힘이 있다.

학교에서 교복을 입고 있을 때만큼 나를 힘들게 하는 건 없었다. 규칙을 지키는 것이 어렵다기보다는 이방인, 미친년을 바라보는 시선이 견디기 어려웠다. 나는 이들에게 받은 미움과 시기 질투를 다른 누구를 원망하는 데 사용하지 않았다. 원망할 대상도 없었고, 그럴 수 있는 그릇도 못 되는 사람이다. 새로운 친구들과 만나 술한잔 마시며, 뱃고동소리, 바다에 비친 가로등 샹들리에 조명이 축축 늘어지고 이어져 어느 파티장보다 아름다운 장관을 연출했다. 밤하늘의 별빛은 별빛대로 빛나고 달빛은 달빛대로 환하게 우리를 지켜봐 주었다. 우리는 떼창을 하며 생목으로 세상을 향해 소리치며, 울부짖으며 각자의 한을 털어냈다.

네가 없는데도 해는 뜨고 또 지고
창 너머 세상은 하나 변한 게 없어
삼켰었던 내 슬픔이 갑자기 터져왔어
내가 살고 싶던 삶이란 이게 아닌걸

아마도 운명이 나를 잘 몰랐기에
우리의 인연을 엇갈리게 했나 봐
이 세상에서 나에게 허락되지 않은 건
함께 있고 싶은 사람과 함께 있는 것

사람이 답이다

- 중략 -

온몸에 품어도 바람은 흘러가고

밤새워 지켜도 꽃은 시들겠지만

하늘 아래 니가 있어 오늘도 난 눈부셔

널 향한 마음엔 시작만 있는 이유로

하지만 난 사랑했잖아 살아있었던 거야

네 곁에서 함께 했던 날 동안

그걸로 됐어 나를 완전히 태울 수 있었던

축복을 내게 줬으니

참아 볼게 잊어도 볼게 널 위해서라면

허나 그래도 안 되면 기다릴게 그때 또다시

— 임창정, '그때 또다시' 중에서

'네가 없는데도 해는 뜨고 또 지고' 부분에서 부모님의 이혼 등으로 엄마를 잃은 아이들, 저세상에 먼저 누군가를 보내야 했던 아이들, 그리고 나름의 사랑을 떠나보낸 아이들이 선창에 가담하여 부르기 시작한다. '네가 없는데도 해는 뜨고 또 지는' 일상을 겪은 우리 10대들은 이 한마디에 무너졌다. '삼켰었던 내 슬픔이 갑자기 터져왔어. 내가 살고 싶던 삶이란 이게 아닌걸.' 부분에서는 조용히 침묵을 지키던 아이들도 자기만 들을 수 있는 정도의 목소리로 따라 부르기 시작한다. '이 세상에서 나에게 허락되지 않은 건 함께 있고 싶은 사람과 함께 있는 것' 부분은 전부 잔잔해지고, 차분히 가라앉는다.

각자의 그리움을 회상하는 중이다. '하지만 난 사랑했잖아. 살아있었던 거야. 네 곁에서 함께 했던 날 동안. 그걸로 됐어. 나를 완전히 태울 수 있었던 축복을 내게 줬으니. 참아 볼게. 잊어도 볼게. 널 위해서라면. 허나 그래도 안 되면 기다릴게. 그때 또다시.' 부분에서 폭발하며 소리 지르다가 목이 메어 '기다릴게. 그때 또다시.' 부분을 못하는 아이들도 있었다. 한껏 쏟아내고 나면 우는 놈, 소주 들이키는 놈, 화장실 간다며 자리를 뜨는 놈 등 여러 가지 형태의 모습이 나타나는데, 자리를 뜨는 놈에겐 술 심부름을, 소주 들이키는 놈에게는 짠 한잔 같이 해주며 우는 놈의 울음소리를 위로 삼아 이야기들을 풀어내며 한잔, 그렇게 밤이 깊어갔다. 나는 사랑을 받고 싶어서 주었다기보다는 한잔 마시고 즐기는 것이 즐겁다 보니 내 주변에 그 즐거운 기운, 술 한잔을 위해 몰려드는 사람들이 많았던 것뿐이다.

우리는 그때 죽고 싶었고, 부모님을 원망했으며, 미래가 없고, 절망적이라고 느꼈었다. 서로서로 위로하며, 이해하며, 공감하며 그렇게 보낸 그 시절은 내게 자산으로 남아있다. 그들의 아픔이 있었기에 나 또한 힘든 시절을 버틸 수 있었고, 내가 있었기에 그들의 오늘이 있는 것 아니겠냐고 그들의 밝은 오늘에 1할은 내 몫이지 않냐며 술 한잔 사라고 당당히 이야기할 수 있을, 떠오르는 이름들이 있다. 우리는 내가 그들에게 준 사랑만큼의 사랑은 받지 못하고 살았는지 모른다. 하지만 이렇게 소주 한잔하면서 어느 가수의 노래를 듣게 되는 날 떠오르는 추억, 이름, 이야기가 있다는 것만으로도 행복하다. 지금은 다들 각자 다른 인생을 살고 있겠지만, 그들도 가끔 이런 추억에 잠겨 준다면 그것으로 족하다.

사람이 답이다

외로움

집에 오는 길은 때론 너무 길어 나는 더욱더 지치곤 해

문을 열자마자 잠이 들었다가 깨면 아무도 없어

좁은 욕조 속에 몸을 뉘었을 때 작은 달팽이 한 마리가

내게로 다가와 작은 목소리로 속삭여줬어

언젠가 먼 훗날에

저 넓고 거 치른 세상 끝 바다로 갈 거라고

아무도 못 봤지만 기억 속 어딘가 들리는

파도 소리 따라서 나는 영원히 갈래

— 패닉, '달팽이' 중에서

평일 나른한 오후 패닉의 달팽이가 라디오에서 나온다. 참 어색하고 반가운 친구 같은 고독, 외로움이 정점을 찍었던 어린 시절을 떠오르게 하는 노래다.

세상에 태어난 순간부터 외로운 건 어쩌면 당연한 것일 텐데 난 특히 이 외로움을 견뎌내는 것이 힘들었다. 더 어릴 때는 밖으로 다니는 게 좋았다. "해지기 전에 들어와라.", "남의 집에서 밥 시간까지 노는 거 아니다."라고 할머께 배워서 그나마 집엔 잘 들어갔다. 집

에 들어가기 싫어 집 앞을 서너 바퀴 더 돌아보고 들어선 적도 많았다. 세상에 구경할 게 너무 많고, 신기한 것 천지였다. 매일 새로운 곳, 새로운 친구의 집으로 놀러 갔다. 새로운 골목, 새로운 풍경, 새로운 가족들이 있는 집. 그 집에서 친구들이 노는 방식을 습득하며 친구들의 동생들과 뛰어놀다 보면 집에 돌아오기가 싫었다.

내가 자란 통영은 아파트나 상가보다는 일반주택이 훨씬 많았다. 우리 동네에 조그만 집 앞을 지날 때 저런 집에 살고 싶다고 내 마음을 동하게 하는 집이 있었다. 알록달록 네모 반듯한 잎들이 모여 동그란 다발을 이룬 수국들이 담장을 넘어 나오는 동화 같은 집, 하얀색 철제로 된 문에 오른쪽 담장과 왼쪽 담장에 각자의 나무가 심겨 있는, 멋진 정원이 있는 아담하고 낮은 전원주택. 그 앞을 지나갈 때면 저 집엔 누가 살까를 생각했었다. 엄마에게 "다녀오겠습니다."라고 말하며 허겁지겁 책가방을 메고 뒤따라오는 동생 손을 잡고 학교로 뛰어가는 내 모습을 상상해본 적도 있다. 저렇게 예쁜 집에 나도, 내 동생도, 엄마도, 아빠도 같이 살면 얼마나 좋을까?

혼자 남겨지는 것에 대한 두려움은 엄마, 아빠가 이혼하면서부터 '이렇게 지독히 나를 사랑해주던 사람도 한순간 떠나갈 수 있구나. 그럼 다른 사람들이 나를 떠나기는 얼마나 쉽겠어? 그들이 떠나기 전에 내가 먼저 떠날 거야. 난 더 이상 무방비상태로 혼자 버려지지 않을 거야.'라고 생각했고, 친구들과 신나게 놀다가 혼자 빈집에 들어갈 때의 외로움이 싫어서 아주 친구랑 같이 살았다. 같이 놀고, 같이 자고, 같이 일어나면 불 꺼진 차가운 빈방에 혼자 쓸쓸히 들어가 누울 일은 없었다.

난 외로움이 지독히 싫었다. 혼자 있으면 눈물이 흐르고, 서러워서 자꾸 누군가에게 전화를 걸고 싶었다. 옆에서 숨소리, 코 고는 소리, 꼼지락대는 소리가 있어야 안정이 됐다. 얼마 전 알게 되었다. 이 외로움은 내가 나를 사랑하지 않기 때문에 자라난 내 안의 어둠의 씨앗이라는 걸.

30여 년을 그렇게 혼자 살기를 두려워하며 살다 보니 어느 날 내 집에서 나 혼자 살아보고 싶은 생각이 들었다. 예쁘게 꾸며놓고 혼자 살아보고 싶어졌다. 살 수 있을까? 재미있을 것 같으면서도 나를 시험해 보고 싶은, 이 과제를 통과해야만 할 것 같은 느낌이 들었다. 외로움이 싫고, 먹고사는 문제, 돈 걱정 때문에 지금 동업하고 있는 남자친구와 아빠와 딸 같은 관계로 지낸 지 6~7년의 시간이 되어간다. 서로가 없었으면 지금의 가게는 없다는 걸 서로가 더 잘 알기에 나의 독립선언에 서로 두려움을 느낀다. '앞으로 어쩌지'에 관한 걱정을 하지 않을 수 없다. 나도 독립하고 싶지만 막막하긴 마찬가지다. 다만 한 가지, 이대로 있는 것은 더 무섭다. 더 싫다. 그럼 어찌해야 할까? 일단 아르바이트를 구하든, 직장을 구하든 해야 한다. 글을 쓰며 나를 찾는 게 두 번째다. 내가 머무를 수 있을 만한 공간을 찾는 게 3번이고, 책을 한 권 내고 나면 그땐 혼자 여행을 떠나보는 게 4번이다.

외로움은 어쩌면 내가 나를 똑바로 바라볼 용기가 없는 데서 시작되는 내 안의 두려움 아닐까? 혼자 있는 시간을 사용하는데, 나를 찾고 나를 사랑하는데 외로울 틈이 있을까? 그 외로움이 지독한 고통으로 찾아올까? 난 이 근원적인 아픔, 고독, 슬픔, 분노와

직면하며 외로움을 즐겨보기로 했다 더 이상 겁먹고 움츠러서 싫고 두렵다는 이유로 피하지 않을 거다.

나의 이 근원적인 외로움은 결국 사람과 사람 사이에서 오는 것이다. 사람에게 잘 보이고 싶고, 예쁨받고 싶고, 그래서 사랑받고 싶은 욕구, 이 욕구의 끝에는 항상 지독한 고독이 따른다는 걸 알고 나서 누구에게 잘 보이려고 일부러 아부하고, 가식 떨며, 친한 척하기를 멈췄다. 그들은 꿈쩍도 하지 않는데, 나만 아양을 떨면 떨수록 초라해지는 게 싫었다.

옆에서 나를 가장 사랑한다는 사람에게 말로도, 육체적으로도 사랑받지 '못한' 채 사랑을 '달라'고만 소리치며 살아왔다. 아마도 내가 그를 더 사랑하고 내가 나를 돌보지 않은 채 내 안에 외로움 씨앗에게 물을 주고 있었던 게 아닐까 싶다. 세상에 나오는 것은 쉽지 않다. 세상은 예전보다 더 빠르게 변하고, 더 무서워졌으며, 각박해졌다. 하지만 지금 내 앞에 있는 숙제는 내가 나를 사랑하는 시간을 주는 것, 더 이상 외로움이라는 공포에 짓눌리지 말고, 나에게 볕을 쬐게 해주고, 사랑해주는 것, 그것이 내 현재의 과제이자 숙제다. 내가 빛나고, 내가 강해지면 내 안에 사는 외로움 따위에 잡아먹히지 않을 수 있을 것이다. 내가 나를 믿어주고, 사랑을 채우고, 충만할 때 나눌 수 있는 삶이야말로 내가 궁극적으로 가야 할 길이 아닐까?

사람이 답이다

모두가 내 맘 같기를

'다른 사람은 몰라도 너는 애미 맘 알아줘야지. 네가 몰라주면 나는 어쩌냐', '내가 너 키우느라 얼마나 고생했는데. 어떻게 네가 애미 맘을 몰라도 이렇게 모르냐'고 서운해하고, '내가 준 게 이 만큼인데, 넌 왜 이것도 주지 않느냐'고 한다. 친구, 연인 간에도 실은 그런 게 존재한다.

"아니, 내가 한번 샀으면 너도 한번은 사야지. 어떻게 매번 얻어먹을 수가 있냐?", "솔직히 이런 말 안 하려고 했는데, 얻어먹었으면 고맙다는 인사 정도는 해야 하는 거 아냐?", "왜 매번 너는 얻어먹기만 하니?", "그 애는 매번 얻어먹을 땐 비싼 거 시키고, 지가 살 땐 저렴한 거로 쏘더라. 속 보이지 않니?" 등, 내가 이걸 해줬으니 너도 적어도 이것 정도는 해줘야 하는 것 아니냐는 식이다.

결혼식이나 상갓집 부조금은 이제 점점 부담되고, 짐스러워서 이 것들 때문에 사람과의 관계가 싫다고 말하는 사람들까지 생겨나고 있다. 혼자는 살아갈 수 없는 세상이니 기브 앤 테이크도 좋고, 품 앗이도 좋은데 너무 부담된다. 귀찮고 신경 쓰인다. 내가 한 번 받은 적 있고, 주는 거면 테이크 앤 기브니까 홀가분한 마음으로 줄 수 있겠는데 이건 뭐, 이 사람, 저 사람 계속 달라고는 하는데, 난

받을 일은 안 생기는 게 첫 번째고, 어쩌다 혹시 그렇게 테이크할 일이 생길 때 그들은 아무렇지도 않게 거절하면 그 거절을 당해본 사람들은 다시 누군가에게 선뜻 뭔가를 주기가 싫고 부담스럽다.

이런 부담에 짓눌려 살다 보면, 사실 사람 관계, 연인 관계에서도 장애가 발생한다. 나의 연애도 그렇다. 오래된 내 남자친구를 보고 있으면 마음이 아프다. 이 사람의 나를 향한 사랑이 크다는 것은 인정하면서도 종류나 표현하는 방식이 다른 것에 서운하고 화가 나더니 이젠 포기하기에 이르렀다. 다르다는 것을 인정하면 삶이 더 나아지고 좋아지고 윤택해진다는데 나는 차라리 전쟁 중일 때가 더 사는 것 같고 사랑하는 것 같았다. 포기하고 입을 다물고 나니 애정도 식은 느낌이다. 지금은 정말 아무 감정 없이 서로를 놓지 못하고 이러고 있는 것이 마음 아프다.

헤어지지 못하는 여자, 떠나가지 못하는 남자
사랑하지 않는 우리 그래서 no no no no no no

우린 삼백만 원짜리 중고차로 함께
어디든 다녔지 남부럽지 않게
팔짱을 끼고 한 장의 사진에 추억을 담고
밤잠을 설쳐가며 서로를 알아가고
내 꿈은 너의 미래가 되어
우린 서로를 따르는 한 쌍의 아름다운 새여
채워져도 부족했던 사랑

사람이 답이다

다시 태어나도 만나고픈 사람

하지만 세월 앞에서는 역시

서로의 욕심을 이기지 못해

욕실에 홀로 앉아 우는 너의 울음소리

나를 쏘아보는 눈초리

날이 갈수록 더해 난 또 이별을 생각해 하루종일

— 리쌍, '헤어지지 못하는 여자 떠나가지 못하는 남자' 중에서

리쌍의 6집 앨범 '헤어지지 못하는 여자 떠나가지 못하는 남자'다. 왜 사랑이 변하냐고? 나는 세상이 변하는 것에 맞춰서 내가 변하고 싶을 때 그대가 함께 변해주지 못해서라고 말한다.

봄, 여름, 가을, 겨울 계절에 맞게 옷을 갈아입어 줘야 하는데 항상 봄이 좋다고, 또는 가을이 좋다고 거기에 멈춰있으려는 남자에게 "밖에 눈이 와."라고 말해도 겨울을 준비하지 않는 사람에게 질리는 것, 그때그때 세상이 변할 때 나와 손잡고 내 눈을 마주 보며 함께 걸어가 주길 바라는데 혼자 먼저 내 손을 놓고 빠른 걸음으로 걸어버리거나 난 지쳤으니 먼저 가라며 같이 걷기를 거부하더니 결국 주저앉아 세상을 관망하는 것에 익숙해져 버린 사람에게 함께 걷기를 원하는 사람은 이별을 고할 수밖에 없다.

"우리 조금 쉬었다 같이 가자."라고 말해주지 않고 혼자 지쳐버린 경우나 조금만 쉬기로 했는데 아예 혼자 굴속으로 들어가서 나오지 않으려고 할 때 한쪽에선 초조하고 지칠 수밖에. 표현하고, 말하고, 함

께 계획하고, 천천히 여행하듯 같이 걸을 수 없는 게 가장 큰 문제다.

친구 놈과 술 한잔하다가, "너는 헤어지고 언제가 제일 후회되더냐?"고 물었다. 그놈의 대답이 "내가 퇴근하고 힘들게 복도에 들어서는데 어느 집에서 된장찌개 냄새가 나더라. '언 놈은 좋겠다.' 하고 현관문을 열려고 하는데 여자 친구가 속옷에 앞치마만 입고 짠~ 하고 문을 여는 거야. 아씨, 엄청 놀랬는데, 완전 좋아서 번쩍 들어서 안에 들여다 놨지. 누가 볼까 싶어서."

"오~ 그런 적도 있었어? 그래서? 뜨겁게 사랑해줬나?"

"아니, 배고프다고 밥 달랬지."

"큭큭큭, 배가 많이 고팠나 보네, 그래서 밥 먹으면서는 감동이다, 좋다, 고맙다. 뭐 그런 거 해줬나?"

"아니, 지금도 그게 제일 후회된다. 억수로 사랑스러웠거든. 내가 그런 걸 잘 못 해서 떠난 게 아닌가 싶다."

"야이 씨, 너 벙어리가? 왜 입이 있고 말할 줄 알면서 안 하고 후회하냐? 내가 다 속상하다. 말을 안 하는데 어찌 아냐고! 오늘 심쿵했다고, 허허 답답하네."

"어, 나도 내가 졸라 병신 같다. 다시 잡으려고 했는데, 싫다더라. 그런 여자 이번 생에 또 없으끼는데, 배렸다. 배렸어."

"우리 오빠도 똑같은 후회할 텐데, 남자들은 왜 그래? 후회할 거 알면서도 그게 그렇게 안 돼?"

"어, 안 되더라."

"뭐고, 아직 안 간절한 거 아니가?"

"졸라 간절하거든. 그래도 안 되는데 우짜노."

사람이 답이다

표현해도 마찬가지였을까? 이젠 그런 의문까지 든다. 맘껏 표현이나 해봤으면 후회는 없지, 아쉬움이 깊어지는 밤이다.

삶의 무게에 지쳐

　예로부터 큰딸은 살림 밑천이랬다. 이 말이 어디서 어떻게 나온 말이 길래. 장녀들을 이렇게 힘들게 하는 걸까? 엄마를 도와 어릴 때부터 콩나물 대가리 따고, 동생들 울면 가서 달래고, 엄마가 포대기에 싸서 등에 업어주면 행여나 떨어질까 조심조심, 조마조마, 어르고 달래고 노래까지 불러주며 엄마를 돕는다. 그러다 성장해서 공부를 잘해서 좋은 고등학교, 대학교에 붙어도 장녀들은 안 될 일이다.

　"계집애가 공부해봐야 뭐 하겠어. 남동생 대학 보내려면 부지런히 벌어야지. 공장에나 취직해서 살림에 보탤 생각 안 하고 공부 같은 소리 한다."고 책상에 앉는 것도 싫어했단다. 옛날이야기 아니냐고? 멀리 안가고 우리 엄마 세대까지만 가도 반나절도 부족한 이야기라며, "맞다, 맞다." 공감하신다. 큰오빠가 있으면 쪼~금 낫고, '딸딸딸딸'이면 쪼~금 더 낫고의 차이만 있을 뿐 장녀의 인생은 보통 그랬다. 장남들도 집에서 거는 기대와 부담이 너무 심해서 그냥 가출을 감행했다고.

　내 아버지도 그랬다. 잘해야 한다는 압박이 너무 커서 그냥 차라리 못 하고 싶었다고 하셨다. 뭘 해도 눈에 띄게 잘하고, 키도 크고, 잘생긴 큰아들에게 할아버지는 많은 기대를 하신 모양이다. 그런 큰아들이 스무 살, 제대로 뭘 해보기도 전에 손녀를 안고 눈앞에 나타났으니 할아버지가 놀라시는 것도, 화내시는 것도 어느 정도는 이해가 된다. 며느리라고 들어온 아이는 말 그대로 아직 애라서 할아버지 보시기에 성에 차는 것이 단 한 가지도 없는, 청소며 빨래며 아기들이랑 소꿉장난하느라 아들이 힘들게 벌어온 돈 흥청망청 써버리는 것 같아 할아버지는 몹시 불안하셨다. 결국, 시집살이를 못 버틴 엄마는 아빠와의 이혼을 선택하셨다.

세상 어느 누구도 자신들의 사랑을 지지해주지 않는다고 느끼셨단다. 엄마라고 짧은 치마에 뾰족구두 신고, 화장도 하고, 친구들이랑 나이트클럽이라는 데 가보고도 싶고, 뭇 남성들의 시선을 받아보고 싶지 않았겠는가? 현실은 매일 칭얼거리고, 울고, 아빠만 찾는 고집 센 미운 6살, 미운 7살 여자애들의 매일 반찬 투정에 공주님 대접까지 해줘야 하는 시녀 살이. 하루하루가 지쳐갔고, 아마 그때 남편이라도 곁에 있었다면 이혼까지는 안 갔을지 모른다. 돈 벌러 배 타러 가서 한 달이고 두 달이고 집에 못 들어오는 어린 신랑을 그리워하는 어린 신부, 참 이 나이가 되어서 바라보니 그때의 우리 부모님도 참 어렸구나 싶어 안쓰럽다.

그러다 우연히 배에서 들어왔으면서 집으로 오지 않고, 술 마시고 여자들이랑 있는 것을 봤다는 제보를 듣고 엄마가 찾아가면서 불씨가 화염으로 번진 것이다. 머리보다 심장이 먼저 끓는 나이였으니, 두 사람은 그렇게 남편 흉내, 엄마 흉내에 지쳐 꽃다운 청춘에 이별하고 이혼남, 이혼녀가 되었다.

아, 아버지는 자식까지 딸린 이혼남, 그 한 많은 세월을 딸들은 이 상황을 이해하지 못하는지 사고만 치고 다녔다. 어디에 맡겨놔도 1년 이상을 버틴 적이 없었다. 서울, 부산, 통영 안 맡겨 본 곳 없이 맡기고 다시 돈 벌러 나가야만 할 때 "제발 말 잘 듣고 얌전히 밥 잘 먹고, 잘 지내고 있어."라고 수없이 달래고 타일렀지만 소용없었다. 말도 지독스럽게 안 듣는 천방지축 딸들을 왜 버리고 도망가고 싶은 순간이 없었겠는가?

하지만 '내가 버리면 저것들은 어찌 될까'를 수없이 생각하셨단다. 죄책감, 책임감 때문에 우리 안 갖다 버리고 키운 거냐며 농담을 던질 뻔했다. 맞다. 죄책감과 책임감이 사랑을 이긴 적이 한두 번이 아니었을 것이다. 그렇게 세월은 흘렀고 그 짐스럽던 아이들은 이제 자랑이 되어 아버지 곁에 서 있다. 어느 날 동생이 지인의 문병을 갔다가 어디서 많이 본 듯한 사람이 자신을 빤히 쳐다보고 있어서 순간 누구지? 하고 멈칫했다고. 먼저 엄마가 다가와서, "은미 맞제?"라고 물어보지 않았으면 순간 지나칠 뻔했단다.

"어, 엄마 여긴 웬일? 엄마 아파요?" 마주친 곳이 병원인지라 순간 진심으로 걱정했다고 했다. 불안한 듯 묻는 작은 딸이 반갑고 고마웠는지, "아니, 엄마가 아픈 건 아니고, 어디 가서 차 한잔할 시간 되나?" 하고 묻기에. 바로 옆에 커피숍에서 진한 아메리카노에 샷까지 추가해서 먹어야지 진정이 될 것 같았단다.

"너는 병원에 무슨 일인데?" 엄마가 먼저 말을 꺼냈고,

"아니, 나는 아는 사람 문병, 엄마는?" 하고 애살있게 묻는데 "우리 애가 아파서, 6살이다."라고 아주 덤덤하게 말하더란다. "그 애

는 많이 아파?"

"아니, 그냥 수두 같은 건가 봐. 언니는? 언니는 잘 있나?"

"응, 언니야 잘살지. 사막에 던져 놔도 살 사람이잖아. 엄마는 새로 시집을 가신 겨?"

"응, 또 이혼하고 혼자 키우고 있어."

"아, 맞다. 고생이 많겠네. 애 병실에서 기다리는 거 아니야? 가봐야지?" 동생은 서둘러 자리를 정리했고, 엄마와 전화번호를 주고받았다고 했다.

"언니야, 언니야, 대박 사건."

"뭔데?"

"나 오늘 친구 문병 갔다가 엄마 만났잖아."라며 있었던 시시콜콜한 것까지 디테일하게 이야기하기 시작했다.

"드라마에서만 만나지는 줄 알았지, 실제로 나한테 이런 일이 생길 거라곤 상상도 못 했잖아. 어떻게 병원에서 딱 그 시간 그 날짜에 마주쳤지?"

"그니깐. 그래서?"

"언니야 놀래지 마라. 엄마가 아파서 병원을 온 게 아니고 엄마한테 6살짜리 애가 하나 있는데, 그 애가 아파서 온 거란다. 그리고 또 놀랄 일은 엄마 또 이혼했대."

"헐, 진짜? 6살? 그럼 아빠 막내딸이랑 너희 둘째랑 엄마 막내랑 셋 다 동갑인 거가? 모이면 재밌겠네. 그해 무슨 일 있었나? 언니도 그해에 낳았으면 완전 작품 나올 뻔했네."

"지금 농담이 나오나? 이혼하고 혼자 키운다. 천하의 김숙희

씨가."

"그러게, 진짜 대박이네. 딱 우리 버리고 갈 때 나이가 지금 그애 나인데, 우리나 잘 키우지 다 늙어서 무슨 '업보'고?"

뭐 그다음 이야기는 별로 기억이 안 난다. 가슴이 먹먹하고 머리가 터질 것 같아서, 참 인연도, 인연도 질긴 인연이긴 한가보다는 생각이 들면서도, 어쩜 저렇게 박복한 삶을 살았을까 싶은 그 엄마라는 여인의 인생이 궁금하기까지 했다.

우리 동생이 나를 사막에 던져 놔도 살아남을 사람이라고 놀리는데, 사실 나의 생활력이나 판단력은 훈련된 것이다. 돈은 벌기도, 모으기도 힘들지만 잃는 건 한순간일 수 있고, 지독스러울 정도로 열렬했던 사랑도 결국엔 식고 변한다. 남자에게 의존하는 삶을 살아서도 안 되고, 나 스스로가 강해져야 한다. 그러다 보니 돈 많은 남자는 돈 값해야 돼서 싫고, 잘 생긴 남자도 얼굴값을 하고 바람피울까 봐 싫었다. 나만 사랑해주는 남자에게도 뭔가 계속 불안했고, 사람을 만나도 믿지 않았으며, 내가 다치지 않는 선택, 자기보호가 강해졌다. 이 자기보호가 억척이 되고 생활력, 판단력의 지표가 되었다. 이제라도 좀 내려놓고, 웃고 행복하고 싶은데 우리 부모들이 살아온 삶을 보면 나는 나를 내려놓을 수가 없다. 나중에 '돈, 돈' 거리고 안 살고 싶어서 지금 '돈, 돈' 거리고 살고 있고, 언제 떠날지 모르는, 항상 불안하게 하는 사랑이 싫어서 사랑 따위는 하지 않게 되었다. 이 길고 긴 터널에도 끝이 있을 것이고, 춥고 외로운 배고픈 겨울도 지나면 봄이 올 테니 그 봄을 기다려 볼까? 나라는 꽃은 어쩌면 아직 핀 적 없는지도 모른다고 생각하니 억울함이 밀려오고, 동시에 설렘도 느껴진다. 나를 정말 친딸처럼 이해해주고 사랑해줄 수 있는 새로운 가족을 만나 사랑하는 사람들과 사랑하며, 사랑받으며 살고 싶다. 좋은 곳에 입양을 바라는 고아의 마음이냐고? 아니, '사람 인(人)'이라는 한자는 서로 조금 기대라고 혼자 올곧게, 고고하게 서 있다간 부러진다고, 지친다고 조금 기대어 살아도 된다고 두 개의 작대기가 조금씩 기울어진 형상이라고 했다는데, 지금 딱 내가 더 이상 버틸 힘이 없는데, 기대도 될 만한 사람, 기대도 서로 다치지 않을 사람이면 좋겠다. 이런 내가 나약한가 싶다가도 이젠 좀 그래도 되지 않느냐고 내 안에서 어떤 목소리가 끊임없이 나를 괴롭힌다. 천사의 목소리인지 악마의 목소리인지 모르겠지만, 이미 나는 마음을 정했다. 부인 코스프레가 아니라 진심으로 남편을 섬기는 아내, 엄마 코스프레가 아니라 나보다 더 자유분방한 아이가 태어난다 해도 사랑으로 같이 성장해 나가는 딸과 아들과 애인처럼, 친구처럼 지낼 수 있는 부모가 되고 싶다. 신랑 손잡고 놀러 다니고, 시부모님을 내 부모님처럼 안고, 의지하고, 뽀뽀하고, 손잡고, 소풍 다니고 싶다. 내 부모님은 나보다 더 강하고, 당당하게, 멋지게 살고 있는데, 싫고, 부끄럽다며 그렇게 살지 않을 거라고 혼자 겁먹고 있었나 싶다. 나에게 주어진 숙제1, 부모님 그림자에서 벗어나기, 숙제2, 나만의 삶 찾기. 모든 걸 내려놓고 그 누구도 아닌 나만을 위한 삶을 찾을 수 있길 바라본다.

그리운 사람들

멀어서 보러 가지 못 하고, 일하느라 보러 가지 못 한다. 연애하느라 시간이 없고, 시집살이에 아이 키우느라 짬을 내지 못한다. 마음은 있는데 막상 보러 갈 시간은 안 되니 전화기 붙잡고 보고 싶다, 보고 싶다만 반복하다 아쉬워서 이제는 전화하는 횟수도 줄어들었다. 결혼식에 돌잔치에 참석하지 못한 것이 영 마음에 쓰이더니 결국에 그저 그렇게 멀어져가는 것이 안타깝지만 어쩌겠는가.

어쩔 수 없는 일이다. 상황이 그러하고, 타이밍이 그러하다. 전쟁 같은 현실을 살게 하는 건 추억이 아니라 미래인 것을, 각자의 미래를 위해 오늘을 희생하고 사는 만큼 그 추억을 꺼내고, 들춰서 감수성에 젖기에는 이곳은 너무 치열하고 머리 아픈 지옥이다.

보고 싶은 이여, 그리운 이름이여…. 술 한잔 기울이고 있으면 세상을 다 얻은 것 같다는 걸 알면서도 쉽게 시간 낼 여유조차 없이 살아가는 나를 용서하시게나.

하루는 동생과 대화하다가 "언니야, 당장 애가 아프거나 급히 맡기거나 대신 누가 좀 픽업해줬으면 하는 상황이 생기면 멀리 사는 친구한테 전화할 꺼가, 바쁜 언니한테 전화할 꺼가? 별로 친하진 않아도 당장 달려와 줄 또래 아이 키우는 한 동네 사는 애 엄마한테 전화하는 게 당연한 것 아니겠나? 고맙다고 차 한잔, 미안하다고 밥 한 끼 하다 보면 그 사람들이랑 더 가깝게 되고, 그렇게 하루하루 보내다 보니 세월이 흘러가는 거지 서운해, 하덜덜 마라."

어느덧 나보다도 많이 커서 이젠 언니를 이해시키고 양해를 구하고 포기시킬 줄 아는, 세 명의 아이를 키워내고 있는 대한민국 장한 아줌마가 되었다.

바다로 돈 벌러 나간 아버지의 생사를 확인할 수 없을 때 나는 우주 공간에 혼자 떨어져 있는 기분이었다. 너무나 애타게 찾았고, 불렀고, 그리운 그 이름, 내게 아버지가 그렇다. 원망과 미움보다는 그냥 애틋하다. 미워할 시간도, 원망을 쏟아낼 시간도 부족했다. 한 달에 하루, 아니 한 달에 몇 시간 얼굴 보는데 배고픈 새끼 참새처럼 먹이 물어다 주는 어미 참새에게 짹짹대며 예뻐해 달라기 바빴다.

성인이 되고 아버지가 꽃뱀을 만나 빈털터리가 되었을 때 내 동생의 임신소식이 겹쳐 들려왔고, 난 서울살이를 끝내고 아버지를 모실 생각으로 그리운 가족 곁으로 돌아왔다. 그러나 아버지와 나는 가까이할 수 있는 운명이 아닌 걸까? 아버지에겐 큰딸보다 어쩌면 더욱 그리웠을 친어머니가 살아계시고, 아들인 아버지를 찾고 계신다는 이야기가 들려왔다. 나에겐 친할머니의 존재를 확인하는 정도였지만, 아버지에겐 그 불안함의 근원, 흔들리던 촛불 같던 인생의 기준대가 되어주실 그 이름 어머니가 아닌가.

아버지는 할아버지에게 원망과 미움이 많았다. 아들과 아빠가 그러하듯이 오해와 미움, 애증이 공존하고, 달라도 너무 다른 성격과 가치관, 표현법에 서로 상처를 주면서 40여 년의 세월을 돌아 드디어 오게 된, 상처받은 마음을 쓰다듬어 줄 안식처, 아버지의 어머니, 나는 아버지가 그리워 아버지 곁으로 왔지만, 아버지의 새로운 인생을 위해선 한발 물러나 있어야 했다. 우리를 책임지느라 지낸 고독의 시간, 책임감, 의무감, 죄책감 따위에 청춘을 바친 한 남자가 모든 게 끝이라고 생각했던 순간, 그토록 그리던 어머니를 나이 50이 다되어서 다시 만나 이제 새로운 인생을 시작하려 하고 있었다. 참 다행인 건 할머니도, 아버지도 건강하신 채로 만나 소풍도 가보고, 맛난 것도 먹으러 다닐 수 있었다는 것이다. 지금은 큰딸이 이 모든 안정된 생활을 박차고 나와 다시 불안정한 삶을 선택하고, 그 책임을 자신에게 돌리는 것에 대한 불안과 울화가 치밀어 올라 서운하고, 안쓰러워 연락을 끊고, 핸드폰 번호도 바꿔버렸다. 부모로서 섶을 지고 불구덩이로 들어간다는 딸을 눈뜨고 지켜볼 수는 없는 노릇이니 그 불구덩이 속에서 더 강해지고, 단단해지되 너무 상처받고, 아프지 않은 채로 건강하고 예쁘게 다시 아버지 곁으로, 태어나서 처음 보는 내 친할머니 곁으로 돌아오길 기도하고, 또 기도하고 계시겠지.

이별 그리고 홀로서기가 어떤 것인지 먼저 경험해본 아버지로서 응원은 차마 못 해주겠고, 외면하는 것이 아버지식 사랑이리라. 큰딸은 그 마음을 알면서도 서운해서 이제라도 성장하는 딸을 지켜봐 주지도 않고, 응원도 해주지 않는다며 떼쓰고 원망했다. 그동안 참아왔던 원망과 아픔을 쏟아 낸 날, 아버지는 어디론가 사라져버리고 싶었을 것이다. 하지만 큰딸이 말한 책임회피, 직무유기라는

사람이 답이다

단어가 머릿속에서 맴돌아 이러지도 저러지도 못한 채 괴로운 나날을 보내고 있겠지. 불효다. 알지만 지금은 다가갈 수가 없다.

가난하던 시절, 아니 지금도 짬뽕 하나를 시키면 첫 끼에는 면을 먹고, 저녁엔 그 국물에 밥을 말아 끼니를 해결했다. 속옷은 구멍 날 때까지 입고, 조금 낡았다 싶은 옷은 안에 받쳐 입고, 그 옷도 너덜너덜해질 때까지 입었다.

가족들이 "이렇게까지 해서 그 돈을 꼭 모으고 살아야겠어?"라고 할 정도로 지독하게 모았다. 술 마시고 생기는 빈 병도, 라면으로 바꿔다가 저녁을 해결했다. 돈을 못 벌어서가 아니라 정말 돈 쓰는 게 아까워서였다. 이 시절을 같이 버텨내고, 이겨낸 이 남자와 헤어지려고 하니 아버지 입장에선 마음이 쓰라리신 거다. 안다. 내 마음도 하루에도 열두 번 '뭐 얼마나 큰 부귀영화를 누리려고 이런 남자를 버리나.' 싶다가도 '한번 살지 두 번 사냐? 이렇게 지지리 궁상을 떨며 살아도 행복한 줄 알 때 그때 좀 더 용기 내서 아기를 가지거나 혼인신고라도 하지. 이 남자는 뭔데? 무슨 생각인데 나를 잡지도, 막지도, 놓지도 못한 채 세월만 보내는 건데?'

결정적인 어느 추운 밤 "오빠, 나한테 남자 형제가 있어서 '왜 이 긴 세월 이 꽃 같은 아이를 여자로서 한번 제대로 안아주지도 못하고 썩혔습니까?' 라고 물어보면 뭐라고 대답할 거야?"라고 물었더니 "나는 남자로 사는 거보다 여자로 사는 게 편해, 여성호르몬이 더 많은가 봐 잘 안 돼."라고 말하는 그 얼굴에 화가 나지 않고 측은 해 보였다. 그리고 그렇게 그나마 남아있던 미련도 미안함도 털어 버리고 나올 수, 헤어질 수 있었다.

아버지가 나를 이해하실 날이 오리라고 반드시 믿는다. 보고만 있어도 눈물이 흐르는 아버지여도 함께하지 못하는 이 현실이 어이가 없고 답답하지만, 시간이 우리 편이어서 이렇게 긴 성찰과 성장의 시간을 보내고 큰딸이 아버지 곁으로 갔을 때 너무 노쇠하거나 약해져 있지 않으면 하는 바람이다.

그동안 잘 참아왔기에 고마운 마음이 더 크면서 아버지 그 든든하고 아련한 첫사랑이 그렇게 아프고 힘들었다며 소리칠 때 찢어지는 가슴은 '총 맞은 것처럼'이라는 단어가 떠올라서 오장육부가 뜨거운가 싶더니 뭔가 가장 중요한 게 흘러나가 버려서 곧 죽을 것 같은 심정이었을 것이다. 더 건강해져서 강해져서 돌아갈 테니 아버지 부디 행복하고 건강하게 기다려주세요. 사랑합니다.

혼자 살아야 하는 존재

별나고, 특이하고, 사랑 많고, 정 많은 호기심 많은 사람은 집단이나 단체생활에 어울리기 힘들다. 특히 얽매이거나 구속하려고 하면 순간은 즐기지만 결국 부담스러워하며 곁을 떠날 준비를 한다. 나는 1:1에 강하고, 오히려 나를 전혀 모르는 불특정 다수에게 강한 사람이다. 그러다 보니 가족이나 학교생활, 직장생활 할 때 상처를 많이 주고 많이 받는 편이다. 나를 알기 전엔 흥미를 느끼다가 적당히 알고 나면 나를 팔아 이야기를 만들어 자신들의 인기에 나를 이용하는 사람들.

꼭 집어 완전히 온전히 나를 다 보여줄 수 있는, 이해해 줄 수 있는 사람들끼리만 살 수는 없는 사회구조. 아기엄마가 되더라도 아이가 속한 집단의 엄마들과 친밀해야 한다는데 난 그런 성격이 못 되고 누군가의 부인이 되면 그 사람의 친구나 직장 상사 내외가 갖는 부부동반모임이나 송년 모임 등에 참석해야 할 텐데, 난 떴다 하면 주목인데 그쯤 되면 부담스러울 것 같다. 얌전한 척 내숭도 그때뿐인 게 나다. 예쁘거나 매력적이어서 주목받는다기보다 자신들과 다른 게 느껴져서 뭔가 다른 이 이방인에게 처음엔 호기심으로 나중엔 심심할 때 꺼내먹는 땅콩 정도의 이야깃거리가 되는 것이 싫다.

얼굴 팔고, 이야기 팔아 돈을 버는 연예인도 아닌데 그들의 입에 오르내리는 게 여간 부담스러운 게 아니다. 잘나서가 아니라 이상해서, 특이해서 질타의 대상이 되는 것이 나도 부담스러운데 미래의 내 아이, 내 남편, 내 시부모님은 오죽하실까. 우리 부모님도 내가 특이한 게 무척이나 싫으신데, 남의 부모님에게 이해를 구걸하고 싶지 않다. 일단 4차원, 5차원은 넘는 것 같고 하나에 꽂히면 남의 말은 잘 안 들리는 성격의 나는 고집이 세다는 말과 대단하다는 말을 동시에 듣는다. 칭찬의 '대단'이 아니라 놀람, 경악에 가까운 '대단'이라 뭐 이젠 익숙하다.

나만 그런가? 다들 숨기고 사는 거 아냐? 어떻게 숨기고 살지? 궁금할 때가 있다. '엑스맨'이나 '울버린' 같은 영화에도 보면 다양한 초능력자들이 등장하는데, 주변엔 자기뿐인 것 같지만, 세상엔 많이 있던데… 내가 아직 넓은 세상에 안 나가서 못 만난 건가 싶기도 하다. 나를 이해해주는 온전히 사랑해주는 새로운 가족을 만나 자유롭게 눈치 안 보고 살 수 있는 세상을 꿈꿔본다.

음주가무로 어렸을 때부터 스트레스를 풀며 놀았고, 사실 이렇게 놀고 있을 때 너무 신나고 행복하다. 관심 받고 있다는 사실도 신나고, 그들의 중심에 내가 서 있다는 게 짜릿하다. 난 춤을 출 때 동성에게도 관대하다. 여름이면 에어컨을 틀어도 스테이지는 덥다. 그때 부채를 들고 있는 남성을 발견하면 어디서 난 것인지 확인하고 뺏다시피 얻어낸다. 감사인사로 부채질 10번 서비스를 해주기도 하고, 같이 잠시 춤을 추기도 한다. 그렇게 얻은 부채는 내 주위에서 춤을 추던, 더위에 지쳐가는 이들에게 단비 같은 신선함을 제공한다. 그렇게 잠시 그들의 입가에 미소가 번지는 게 즐겁다. 싸이나 울랄라세션 같은 가수들은 결혼해서도 하고 싶은 음악과 춤을 하면서 관심과 사랑을 받는데, 부인과도 함께 즐기며 가정에서도 사회에서도 사랑받던데. 우리 일반인들은 결혼함과 동시에 이 음주가무는 금기시된다. 유부남, 유부녀가 나이 먹고 음주가무를 좋아라 하는 모습이 위태로워 보이기도 하고, 철없다고 손가락질받는다. 남자들은 일 핑계로 유흥주점에라도 갈 수 있지 여자들은 결혼하는 순간 베이비시터, 혹은 누구 며느리라는 역할이 너무 강렬해서 음주가무를 좋아하는 걸 숨기고 살거나 남편과 협상을 통해 시부모님 몰래 살짝 성사되곤 하지만 그때마다 마음이 불편해야 한다. 해방감보다는 찜찜함이 커서 점차 줄이다가 결국은 그냥 '즐거울 락'과는 거리가 먼 아줌마가 되어 가다가 어느 순간 우울증이나 갱년기에 폭발하는 걸 보면서 난 저렇게 살 수 없을 것 같다는 생각이 많이 든다.

사실 더 솔직히 이야기해 보면 결혼도, 부모가 된다는 것도 누군가의 사위나 며느리가 된다는 것도 자신 없지 않은가? 세상이 원하는 그들이 되어줄 수 없다는 걸, 우리 스스로가 이미 너무 잘 알아서 더 자신 없고, 화도 났다가 답답하다가 그냥 포기하는 것 아닌가? 다들 저렇게 그냥 어영부영 정으로 사는 것 같은 모습도 썩 좋아 보이지 않고, 시부모님과의 갈등, 육아에 지쳐가면서 삶에 찌든 듯이 사는 것이 겁난다. 그 기준이나 잣대가 너무 갑갑하고, 숨이 막혀서 사실 결혼이라는 걸 꼭 해야만 할까? 하는 생각이 든다. 안다. 부딪쳐보지 않고 벌어지지도 않은 일에 겁을 낸다는 것을. 그런데 내게 "겁내지 마. 내가 있잖아. 같이 하나씩 해결해가며 즐겁게 살자. 우리 함께라면 그럴 수 있어."라고 말해주는 사람도, "결혼하고 아기 낳고 사는 게 혼자 사는 것보다 정말 훨씬 행복해." 라며 롤모델이 되어줄 가정도 아직 만나지 못했다. 겉으로는 웃고 있지만 다들 사소하지 않은 문제들로 '죽이니 살리니'까지 하고 있는데, 무슨 용기나 호기심이 생겨서 그 멀고도 험난하다는 길을 가고 싶겠는가? 서로에게 부담이나 짐이 되어야 할 것이고, 앞길을 닦아주고 응원해주기보단 현실에 직면해서 "우린 어떻게? 당장 생활비는 어쩌지?"라고 말할 것이 뻔하다. 그래서 처녀, 총각일 때 해볼 거 다 해보고 결혼하라는 어른들의 말씀에 뼛속까지 박히는 것이다.

난 나 자신에 대한 믿음이 부족하다. 실은 나 자신이라기보다 우리 부모님과 같은 선택을 하게 될까 봐 겁이 난다. '트라우마' 같은 게 크게 남았다고 해야 할까. 극복하지 못할 문제는 없다고 한다지만 내겐 바람둥이 할아버지와 시집살이를 극단적으로 못 버티는 엄마의 피가 흐른다. 이를 극복하느라 애쓰고 사는 동생이 대단하게 느껴지는 건 이 때문이다. 내 안에 흐르는 더러운 피를 나만의 방식으로 극복해야 한다는 것인데. 쉽지 않다. 난 할아버지와 엄마의 양육방식을 놓고 독수리 육아라고 부른다.

낳아서 6~7살, 말하고 걷기 시작하면 정을 뗀다. 이제부터 이 험난한 세상은 혼자 살아야 하는 것이다. 부모가 대신 살아주는 것도 아니고, 언제까지나 옆에서 보호해 줄 수 있는 것도 아니니, 딱 6~7살 때까지만 정성껏 돌봐준다. 16~17살 아니냐고? 아니, 걸을 수 있고, 말하기 시작할 때부터 부모와는 이별이다. 내 할아버지의 자식, 우리 엄마의 아이들이라면 그래야 한다. 다시 다른 곳에서 다른 독수리를 낳아 6~7살까지 정성껏 키울 것이고, 이후엔 다시 떠날 것이다. 이게 뭐야? 장난해? 엄마는 4번의 결혼, 6명의 아이를 낳았다. 둘이나 하나, 아들 혹은 딸, 세상에 많은 생명을 주신 분이고, 세상에 외로움과 그리움으로 평생을 괴로워해야 할 아이들을 만들어냈다.

나는 그럴 수도 없고, 그러지 않을 것이라는 걸 알지만, 내 안에 섞인 이 피가 언제 어떻게 솟구칠까 봐, 끓어오를까 봐 겁이 난다. 더러운 피, 자유로운 영혼, 불신, 외로움, 사랑에 대한 갈증과 갈망, 이런 피를 가진 사람이 결혼하면 잠재적 가정파탄범이라는데 하는 생각에 잠 못 이루며 나 스스로를 괴롭힌다. 준비 중이다. 공부 중이고, 단련 중, 훈련 중이다. 정말 끈끈한 사랑과 우정을 나눌 수 있는 이번 생에서 서로 배신하지 않고 든든히 곁을 지켜줄 수 있는 사람, 자유롭지만 그 안에서 나와 가정을 지킬 방법을 찾는 법, 그리고 더러운 피가 아니라는 어른들을 이해하고, 나에게 용서를 해줄 수 있는 용기를 배우는 중이다.

이상한 년

"언니는 애 안 낳아 봐서 모른다. 언니 너도 언니 너랑 똑같은 애 낳아 봐야 한다."

동생이 어린 나이에 첫째를 낳고, 한참 산후 우울증을 앓고 있을 때 내게 한 말이었다. 무심코 뱉은 말이었다는 건 아는데, 그것이 심장에 박혀서 빠지질 않는다. 어떤 이야기 끝에 나온 이야기였는지 생각도 안 나고, 딱 이 말을 할 때의 동생의 표정과 억양, 단어만 기억난다.

너무 충격이다. 나랑 똑같은 아이? 생각만 해도 무서웠다. 세상 사람들이 나를 어떤 눈빛으로 봤는지 아는데, 진짜? 악담도, 악담도⋯.

"가쓰나가 못돼 처먹어가지고, 언니한테 못 하는 소리가 없다."고 할머니가 싸움 날까 봐 중재에 나서셨지만, 난 이미 녹다운. 졌다. 내게 이기려고 했다면 승리했고, 상처 주려고 했다면 성공했다. 내가 자라온 세상에서 이상한 년은 나름 소신 있고, 강단 있어 보였는지 모르겠지만 아픔을 홀로 안고 갈 수밖에 없는 외롭고, 아픈 세상이었다.

그러다 세월이 흘러 지금은 동생이 셋째를 낳은 지도 벌써 5년이 흘렀다. 어딜 가나 이상한 년, 미친년 소릴 듣고 살았는데 요즘은 워낙 미디어가 발달해서 세상이 넓어지고 자기를 알리는 것에 거리낌이 없다 보니 요즘은 내가 봐도 신기하고, 다양한 사람이 많다.

지금 보면 이상한 년 축에도 못 드는 내가 이상한 년이라며 눈총 받으면서 산 세월이 허망할 지경이고, 어느새 더 이상한 년들이 판을 치는 바람에 오히려 내가, 기에 눌리는 느낌까지 받는다. 그러다 보니 내 심장에 박힌 가시도 서서히 밖으로 밀려나더니 이젠 감각도 없을 만큼이 되었다.

난 특이한 년인 건 인정! 조용히 가만히 있는 것보다 리액션하고, 반응하는 게 더 재밌고 기억이 잘 난다. 옷도 18년 전에 표범 무늬 바지, 빨간 바지를 통영 시내, 그 좁은 바닥에서 입고 다녔으니 빠르긴 빨랐다. 그 고리타분한 시골 사람들이 볼 때, 내 패션은 번 돈을 전부 옷 사는데 쓰는 봉순이(다방에서 일하는 오봉-쟁반에 커피 들고 다니는 여자)도 따라오지 못할 패션이었다. 그 시절 그 당시에 채팅으로 남자 꼬여서, 매일 밤 술 마시고 다녔으니 평범한 년이 아닌 것도 인정! 굿모닝, 애플을 중1 때 처음 배우고, 커피 스펠링도 헷갈리던 년이 고3 되고 영어 때문에 대학 못 간다는 말 한마디에 그렇게 질색하던 영어를 전교 20등 안에 들어서 장학금 받고 대학에 들어갔으니 놀라운 년인 것도 인정. 통영 촌년이 집에서 뭐 보증금 마련해주는 것도 아닌데 겁도 없이 서울에서 청담동에서 일할 거라며 학교가 있는 대구서 난다 긴다 하는 업체들 입사 제의 깔끔하게 포기하던 별난 년. 이런 년들은 항상 미움받는다는 걸 알면서도 해야만 했다. 하지 않은 것보다 하는 게, 그냥 마음 가는 대로 해야 행복했다. 남들의 시선 따위에 신경 쓰다 보면 그 좁은 통영 바닥에서 할 수 있는 건 단 한 가지도 없었을 것이다. 미친년이 미친 짓을 못 하고 살아서 병이 났나 보더라고 생각해서 매일 글을 쓰기 시작한 것이 벌써 40일이 가까이 되어간다. 하나에 꽂히면 꼭 끝을 봐야 하는 그야말로 진짜 이상한 년이다. 내가 스스로 이상하고 별나고 능력도 안 되면서 하고 싶은 건 꼭 해야 하는 미친년이라는 걸 인정하지 않는 게 아니다. 오히려 완전히 미친년들은 아주 행복하게 잘 살고, 잘 나가고, 멋지게 사는데 난 어느 틈에 어중간한 년이 되어버린 건 아닐까 하는 겁이 나기 시작한다.

완전히 미쳐야 행복하다. 어디서 어떻게 기억하게 된 말인지 모르겠으나, 일정 부분 아니 크게 공감한다. 내가 완전히 미쳐있을 때 세상 사람들이 보내는 시선을 겁내지 않았으니까. 내가 초등학교 때 성수대교가 무너졌다. 난 초등학교를 다리 건너에 있는 학교로 다녔는데, 아침에 학교 갈 때 충무교를 건너면서 "하나님 제가 오늘 돌아오는 길에 이 다리가 무너지더라도 후회 없는 하루였다고 생각할 수 있도록 멋진 하루가 되게 해주세요."라고 기도했고, 돌아오는 다리에서는 "하나님 오늘 너무 행복했습니다. 내일 아침에 이 다리를 건너다가 무너지더라도 후회하지 않도록 남은 하루도 신나게 보낼 수 있게 해주세요."라고 기도했다. 진짜 초등학생 수준의 기도였고, 그래서 난 행복했다. 성수대교가 무너지고 얼마 후 삼풍백화점도 무너졌는데, 그제야 비로소 '죽음이 내게서 멀지 않을 수 있구나. 그래, 더 열심히 놀아야지.'라고 생각했다. 초등학교 시절, 난 엄마 없는 아이라고는 아무도 믿지 못할 만큼 활발하

사람이 답이다

고, 당당하고, 자신 있는, 모범적이면서도 리더십 있는, 한마디로 멋졌다. 나 스스로가 하루하루 최선을 다해 놀 때 멋진 인생이 된다는 걸 경험해봤으면서 돈이라는 족쇄에 스스로 발을 묶고, 주저앉아서 사람들의 기준이나 시선에 벗어나지 않고 튀지 않으려고 이상한 년이 아닌 척하며, 별나지 않은 척하고 살다 보니, 빛도 잃어가고, 웃는 모습도 어색해져 갔다. 살은 찌고, 인생이 무기력해지는데도 위기감조차 못 느끼며 살아가고 있다니. 아, 내가 아둔하게 살고 있었구나.

아버지는 말하셨지 인생을 즐거라

웃으면서 사는 인생

자 시작이다

오늘 밤도 누구보다 크게 웃는다

웃으면서 살기에도 인생은 짧다

— 현대카드 광고 중에서

2005년도 현대카드 광고다. 이 광고는 굉장히 유행했었고, 안정을 추구하는 내 남자친구는 내게 개사한 걸 들려주었다.

아버지는 망하셨지 인생을 즐기다

웃으면서 사는 인생

자 이제 끝이다

오늘 밤도 누구보다 크게 울었다

풍자와 해학이 담긴 이 개사에 반해 사랑을, 연애를 시작했었다. 경제관념이나 센스가 탁월하다고 느꼈다. 외상이면 소도 잡아먹는다고 카드 저렇게 흥청망청 쓰다가 신용 불량자가 속출하던 시기였으니, 더욱 와 닿는 개사였다.

"안 죽으면? 저렇게 흥청망청, 하고 싶은 거 다 하고, 먹고 싶은 거 다 먹고 살다가 안 죽으면? 폐지 주우러 다닐 꺼가? 인생 그렇게 짧지 않다."는 말에 겁을 먹고 '맞아. 내가 돈 없어서 꿈을 포기해 본 사람이잖아. 늙어서도 돈 때문에 뭔가를 포기하고 싶지는 않아.'라고 스스로에게 족쇄를 채웠다. 근데 돈이라는 것이 생각하는 만큼 벌어지지 않았다. 조금 모이면 여기서 뜯어가고, 조금 모이면 저기서 뜯어가고, 이놈의 돈은 언제 모이는 거야? 쓰는 놈 따로 있고, 버는 놈 따로 있는 거야? 아니, 집을 살 수는 있어? 집값은 매년 점점 더 오르기만 하잖아. 집이 없어서 지금 결혼도 못 하고, 애도 못 낳고 있는 거야? 우리 왜 이러고 살아야 하는데?

> 뭐니 뭐니 해도 돈이 많으면 좋겠지만
> 뭐니 뭐니 해도 맘이 예뻐야 남자지
> 머니로 뭐든 다 할 수 있고 행복한 삶을 살 수도 있어
> 머니로 예뻐질 수도 있고 사랑도 쉽게 얻을 수 있어
> 그만, 그만 그게 먼데 자꾸 날 울려
> 거짓 없고 순수한 사랑을 난 원해 필요해

- 중략 -

돈 없어 굶어봤어 돈 없어 당해봤어 돈 없어 맞아봤어

돈 없어 울어봤어 돈돈 니가 뭔데

돈돈 나만 그래 돈돈 돈 때문에 네 사랑을 팔지마

— 왁스, '머니' 중에서

왁스의 '머니'다. 이 노래도 정말 세월이 흘러도 계속 뇌리에 맴도는 노래 중 하나다. 돈 이야기만 나오면 스트레스가 쌓여서 그냥 다 놓고 떠나고 싶다. 막상 떠나도 돈 아까워서 제대로 놀지 못하는 내 모습을 보면서 허탈해했다. 돈을 왜 버는지 목적조차 상실한 채 맹목적으로 버는 것도, 쓰는 것도 그냥 자본주의 개처럼, 노예처럼 살기가 싫다.

왜 이렇게 전전긍긍 돈 타령만 하고 살면서 정작 돈 한 푼 제대로 못 쓰고, 매일매일 빚쟁이처럼 살아야 하는 걸까? 어쩌면 인생은 우리가 생각하는 것보다 훨씬 더 길지 모른다. 폐지 주워 겨우겨우 모은 돈 500만 원, 1,000만 원, 불쌍한 아이들 돈 없어 공부 못 하는 아이들 위해 써달라며 기부하는 할머니의 모습에서 돈의 의미를 배워가야 하지 않을까?

세상에 모든 이상한 년, 미친년들이여, 우린 어쩌면 이상하거나 미친 게 아닐 수도 있다. 우리가 이상하고, 우리가 미친 게 아니라 우리를 이상한 년, 미친년으로 만든 세상이 이상하고, 미친 걸 수도 있다. 우리는 우리만의 길을 가자. 멋지고 당당하게 행복하게 사랑하면서 사회가 건강해질 수 있도록 우리 같은 미친년들도 더 많이 웃을 수 있고, 미친년, 이상한 년의 아이들도 상처받지 않을 세상을 위해 조금 더 미친 짓하면서 살아보면 어떨까? 폐지 줍는 게 나쁘다는 게 아니라 폐지 줍는 이유가 멋진 할머니가 되면 되는 거아니야? 미친년인데, 그냥 미친년이 아니라 세상에 긍정적인 영향을 주는 미친년이면 훨씬 더 매력 있지 않을까?

4 장

상처를 극복하다

상처를 그대로 두면 작은 상처는 생겼는지도 모르게 없어지고, 며칠 쓰리다가 아물곤 한다. 그래서 우리는 어떤 상처를 받아도 스스로 회복될 것이라고 너무 과대평가한다. 정도에 따라서는 약을 발라주어야 하거나 터뜨리고 꿰매야 하는 순간이 있고, 심하면 수술을 해야 하거나 괴사된 살을 도려내야지만 새 살이 자라거나 극복하고 살아갈 수가 있다. 곪고, 썩고 결국은 도려내거나 망가져 버리기 전에 가급적 내가 감당할 수 있는 선에서 스스로 터뜨리고 약을 발라줘야 내가 훨씬 덜 아프지 않을까? 자기 상처를 바로 보는 것을 괴로워하지 마라. 더 큰 아픔이 돼서 찾아오기 전에 반드시 치유해야만 더 행복해질 수 있다.

1월 추운 겨울 어느 날 이미향 작가의 '나는 스토리텔링이다.'라는 주제의 강연을 듣게 됐다. 그녀는 작은 몸집이지만 큰 몸짓으로 더 큰 감동을 주었는데, 내가 눈물을 흘린 포인트는 남들과 조금 다르다. 다들 개똥같이 쓸데없는 인생인 줄만 알았던 자신이 민들레 씨앗을 만나면서 개똥의 도움이 있어야만 아름답고, 멋진 민들레가 될 수 있다고 함께 민들레가 되어주지 않을래? '난 네가 필요해' 라는 말에, 너는 쓸모없는 존재가 아니라는 말에 깊은 여운과 감동을 느꼈다고 했다. 물론 나도 느꼈다. 하지만 나는 '토닥토닥'에서 눈물이 났다.

'머리야, 머리야 많이 힘들었지? 괜찮아, 다 잘될 거야. 고마워. 미안해. 사랑해.'

'어깨야, 어깨야 많이 무거웠지? 그동안 수고 많았어, 이제 내려놔도 괜찮아.'

'마음아, 마음아, 많이 아팠지? 많이 힘들었지? 다 잘될 거야. 앞으로 기대해.'

'옥선아, 옥선아 지금까지 잘해왔어. 많이 힘들었지? 옥선아, 옥선아 사랑해. 미안해. 고마워.'

'많이 무거웠지? 이제 내려놔도 괜찮아.'

나는 어깨 밑으로 내려가지 못하고, 눈물 흘리느라 더는 마음까지 내려갈 수가 없었다. '내 상처가 혹시?' 나를 직면하는 순간 울컥하고 뭔가가 터져버리더니 주체할 수 없이 나도 이해가 안 되는 뜨거운 것이 계속 하염없이 쏟아져 나왔다. 사람마다 아픈 구석이 있지만 외면하고 살거나, 대수롭지 않게 생각하고 산다. 그러다 이렇게 나처럼 불쑥 상처에 혹 뭐가 비집고, 쑤시고 들어오면 상처가 덧나거나 터져버리는 경험을 하게 된다. 외면하고 살아왔던 나의 과거 하나를 꺼내기 위해 보따리를 풀었다가 터져버려서 수습이 안 될까 봐 겁내던 너무 아파서 모르는 척 잊어버리고 싶던 이 기억이 상처가 이렇게라도 터지면 한동안은 아프겠지만 썩진 않겠지. 폭음, 폭식, 폭력이 모두 내가 내 상처를 제때 제대로 돌봐주지 않아서라는 걸 알고 나서부터 나의 지난날을 돌아보고 위로하고 용서하고 반성하는 데 거의 모든 시간을 쏟고 있다.

과오는 죄악이 아니다

그것을 죽을 때까지 끌고 가면 안 된다

최대의 과오는 그것을 깨닫지 못하고 있다는 데 있다

과오를 발견하는 즉시 그것을 뉘우치고 새출발하자

— F. 시루스

고백된 잘못은 이미 절반이 시정되었다

— J. 해링턴

사람이 답이다

최고의 처방전 - 변화

제부랑 술을 먹었다. '기쁘다, 좋다, 행복하다'로 시작해서 침대에 쓰러진 채로 속이 부대껴서 용량을 초과한 것도 못 느낄 정도로 토할 때까지 무지막지하게 폭음과 폭식을 했다. 다음 날 아침 동생이 "언니 기억 하나도 안 나제?" 하며 나를 다그쳤다. 아버지랑 술을 먹다가, 울다, 말하다, 먹다, 마시다, 했던 말 또 하고, 고집 세우고, 무섭게 먹다가, 무섭게 마시다가, 울고불고, 온 집안사람들을 경악에 빠뜨린 사건이 발생했다. 그날 이후 아버지께서 아주 단호한 말투로 내게 금주를 명하셨다.

매일 밤, 일 마치면 하루의 피곤함과 스트레스를 달랜다는 명분하에 야식과 음주를 병행한 지 6년이 넘어가던 어느 날, 매일 먹으면서 "내일은 먹지 말자. 우리가 야식값만 모았어도 집 샀겠다."를 수없이 다짐했지만, 매일 그 시간 어김없이 야식을 시키고 있는 나 자신에게 화가 났다. 몸무게는 늘었고, 맞는 옷도, 웃는 날도 줄어드는데, 이게 뭐하는 짓인가 싶었다. 나이는 먹어 가는데 되는 건 하나도 없고, 해 놓은 것 하나 없는 이 답답하고 허기진 삶.

이 삶을 끝내야 한다. 처음엔 '앞으로 피자집을 그만두는 날이 온다면, 뭐 해먹고 살지?'에 대한 고민이 깊어지던 어느 날 월세가 아까워서 지금 가게도 경매로 낙찰받은 경험도 있겠다, 부의 축적이나 세상 돌아가는 것에 호기심이 많던 내가 부동산 공부를 해보면 어떨까? 더 늙기 전에 자격증 하나 따 놓으면 어떨까? 하는 생각으로 공인중개사 시험에 도전했다. 그래, 나 자신을 시험해 보는 거야! 막상 시작하고 보니 양이나 수준이 설렁설렁할 것이 아니어서 깜짝 놀랐다. 다들 아줌마, 아저씨들이 따는 것 아니었어? 다 '법'이고, '~학개론'은 또 뭐야? 민법만 알아도 대박일 텐데, 공법, 공시법, 세법? 10개월 정도를 고3 때보다 더 열심히 공부했다. 가끔 저렇게 가족들과의 술자리에서 폭발할 때도 그냥 스트레스를 받아서 저런가 보다 하고 심각성을 못 느꼈다. 시험에 떨어졌고 그날 당일 울다 자다만 반복했다.

"뭐 이렇게까지 어렵게 낼 시험이 아닌데, 이번엔 너무 어렵게 나온 게 우리 강사진도 이해가 되지 않는다. 많이들 당황했을 겁니다."라며 강사들이 더 당황한 표정을 짓는데 울화가 치밀어 올라서 오히려 눈물을 그쳤다.

술을 벌컥벌컥 마시고, 울음을 그치고, 잠이 들었다가 이 공부를 다시 해야 한다는 사실에 겁이 나서, 서러워서 눈물이 났다. 시험에 떨어지고 나니 내 생활에 문제가 많았다는 사실을 다시 한 번 깨달았다. 난 시험 당일 새벽 5시까지도 잠들지 못했다. 긴장한 탓도 있었겠지만, 그동안 내 생활 습관과 잠들고, 일어나는 시간에 문제가 있었음을 시험 치는 날 아침까지 잠 못 들면서 깨달았다.

새벽 4~5시까지 공부하고 잠들어서 11~12시에 일어났다. 피자집 오픈과 동시에 공부를 시작했다. 틈틈이 자고, 일하고, 공부하며, 1

시에 일 마치면 3시까지 공부하고, 술 한잔하며 마무리하기를 반복하면서 10개월을 보냈다. 일반인들과 다른 생활패턴으로 6~7년을 살다가 시험 당일 일반인들과 같은 시간에 일어나서 시험을 치려하다니. 나름 잘해왔다고 생각했는데 당일 날 이렇게 비몽사몽 거릴 줄은 꿈에도 몰랐다.

나 스스로에게 실망했다. 그러면서 더욱 삶에 대한 개선의 욕구가 끓어올랐다. 나도 낮에 일하고, 밤에 자고, 평일에 일하고, 주말에 쉬고 싶다. 같은 돈을 써도 주말에 쓰면 홀대받는 기분, 바가지 쓰는 기분인 데 비해 평일은 뭔가 대접받는 기분이고, 도로도 한산하니 사람 많은 데 가서 굳이 고생할 필요 뭐 있냐며 좋아했으나, 이젠 아니다. 남들 놀 때 놀고 싶고, 남들 일할 때 일하고 싶다. 무슨 억만금을 버는 것도 아닌데 하는 생각이 들었다. 조카들이 어린이집, 초등학교에 다니기 시작하면서 이모의 시간에 맞춰서는 조카들과 더욱 놀기 어려웠다.

아이들 방학에 이모네 피자집은 고양이 손이라도 빌리고 싶을 만큼 바쁜 성수기고, 아이들이 쉬는 주말에는 평일 5일 매출을 합쳐야 나올 만큼의 피크니까 가게를 빼고 어디 놀러 갈 수도 없다. 아이들이 세 명이다 보니 엄마, 아빠의 사랑만으로는 한 명이 남는 느낌? 그래서 항상 좀 더 관심과 사랑을 달라고 하는 둘째가 마음에 걸려서 어디 가족여행을 간다고 하면 이모가 따라가고 싶다. 내가 결혼해도 남편이나 아기, 새로운 가정이 생기면 주말이나 평일 저녁에 같이 있고 싶을 테니 이젠 새로운 직업을 가져서 친구 부부들, 가족들이 어디 가자고 하고, 보자고 하면 일 빼고 가는 게 아니라 일 끝내고 가고 싶어졌다.

그리고 무엇보다 중요한 건 시험이 끝나고 여행을 다녀오고 싶었다. 그동안은 돈 모이는 게 재밌어서 돈 쓰는 게 아까웠다. 그렇다 보니 돈을 벌기만 했지 써본 적도 없었고, 누가 여행을 가자고 해도 콧방귀만 꼈었다. 공부하느라 지친 내게 시험에 붙었건 떨어졌건 멋진 도전을 해본 나에게 이 정도 시간을 줄 수 있어야 한다고 생각하고 여행을 즐겼다. 근데, 돈도 써 본 놈이 쓰고, 술도 마셔 본 놈이 먹는다고 내겐 여행이 하나도 즐겁지 않았다. 뭔가 바자기 쓰는 기분, 같이 못 온 사람들에게 미안한 기분이 들어서 제대로 즐겨지지가 않았다. 2주를 계획하고 짐을 바리바리 싸 들고 갔는데, 4일 만에 제주도를 떴다. 그리고 며칠 동안 모든 연락을 끊고 글을 쓰기 시작했다. 아무도 들어주지 않을 관심도 없는 나의 이야기를 쓰면서 그냥 나를 현재를 쏟아내고 싶었다. 이후에 친구와 통화가 돼서 자초지종을 친구에게 이야기했다. "그동안 네가 너무 어두워서 말 안 했는데, 창원에 도다리라고 한번 가봐. 너는 사람에게 상처받고, 사람에게 힘을 얻는 스타일이잖아. 어떤 여행보다 지금은 그게 더 나을지도 모르겠다."

도전하지 않는 청춘들이여 다시, 한번 리셋하자. 평소에 아이들을 가르치는 교육자로서 끊임없이 공부해야 한다며 인문학, 심리학 등을 공부하고, 강연을 찾아다니던 친구의 소개여서 좀 더 믿음이 갔다. 그곳에서 자기 정화를 위해 글을 쓰라는 작가님의 강연을 들을 수 있었다. 어, 나 글 쓰고 있었는데, 이런 우연이, 뭐지? 이후 본격적으로 글을 쓰면서 내 삶은 하나씩 변하기 시작했다. 내 마음속에 찌꺼기 독소, 오물이 가득 차있어서 내 마음이 투명하고 밝을 수가 없었다. 마음이 그러한데 삶이 즐겁고 행복할 리 없었다. 술주정할 거리조차 없어지고, 모든 것에 고맙고 감사하고, 폭음과 폭식이 없어지고 활동량이 많아지니까 68kg이었던 몸무게가 56kg으로 돌아왔다. 12월 도다리를 처음 가고 3개월 만에 찾아온 변화였다. 살이 빠지니 옷 입는 것도 좋고, 거울 보는 것도 행복했다. 웃을 일이 많아졌고, 이젠 웃는 게 예뻐 보이기까지 했다. '예쁘다, 예쁘다.' 말해주는 그 말이 진짜가 되어갔다. 점점 나 자신에게 화를 내지도, 원망하고 있지도 않았다. 후회와 자책의 시간을 칭찬과 응원의 시간으로 바꿔 갔다.

가족보다 더 가족 같은 따뜻한 응원. '세상에 나쁜 사람만 있는 게 아니구나.'를 몸소 느끼게 될 줄은 상상도 못 했다. 사람에게 받은 상처를 사람에게 치유받는 날이 올 줄이야. 변화하려면 움직여라. 천국은 생각보다 가까운 곳에 있을지도 모른다. 지금 나는 천국에 살고 있는 기분이다. 그동안 벌어놨던 돈 까먹고 있는 중이라 24시간 중 2~3분 정도를 아직도 통장 잔고를 확인하는 데, 돈 계산하는 데, 사용하고 있긴 하지만 돈으로 환산할 수 없는 나의 가치를 알아가고, 나를 사랑할 수 있도록 응원해준 사람들에게, 나에게 감사하다. 글을 쓰지 않았다면, 친구의 추천에 "난 아직은 필요 없어."라며 우물쭈물 망설였다면, 생길 수 없는 변화라는 생각이 든다. 사람은 절대 변하지 않는다고? 마음이 변하니까 사람도 변하더라. 계속 끊임없이 응원해주니까 안 되는 게 없어지더라. 작은 것부터 이루는 것을 습관처럼 하다 보니 이제는 자신감이 붙어 조금 더 큰 꿈도 생기더라. 절대 변하지 않는 건 없다는 걸 느끼는 중이다. 사람 마음이 변하면 사람도 변한다.

참지도 말고
감추지도 마라

여름인데 오랜만에 만난 친구 놈이 긴 팔 옷을 입고 커피숍으로 들어섰다.

"야, 너 안 덥냐?"

"덥지 왜 안 더워."

"그럼 좀 짧은 팔도 입고 하지 이게 뭐냐? 보는 사람도 덥게." 팔을 걷어 화상 자국을 보여주는 친구에게, "어? 언제부터?"라고 묻자, "꽤 됐어."라며 태연하게 이야기하는데 안타까움을 느꼈다. 화상의 염증이 부풀어 오르다, 부푼 부분이 덧나서 아프고 쓰라릴 때도 귀찮고 어떻게 해야 할지도 몰라 그냥 내버려두었다. '이러다 말겠지.'라며 옷으로 감췄단다. 아파도 참다 보니 어느새 말랑말랑해졌고, 터진 건지 어찌 된 건지 그냥 그렇게 내 살처럼 무덤덤해졌단다.

세월이 흐르고 나서야 옷을 벗을 때마다 불쑥 눈에 띄는 그때의 화상 자국 때문에 여름에 시원한 반 팔 옷을 입을 수가 없다. 제때 치료만 했으면 이렇게까지는 되지 않았을 거라며 쭈글쭈글해진 피부를 차마 만져 보지는 못하고 시선으로 쓰다듬어 준다. 쓰라린 염증을 보고 낫고 있다고 착각했었나 보다. 면적이 꽤 넓었고, 상처가 꽤 깊었다. 이 친구는 둔하고 미련해 몰랐었나 보다. 이젠 피부이식 말고는 답도 없다는 팔뚝의 깊게 남은 화상 자국을 보며, "내가 나를 돌보지 않은 그때를 후회 중이다. 먹고사느라 바빠서 나에게 조금의 관심도 가져 주지 않았던 내 부모님까지 원망하는 나는 어처구니없는 불효자가 되었다."며 한탄했다.

아프면 아프다고 말하고, 약을 바르고 치료를 해야 한다. 내 아이가 태어나면 과잉보호까지는 아니더라도 아프면 참지 말고 약을 먹고 약을 발라야 엄마처럼 되지 않는다고 알려주고 싶다. 착한 아이가 돼보려고, 주변 사람들이 미안해하고 아파할까 봐 꾹 참는 건 미련한 짓이라는 걸 반드시 말해줘야겠다.

감정도 마찬가지다. 어릴 때 우연히 저지른 실수를 어른들이 크게, 심각하게 받아들여 사건으로 만들어버리면 그때부터는 사소한 실수로 지나쳐버리는 타박상이 아니라 오히려 만지고, 덧나서 흉터가 되어버린 경우가 된다. 나는 감정에 약을 발라주고 제때 치료해 주지 않아서, 계속 만지고 건드려서 결국 덧난 버린 자국이 심하게 남아버린 나를 마주하던 날 몸살을 했다.

어릴 때 저금통에 용돈을 모았다. 손님들이 오실 때마다 인사성도 바르고 착하다며 천 원, 오천 원, 만 원 항상 그렇게 지폐를 주셨다. '감사합니다.'라고 인사하고 대우 전자에서 일하시는 이모할머니가 준 냉장고 모양 저금통에 네모 반듯하게 접어 넣었다.

꽤 모였을 것이라고 할아버지도 생각하셨나 보다. 은행이 문을 닫은 저녁, 급하게 서울을 가야 하는데 찾아둔 현찰이 없어서 내 저금통을 부시는 순간, 우리 집의 평화도 같이 깨져버렸다. 분명히 할아버지 예상대로라면 20만 원도 넘게 있어야 하는데 딱 봐도 파

사람이 답이다

란 배춧잎이 몇 장 없었단다. 친구 집에서 놀러 갔다가 해가 져서야 돌아온 나는 마당에서 물대포를 맞았다.

여느 때와 다름없는 평온한 마당을 지나 "다녀왔습니다."라고 말하며, 해맑게 중문을 여는 내 목소리가 들리자 어디선가 번개가 치듯이 빠른 속도로 번쩍 내 머리통을 후려갈겼다. 분노에 참지 못한 할아버지의 스파이크였다. 할머니가 말리자 할아버지는 무서운 눈빛으로 나를 노려보며 배를 걷어찼다. 11살짜리 여자애는 그대로 마당으로 나뒹굴었고 할아버지는 수돗가로 쫓아내려와 물을 끝까지 틀며 "옷 벗어!"라고 하셨다. 놀라서 떨고 있는 내가 말귀를 못 알아듣자 "빨리 벗어!"라고 천둥 같은 우르르 쾅쾅쾅. 호랑이의 발밑에서 포효 소리를 들은 벌벌 떠는 토끼가 된 것 같은 엄청난 공포였다. 폭포수가 쏟아지듯 수돗물 소리가 너무나 크게 들렸다. 나는 옷을 벗었다. "빨리!" 몸에 걸친 것이 하나도 없게 되자 할아버지는 기다렸다는 듯 내게 물대포를 쏘았다. 맨몸을 주체하지 못한 채 휘청거렸다. 몸을 숙이며 주저앉으니, "똑바로 못 서?" 하는 호통이 떨어졌다. 가까스로 일어나 서서 버텨보려 해도 그 물줄기의 힘이 너무 세고, 아파서 이내 움츠려야만 했다. 뒤돌아서 등으로 맞으며 울었다 오기를 섞어 소리 질렀고 울면서 "잘못했어요. 잘못했어요." 빌었다. 어떻게 끝나게 되었는지 기억나지 않는다. 물대포도 내 울음소리도 끝이 난, 천둥 번개가 한바탕 지나간, 조용해진 마당. 할머니가 수건을 가져다가 내 얼어붙은 몸을 닦아주셨다.

"따라와."

나는 할아버지를 따라 집 밖으로 나갔다. 아직 아무것도 걸치지 않았는데, 골목, 전봇대 앞. "여기 서 있어. 어디 가면 진짜 죽일 줄 알아." 추워지기 시작하는 늦은 가을밤. 발가벗은 11살 여자애가 좁은 골목길 전봇대 앞에 서 있다. 할아버지는 곧바로 집으로 들어갔다. 멀뚱멀뚱 혼자 아무 생각하지 못하며, 어쩌지를 못하고 서 있는 나와 오가는 사람의 눈이 마주친다. 난 전봇대를 향해 몸을 돌렸다. 얼마간 시간이 지났을까.

"따라와."

할아버지를 따라 집으로 걸었다. 마당으로 들어서자 시리게 얼어붙지는 못한 물들이 아직 마당에 젖어있어 가시밭길에 들어선 것 같은 기분. 할아버지는 방으로 들어가셨는지 보이지 않았다. 할머니가 말씀하셨다.

"들어와. 옷 입어."

난 급히 옷을 들고 우리 방으로 뛰어가 이불 속으로 들어갔다. 내 발이 젖어있었고, 시커멓게 되어있었단 사실도 잊은 채 할머니가 미리 깔아놓고 데워놓은 따뜻한 이불 속으로 들어가 덜덜덜 떨며 울었다. 아무도 자초지종이나 상황을 알려주지 않았다. 하지만 저금통이라는 단어를 마당에서 듣자마자 직감했다. '아차 들켰구나.' 난 대장을 하는 걸 좋아했다. 내가 맛있는 것도 사주고, 같이 어울려 놀며 자랑하는 걸 좋아하다 보니 할아버지가 주신 용돈은 항상 부족했다. 아침에 학교에 가기 위해 가방을 메고 우리 방을 나오면 할아버지 방이 있었다.

"할아버지, 학용품을 사야 해요. 오늘은 지점토랑 수수깡이래요."

"항상 왜 아침에 말하는 거야? 돈 없다."

할머니가 몰래 따라 나와 천 원씩 쥐여주시는 거로 준비물을 사곤 했고, 준비물을 준비 못 해간 날이 더 많았다. 내가 알아서 구해야 했다. 다른 반 애들에게 빌리러 다니는 것도 하루 이틀이지, 신물이 났다. 그래서 번뜩 '나 돈 많은데.' 하고 떠오른 것이다. 집에 돌아와 동생은 망을 보고 난 가위를 집어 들었다. 냉장고 모양 저금통 입구는 지폐를 세 번 접어 넣어도 들어갈 만큼 구멍이 꽤 넓었다. 저금통을 뒤집자 오백 원짜리 하나가 쏙 빠져나왔다.

"앗싸! 봐봐, 이렇게 쉽게 빠진다니까." 망을 보며 불안해하는 동생을 보며 자랑하듯 웃어 보이고는 본격적인 지폐 꺼내기에 들어갔다. 나의 목표는 가위 한 쪽 날만 이용해 지폐의 접힌 부분을 건드려서 내가 손톱을 사용해서 뽑을 수 있을 만큼만 입구까지 가져오는 것이다. 이럴 수가! 너무 쉬웠다. 이건 뭐 내게 소질이 있는 건지, 저금통을 잘못 만든 건지 의심이 들 정도로 돈 뽑기가 쉬웠다. 그 이후에 나는 돈이 필요할 때마다 돈 뽑기를 했다. 놀이와 같은 재밌고, 짜릿한 장난이 저런 참담한 결과를 불러오리라고 생각했다면 적당히 티 안 나게 했거나, 그냥 안 쓰고 말았겠지.

지금도 내 동생은 큰소리에 약하다. 갑자기 누가 '웍!' 하고 뒤에서 놀라게 하기만 해도 어릴 때 생각이나 오줌이 찔끔 나오는 것 같은 불안을 느낀다며 그대로 주저앉아버린다. 내가 조카들의 행동이 위험해 보여서 나도 모르게 '야!'라고 지르는 소리에도 동생은 더 놀라며 나를 보며 "언니야!"라며 가슴을 쓸어내린다. 어릴 땐 내 잘못이었고, 혼나는 게 당연했다. 근데 직접 당한 나에게도 충격과 공포였지만 동생은 그날의 그 소리와 장면이 너무 생생해서 "언니야, 제발, 할아버지 생각난다고." 동생에겐 그날 일이 소리 트라우마로 남았고 내게는 그다음 해에 성폭행 사건으로 덧나더니 지금은 어른 남자에 대한, 할아버지에 대한 적대감으로 기억되고 있다.

할아버지도 본인의 훈육방식이 어떤 사건들과 맞물려 큰 손녀딸이 자라나서 성장하는 과정에서 사람에 대한 반감, 적대심이라는 병으로 자라날 줄은 모르셨겠지.

'나비효과'라는 영화를 어린 나이에 처음 접했을 때 무슨 뜻인지 잘 알지 못했다. 한번 보고 두 번 보고, 세 번 보고 나서야 큰 가르침이 있다는 것을 느꼈다. 사소한 일, 상처, 기억이 내 인생의 어떤 상황이나 선택에 영향을 미치고 있다. 물리고 물려서 미미하게 또는 치명적이게 내 삶에 관여하고 있다.

하고 싶은 것을 꼭 해야 하는 사람들은 남들이 볼 때 독불장군이고, 오만해 보일 수도 있다. 이기적이라고 손가락 받을 수 있고, 즉흥적이라고 불편해한다. 그런데 남에게 크게 피해를 주지 않는 선에서 즐기는 것을 뭐라고 하는 게, 사실은 나는 안 하고, 참고, 못 하고 있는데, 자유롭게 하는 사람을 보면 질투를 느끼거나 시기하고 있는 건 아닐까? 낯선 것을 잘못된 거라고 내 멋대로 판단하고 눈살 찌푸릴 필요 있을까?

어학연수로 대학에서 보내 주는 프로그램이 있어 21살 때 멜버른에 난생처음 외국이라는 곳을 가게 되었다. 어느 날 수업을 마치고 시티가 아닌 동네와 가까운 작은 타운 구경을 가려고 언니들과 나왔다.

길거리에 테이블이 나와 있는 것도 신선했고, 낮술을 마시고 즐

사람이 답이다

기는 사람이 많다는 것도 충격이었다. 햇살을 받으며 여유롭게 다들 웃고 떠들며 오후 시간을 즐기는데 어느 누구도 인상을 찌푸리지도, 특별한 관심을 갖지도 않는 모습에 놀랐다. 내가 살던 통영, 내가 아는 십여 년 전 한국은 낮술을 마시는 사람들을 보기만 해도 '저 사람들 뭐야?' 하는 눈빛으로 일단 쏘아보고 시작했고, 혹시 지나가다 술 냄새가 난다거나 자신들과 스치기만 해도 "팔자 좋~다~", "대낮부터 제정신이야?"와 같은 단어를 거침없이 내뱉던 시절이었으니 정말로 신세계, 이곳이 낙원인 듯 보였다. 건물과 건물 사이 골목의 테이블에 앉아 음식을 즐기는 모습도 너무 자연스러웠다. 우리나라 같았으면 길바닥에 앉아 밥 먹는다고 거지냐고, 장난하냐고 분명히 한 소리하며, 건물 내에 자리가 있는 식당을 찾아 헤맸을 텐데 그저 신기했다.

문화가 다르다는 것을 보고, 느끼고 온 사람들의 수가 늘어나면서 우리나라도 많이 변했다. 보수적이거나 유교적이기보다는 실리를 선택하고 훨씬 더 자유로워지고 개방적이게 되었다. 그러면서 사람들의 생각도 조금씩 더 변해서 명동 한복판에 길을 걷다 좋은 노래가 나오면 발걸음을 경쾌하게 하고, 잠시지만 팔을 들어 올려 춤을 추는 시늉을 하며 흥을 표현하는 사람들이 늘어나고 있다.

난 사실 좋으면 좋은 거고, 노래가 좋으면 따라 부르고 싶고, 춤 추고 싶으면 덩실덩실 추기도 한다. 주변 친구들은 부끄러워하지만 내 노래에, 내 춤에 누군가 피식 웃고 가면 더 좋고, 아니여도 나는 행복하니 좋다. 하고 싶은 대로 하고 나면 기분이 좋다. 살아있는 것 같고. 벌금 내는 거 아닌데 이 정도 일탈 정도는 '해 봐. 얼마나 짜릿한데.'라는 마음도 든다. 일순간 잠시 부끄러울 수는 있으나, "범법 아닌 선에서 좀 즐기면서 하고 싶은 대로, 살아있다고 느끼면서 살면 안 돼? 왜 이렇게 눈치를 봐?"라고 말하면, "세상, 편한 소리 한다. 너같이 사는 사람이 몇이나 되겠냐?"고 입꼬리를 올린다. 친한 10년, 20년 된 친구 놈들도 아직도 내게 적응이 안 되는데 처음 나를 본 사람들은 하나같이, "아직 술이 덜 깨신 거 아니에요?"라는 반응이다. 매사에 이렇게 흥이 많을 수가 없단다.

화내고, 짜증 내고, 예민하게 사는 거에 질려서, 참고, 누르고, 눈치 보는 거에 신물이 난다. 그래서 가끔 그냥 미친 척 눈치 안 보고 웃고, 떠들고, 춤추고, 노래하는 거다. 난 지금 나만의 방식으로 내 상처를 치유하는 중이고 내 삶을 맛보는 중이다. 심각하게 내 아픈 상처만 끌어안고 있는다고 낫는 게 아니다.

> 춤을 추고 싶을 때는 춤을 춰요
> 할아버지 할머니도 춤을 춰요
> 그깟 나이 무슨 상관이에요
> 다 같이 춤을 춰 봐요 이렇게
> – 중략 –
> 사람들 눈 의식하지 말아요
> 즐기면서 살아갈 수 있어요
> 그깟 나이 무슨 상관이에요
> 다 같이 춤을 춰 봐요 이렇게
>
> — DJ DOC, 'DOC와 춤을' 중에서

지금 이 순간에 몰입하라

무더운 밤, 잠은 오지 않고 이런저런 생각에 불러본 너

나올 줄 몰랐어. 간지러운 바람 웃고 있는 우리

밤하늘에 별 취한 듯한, 너 시원한 beer cheers

바랄 게 뭐 더 있어

한여름 밤에 꿈 한여름 밤에 꿀

so sweet so sweet yum

— 산이, 레이나, '한여름 밤의 꿀' 중에서

　들고만 있어도 기분 좋아지는 노래들이 있다. 희망을 노래하거나 지금을 노래하는 노래들에 마음이 움직인다. 사랑하는 이 순간에 몰입하고 이 사람에게 최선을 다해라. 내일이 없을 것처럼 살아가라.

　헤어질 때도 최선을 다하고 그리워할 때도 그렇게 해야 한다. 반성은 하되 후회는 말라던 말처럼 후회하지 않는 삶을 살기 위해서는 반드시 꼼꼼히 수십 번, 여러 번 고민하고 결정하되 결정했다면, 순간순간에 자신에게 최선의 선물을 해주고 있다. 움직이기 전까지는 수없이 생각하고, 움직였다면 본능적으로 최선을 다해 즐

기는 중이다.

난 '타임머신이 있어서 거기로 돌아갈 수 있다. 대신 그곳에서부터 다시 삶을 시작해야 한다.'고 하면 돌아가고 싶은 순간이 없다. 지금 살아온 것보다 더 잘, 더 열심히 살 자신이 없어서다. 중·고등학교 생활, 대학생활, 직장생활, 가게운영 다 열정적으로 최선을 다해서 매 순간순간에 최선을 다했다. 물론 '좋은 투자처가 있어서 돈을 더 많이 벌 수 있었는데.'라거나 '자기 계발에 좀 더 많은 시간을 투자할걸.'과 같은 후회는 할 수 있겠지만, 그거 아니고서는 엄청난 행복한 순간 뒤엔 항상 엄청난 시련이 따랐다. 대학생활을 하는 동안 '대학생활 너 혼자 한다.'며 뾰족구두를 신고 달리기도 하고, 꽃무늬 바지, 핑크바지, 배색 야광 카디건을 입고 "안녕하세요, 안녕하세요." 행복한 미소로 지나는 모든 사람에게 인사하던 웨딩과 과대.

해맑은 신설된 과의 학회장 뒷면에는 나이 많은 언니들한테 치이고, 항상 뒷담화의 중심이며, 매번 술자리마다 눈물을 흘리는 스무살 여자애가 있다. "야, 과대야, 과대." 책임과 부담 덩어리의 정 없는 그 소리가 얼마나 듣기 싫었는지 모른다. 대구는 순전히 웨딩매니지먼트라는 매력적인 과가 있어서 알게 된 도시일 뿐, 아는 사람도, 지낼 곳도 없었다. 방학이 되면 아르바이트를 하며 서울 친구 집에서 지냈다.

어느 날 듀오웨드를 이끌어가며 우리 학교로 강의 오시던 교수님께 전화가 왔다.

"옥선~ 뭐해? 서울이야? 내일 정장 입고 8시에 강남역 11번 출구

사람이 답이다

로 나오면 바로 듀오 건물 있거든 거기 12층으로 와~"

"교수님 저 아르바이트 하는데요~"

"아르바이트? 하루 쉬면 되지. 여튼, 무조건 와. 여기도 아르바이트야. 아르바이트비 챙겨줄게. 와, 알겠지?"

"네!"

반강제적이어서 거절할 수도 없었지만, 사실 그래서 뭔가 더 확 끌리고, 기분 좋고, 선택받은 기분도 들면서 설렜다. 대타라는 걸 직감할 수 있었지만, 뭐든 어떤가? '듀오 아르바이트'라는데. 다음 날 그곳에서 처음 하게 된 듀오 아르바이트는 인포데스크! 커플 매칭 송지현 교수님도 내려오시고, 많은 교수님들이 한 번씩 상담하러 내려오실 때마다 눈인사를 건네시거나 말을 걸어주시기도 했고, 그날 점심을 손혜경 교수님과 먹는 영광도 누렸다. 출입증 목에 걸고 장지갑 하나만 들고 점심시간에 빌딩에서 쏟아져 나오는 수많은 회사원들 사이에 내가 있다니. 강남역에서 교수님들과 점심을 먹고 있다니. 그렇게 꿈같은 점심시간을 보내고 회사로 들어왔다. 고객이 오시면 상담실을 지정 안내해 드리고 차나 커피를 제공해드린 후 각 매니저들을 호출해주는 곳. 듀오의 얼굴이었다. '이곳이 듀오구나~ 멋있다!'라는 생각이 들었다. 인포데스크의 언니와도 친해졌는데 복지가 좋아서 여자들이 늙어서도 일하기 좋다고 했다. '아~ 나도 듀오 들어올 수 있을까? 멋있다.'라는 생각이 들었다. 그날 아르바이트 이후에도 그해 다시 웨딩 페어 아르바이트로도 갔었다. 페어 때는 그래도 "며칠에 시간 되지? 시간 비워!"라고 3일 전에라도 연락 주셨다. '나를 너무 쉽게 생각하는 거 아냐?'라고 생각하다가도 모든 게 감사하고 좋아서 달려가면 열심히 했다. 워커힐에서 할 때는 호텔도 태어나서 처음인데, 서울에 있는 5성급 호텔에서 내가 아르바이트를 다 해본다는 생각에 들떴다. 식사시간에는 직원식당을 이용했는데 진짜 내가 손님으로 워커힐을 이용해볼 일이 있을까 싶은데 워커힐 직원식당 이용은 해볼 일이 더 없겠지 싶어 밥을 먹기 위해 줄을 서고, 앉고 하는 모든 것이 신기하고 좋았다. 한강 리버시티 때는 교수님이 임신 중이셨는데, 진짜 멋있게 잘 치르셨다. 만삭인데도 불구하고 멋지게 행사를 치러내는 모습은 정말 감동이었다. 워커힐 때는 대박이 났었다고. 교수님들 뒤풀이에도 따라갔었다. 식구처럼 대해주시는 것만 같아 너무 고맙고 감사한 시간이었다.

2학년 1학기, 개강하고 학교에 갔는데, 중립층 그러니까 필요에 따라 내게 말이라도 걸어주던 친구들까지 냉랭한 반응. 뭐지? "방학 잘 보냈어?" 하고 물어도 아무도 대꾸도 안 하고 싸늘하게 돌아섰다. 뭐지? "야, 과대. 언니들이 강의실로 오래." 그곳에는 전부 다 모여 앉아있었다.

"어, 다들 있었네요?"라고 웃으며 인사했는데, 역시나 분위기가 장난 아니었다. "야, 과대! 너는 자리 앉지 말고 단상에 좀 서 있어봐!" 난 영문도 모르겠고, 이상한 분위기만 감지하고 단상에 섰다.

"야, 과대, 너 방학 때마다 듀오 아르바이트 다녔다며? 왜 말 안했냐?" 뭐지? 이 이상한 질문은? 어떻게 알았지? 난 친구 한 명을 쳐다봤다. 이 이야기를 한 놈은 지랄이뿐인데, 이놈이 질투는 아닐 거고, 정말 부러워서 이야기한 건데 언니들과 동기들이 시기하는 거로 생각했다.

"아, '다음날 아르바이트 와~' '며칠에 정장 입고 와' 뭐 이런 식이어서 서울에 있으니까 대타로 부르신 느낌이었어요. 그래서 굳이…"

14명이 모여앉아 단상 위에 1명을 몰아세우는 일은 어렵지 않았다. 죄를 짓고 기자회견을 하는 기분이 들었다.

"야, 그게 너한테만 말한 거겠어? 우리한테도 기회는 똑같이 줘야지. 왜 네 맘대로 네가 가냐?"

"그래 맞다, 뭐가 찔리는 게 있으니까 말 안 했겠지. 자기 혼자만 계속하고 싶으니까 맞제?"

"우리한테 말하면, 우리도 다음 방학 때는 서울에 있어서 자기가 못 갈까 봐."

"야, 네가 뭐 별나서 잘나서 부른 것 같나? 네가 과대라서 부른 거거든? 너는 과대할 자격 없다."

"학과 학생들 기회, 자기 혼자 가로채서 독점하는 게 과대가 할 짓이가?"

헐~ 정말 어처구니가 없었다. 나는 반박했다.

"매번 그때가 마지막이라 생각했어요. 그리고 교수님이 '과에 다른 아이들 부르면 올 만한 아이 있니?'라고 물어보시지 않으셨고, 각자 필요한 포지션 같은 게 있을 테니 각자 전화하는 건 줄 알았죠."

"야, 그걸 말이라고 하나? 네가 먼저 아르바이트 있다고 알렸어야지. 그랬으면 KTX라도 타고 갔을 거잖아." 뭐 이런 억지가 다 있나 싶어 화가 났다. 이해가 되지 않는 상황.

"예, 알겠어요, 언니들이 계속 과대, 과대하면서 비아냥 대면서 비협조적이어서 안 그래도 힘들었어요, 과대만 아니면 이런 이야기들을 필요 없는 거죠? 안 할게요. 안 해요. 됐죠? 저 이제 나가봐도 되죠?" 그렇게 2학년부터는 아무 직책도 맡지 않았다. 얼마나 속이 편하던지 '감투가 이렇게 무거운 것이었구나'를 느꼈다. '어차피 2학기 때 호주 가야 하는데, 잘됐지, 뭐.' 오히려 잘됐다고 나를 위로했지만, 속이 쓰리고 화도 나고, 미웠다. 이렇게 오해받고 미움만 받고 떠나는 게 황당했다. 1학기 내내 호주에 보낼 서류와 자격 만들기, 성적확인, 여권준비로 바쁜 시간들을 보냈다. 몇 명밖에 자리가 없는데, 힘 있고, 전통 있는 학부, 학생 수 많은 학과가 아니라 신설 과에서 보내려니 더 준비해야 할 것들, 확인받고 허락받아야 하는 게 많아서 뛰어다니다 보니 한 학기가 지나갔다. "어려울 것 같은데, 가능하겠어?", "안 될지도 몰라."라는 말과 "잘하면 될 것도 같다.", "뷰티쪽 학부 교수님들 찾아가 봐라.", "힘내라. 되면 진짜 대박이다." 등의 말을 매일 번갈아들어 가면서 하루하루를 보냈다. '제 평생 해외 나갈 일이 없을지도 모르는데…'라며 나를 돕는 모든 분께 간절함을 전달했다. 다들 불가능할 수도 있다던 연수프로그램에서 내 명단을 확인한 날 나는 잠들지 못했다. 너무 감사하고 또 감사해서. 호주에 가 있는 동안도 하루하루에 감사하며 믿지 못할 날들을 살았다. 다시 돌아가고 싶은 순간이 진짜 없냐고? 처절하고 힘든 시간 뒤에 오는 시간이 더 값지고 행복하다는 걸 알기 때문에 이만큼 성장할 수 있었다. 뭐 굳이 힘들고, 아팠던 시간으

사람이 답이다

로 되돌아가고 싶진 않다. 지나왔으니까 성장이었지 그 아픔과 고통을 보내고 있을 때는 죽는 게 편해 보였으니까.

"겨울이 추워야 봄이 더 반갑고 농사가 잘된다." 사계절이 있는 한국에 태어나서 감사하고, 그 계절, 계절 순간순간을 즐기다 보면, 아프다 보면 나의 창고에 곡식도 사람들도 추억들도 쌓여있지 않을까? 항상 힘들었다. 그래서 그 힘듦 뒤에 오는 시간들이 너무나 감사했다. 다시 돌아가고 싶지 않을 만큼 힘든 시간들. 그 시간 뒤에 오늘의 내가 있다. 지금은 전심을 다 해 지난 6~7년의 세월을 정리 중이다. 아프고, 힘들지만 이것 역시 즐기는 중이다. 성의껏 헤어져야, 마음을 다해야만 나중에 후회하지 않는다는 걸 이미 배워 알고 있다.

지금 뜨거운 눈물이 흐르고 심장이 빠르게 뛰어서 미치겠는가? 처절하고, 고독하고, 외로운가? 모두 멋지게 살아가는 중, 성장 중이라고 생각하고 그 감정을 있는 그대로 받아들였으면 좋겠다. 지금의 이 감정 덕분에 이후의 삶이 더욱 풍요로워지리란 걸 의심하지 않으면서 말이다.

나부터 챙겨라

우울증, 대인기피증 이런 게 있는지, 언제 생겼는지조차 관심이 없었다. 내 생활에서 이미 많은 신호들이 감지될 법도 한데 모르고 지속했다는 게 놀라울 뿐이다. 집은 치우지 않고 침대에만 뒹굴뒹굴하다가 먹고 자고를 반복한다. 누가 보자고 해도 뚱뚱해진 내 몸에 옷을 걸치는 게 싫고, 거울 보기 싫어서 피했다. 동생이 데리러 와도 사람들 많이 없는 곳에 가야 밥을 먹을 수 있었다. 씨름선수 이만기 씨 부인 닮았다는 말을 듣고 사람들과 이야기 나누는 것이 더 짜증 나고, 불쾌했다. 누가 말 거는 것 자체가 싫었다.

딱, 우리 조카들을 보고 있는 순간은 나도 모르게 웃고 있었다. 아이들은 이모가 뚱뚱하건 말건 이모를 사랑해주고 이모의 장난을 좋아해 주었다. 가끔 조카들과 같이 찍은 사진을 동생이 보내주는데 그때마다 나를 지워버리고 싶었다.

아빠도 외로워서 꽃뱀에게 당한 거고, 동생도 외로워서 일찍 결혼하게 된 거라면 우리 가족만은 더 이상 외롭지 말자는 맘으로 가족들이 보고 싶어서 내려와 가족들과 살뜰한 시간을 보냈다. 예쁜 옷 입고 사람들 만나는 게 즐거웠던 내가 사람들 없는 내 공간에 숨어 장사만 하고 있으니 처음에는 좋았고 나중엔 익숙해지더니 결국엔 다시 병이 났다. 가족들과 즐거운 시간을 보내면서, 돈을 벌고 있다고 스스로를 위로해보아도 나는 그것만으로는 행복하지 않은 사람이라는 걸 깨달았다.

근본적인 문제의 해결 없이 숨어만 있는 내 모습이 낯설고, 어색하고, 비겁해 보였다. 왜 이렇게 먹는 것에 집착하는 사람이 된 건지 웃는 게 이렇게도 어색해진 건지, 변한 나를 볼 때마다 도대체가 적응이 안 되고 두려워졌다. 이렇게 평생 살기 싫은데 뭐가 어떻게 된 거지?

육체적인 갈망이나 허기는 결국 사랑받고 싶은 이에게 사랑받지 못하는 데서 오는 것, 아무리 육신을 채우려고 해도 속이 채워지지 않고서는 고픔이 지속되고, 외로움이 고독이 될 수 있구나. 가족을 위한 삶, 창원에서 가게 하는 큰딸, 언제든 찾아오면 반갑게 웃어주는 피자 이모, 똑똑하고 야무진 피자집 젊은 내외가 되어 살아보려고 했다. 남들 보기엔 평범하고, 소박하게, 즐겁게 잘사는 것으로 보였는데, 정작 나는 너무 외로웠다. 남자친구의 사랑만이 문제가 아니라는 걸 최근에서야 깨닫는다. 나는 내 맘대로 나 하고 싶은 거 다 하면서 살아야 산다고 느끼는, 혼자 예능 찍다가 다큐 찍고, 드라마 찍으면서 살아야 행복한 사람이었다. 내가 나를 남들이 원하는 모습으로 끼워 맞추려고 깎고 다듬으면서 성숙해진 줄 알았는데, 외로움, 허기짐으로 나는 나를 잃어가고 고독해져 가고 있었구나.

얼마 전 '수지 애니어그램'이라고 나의 본성, 그러니까 내가 이 세상에 태어날 때부터 주어진 내 근원적인 에너지, 빛, 색깔 뭐 그런 걸 찾는 공부를 하는 친구가 있어 그 친구 도움으로 나와 친구들이 모여 부정적일 때와 긍정적일 때 그리고 내가 주로 사용하고 주변 사람에게 사용하는 날개, 그림자. 뭐 이런 것들을 찾는 시간을 가졌다. 신기한 건 내가 모르던 나를 찾은 기분이 들었다. 뭐랄까, 내가 절대로 해서는 안 되는 행동의 경계가 명확해지고, 내가 나아가야 할 방향을 찾은 느낌이랄까? 나는 3번 주황색이다. 감정형의 센터에서 특별한 사람과 사랑주고 사랑받고자 하는 날개를 사용하는, 자기 자만이나 남을 속이는 기만에 빠지면 꼬꾸라져서 내 빛을 잃게 되는 그런 사람, 겸손하고 솔직하고 거짓 없이 밝게 살면 존재만으로 사랑이고 희망이 되는 사람. 내가 그동안 나를 위해 살 때는 그 어떤 핍박도 견뎌내고 훌륭히 성장할 수 있었지만, 가족이나 남자친구, 다른 사람들 위해 나를 죽이고 살 때 왜 더 외롭고 아팠는지 깨닫는 순간이었다. 나 스스로가 행복해서 밝게, 빛나는 삶을 살면 주변에서 희망을 얻고 행복을 느낀다? 큰 축복, 선물을 받은 기분이었다.

그 어떤 말보다, 선물보다 가장 큰 선물, 내 근원적인 답답함이 해소되는 기분이었다. 이 안정을 버리고 다시 골방에 갇혀 돈 걱정, 끼니 걱정을 하던 그 시절로 돌아가려 한다고 미친 짓이라고 말하던 사람들에게 "돈 걱정, 밥걱정을 안 하면 행복해야 하는데, 나는 불행하다."고 말해도 사람들이 못 알아들었다. "나답게 그렇게 살면서 빛나다 보면 주변에서도 나로 인해 희망이나 사랑도 찾을 수 있대요. 그동안 누굴 위해 살아봤지만, 그 안에서 너무 외로웠어요. 근데, 요즘은 너무 행복해요. 요즘은 나를 위해 살고 있거든요."

나를 먼저 돌아보고, 내 상처를 먼저 들여다보고 나서 다른 이

사람이 답이다

를 봐야 하는데 난 연이은 전쟁으로 수많은 총알을 맞아 온몸이 너덜너덜 피가 철철 흐르고 있다는 걸 모르고 괜찮은 척 누굴 보살피려 했으니, 그럴수록 내 몸이 더 망가질 수밖에.

　지금은 나와 화해 중이고, 내가 나의 상처들을 들여다보고 살펴보며 약을 발라주는 중이다. 글도 쓰고, 거울도 보고, 살도 빼고, 웃는 연습, 사진 찍는 연습도 한다. 무엇보다 내가 사랑받는 사람이었다는 걸 깨닫고 있다. 새벽이어도 내 전화라면 잠을 깨서 받아줄 친구들, 가족들이 있고, 내 일이라면 열 일 제쳐놓고 달려올 사람들도 있었다는 것을 기억해내는 중이다. 특히 요즘은 나를 응원해주는 도다리 식구들을 만나고, 윤효식 대표님과 현정 언니를 만나 쓰담쓰담 받고 있다. 세상에 나쁜 사람 반, 좋은 사람 반이 있다면 난 고작 나쁜 사람 중에서도 반만 만나봤을 텐데, 그 사람들 때문에 겁먹고 곁에 있는 좋은 사람들을 마음 아프게 하면서 더 좋은 사람들을 만날 기회를 놓치며 살아왔던 시간이 아쉽다. 그 시간들이 있었기에 오늘이 더 행복하고 감격스럽다는 걸 안다. 하지만 다시 그 시절로 돌아가고 싶지는 않기에 오늘 더 나를 돌아보며 열심히 걸어가야겠다.

산모퉁이를 돌아 논가 외딴 우물을 홀로 찾아가선
가만히 들여다봅니다

우물 속에는 달이 밝고 구름이 흐르고 하늘이
펼치고 파아란 바람이 불고 가을이 있습니다

그리고 한 사나이가 있습니다
어쩐지 그 사나이가 미워져 돌아갑니다

돌아가다 생각하니 그 사나이가 가엾어집니다
도로 가 들여다보니 사나이는 그대로 있습니다

다시 그 사나이가 미워져 돌아갑니다
돌아가다 생각하니 그 사나이가 그리워집니다

우물 속에는 달이 밝고 구름이 흐르고 하늘이
펼치고 파아란 바람이 불고 가을이 있고

추억처럼 사나이가 있습니다

— 윤동주, '자화상'

　　윤동주 시인의 '자화상'인데, 중 고등학교 때 내가 읽은 자화상은 나에 대한 미움과 원망으로 나를 쳐다보기도 싫지만, 그 속에 아련한 내가 있었다. 그래서 가엾어지고 그리워지는 우물 속에 비친, 그 사나이를 미워하지 못하는 자기 연민을 느꼈었다. 학교 때는 작가의 시대적 배경이나 역사관에 중점을 두고 읽은 거였다면, 나이 서른을 넘겨서 보니 그냥 평범한 사는 것에 찌들어 도망가고 싶은데 어디로 가면 좋을지, 뭘 하면 좋을지 몰라 답답한, 상처받은 한 남자의 어린 시절, 달이 밝은 구름이 흐르던 파아란 바람이 불던 시절을 그리워하는 외로운 남자가 보인다. 지금은 나약하고, 보잘 것없는 외로운 '나가 있다. 상처를 치료해 줄 곳을 찾아 이곳 우물 까지 오게 된 남자, 과거를 추억하면서 순수하던 시절이 그리워 찾아왔지만, 그때의 상처도 지금의 나약함도 떠올라 마음 둘 곳 하나 없이 정처 없는 삶에 애잔함이 보인다.

마음의 문을 닫고 자신을 가두지 말고 문을 열고 나 자신에게 좀 더 너그러워졌으면 우물 속의 나를 들여다보며 나를 용서해도 된다고 남들처럼 사는 것에 지치지 말고, 미워하지 말고, 좀 내려놓고 이제는 좀 즐기며 나누며 행복해져도 된다고 내가 나에게 이제는 말해주고 싶다. 더 늦기 전에.

최근 모임에서 알게 된 한의사 선생님이 네게, "옥선 씨, 2월인가? 처음 봤을 때보다 훨씬 좋아졌어요. 얼굴빛도 그렇고 독소나, 열이 많이 빠진 것 같아 한결 보기 좋네요. 1년 정도면 좋은 데 시집도 가겠어요."라고 하셨다.

"조금만 더 규칙적인 생활하고, 식습관 건강하게 가져가면 뭐, 다른 사람이라고 해도 믿겠는데요?"

나를 찾아온 객관적인 평가여서 그런지 많이 기뻤다. 술을 줄이고, 야식을 끊고, 많이 웃고, 여태 못 해본 것들 하나씩 도전하며 행복하게 살았더니 생겨난 변화다. 내가 아파 죽을 것 같은데, 누가 누굴 돌본다고? 누구도 아닌 나부터 내 몸 건강, 마음 건강, 정신 건강부터 먼저 챙겨야 나눌 수도 있고, 지킬 수도 있는 건데. 머리가 나쁜 나는 계속 까먹는다.

돈으로 채워지지 않는 욕심

이놈의 돈은 도대체 어떻게 버는 건데? 얼마나 더 해야 집은 살수 있는 거며, 왜 이 세상에 그 많은 집, 중에 내 집 하나 갖기가 이렇게나 어려운 건데? 더 이상 이사 다니기도 싫고, 정 들이고 정 때고를 반복하는 것도 지친다. 내 집, 그게 도대체 뭔데?

처음 피자집을 하기 전에 21살의 나는 통장에 100만 원밖에 없었다. 22살엔 까먹고, 까먹고 월급 전날엔 10만 원이 없어서 급전이 필요하면 친구들에게 빌려서 살아야 할 만큼 정말 천 원 한 장도 귀했다. 그렇게 매달 돈 걱정, 끼니 걱정을 하면서 살았지만, 여기가 청담동이고 멋진 사람들과 함께 있다는 것만으로도 설레던 순수했던 시절이 있었다. 24살에 많은 일을 겪고 선택한 피자집은 통장에 잔고가 차곡차곡 쌓이는 재미를 느끼게 해주었다. 1,000만원, 2,000만 원, 5,000만 원, 8,000만 원. 이렇게 돈이 불어나는 게 너무 신기해서 통장을 보고, 또 보고, 또 보면서 행복했었다. 3년쯤 되던 해에 '좀 있으면 1억 원이야. 빚 조금만 하면 집 살 수 있겠지?' 생각하며 부동산을 알아보고 다녔다. 자존심은 있어서 아직 8천만 원이지만 1억 원이 있다고 하고 집을 보러 다녔다. "아요? 아가씨요? 아줌마요? 세상 물정을 몰라도 이래 모르요, 1억 원으로 무슨 집을 사? 아~ 뭐 전세 끼고 어쩌고 하면 한 5~6천만 원 대출받으면 가능할 순 있겠다. 한번 볼래요? 입맛에 맞는 집은 잘 없을 거야."

"전세를 끼는 게 뭐예요?"

"뭐긴, 뭐야 세입자로 전세 사는 사람이 6천만 원에 있고 아가씨가 6천만 원 대출받으면 1억 2천만 원인 거잖아. 1억 원은 있다며? 그럼 뭐 한 2억 원대 초반은 볼 수 있겠네." 2억 2천만 원짜리 집은 정말 마음에 하나도 들지 않는 오래된 주택이었다. 네모 반듯한 건평도 아니고, 빛도 잘 들어오지 않는 집. 저렴한 이유가 있네. 아무것도 모르는 내가 봐도 안 사고 싶겠다. 몇 년 뒤 1억 2천만 원을 모았다. 그래, 전세 끼고, 나중에 세입자 구해 놓고 나가는 조건으로 하면 되잖아. 그럼 6천만 원짜리 전세 하나, 4천만 원짜리 전세 하나 하면, 벌써 1억 원이고, 나 1억 2천만 원 있으니 대출 한 4~5천만 원만 받으면 월세 낸다 생각하고 어찌 되겠지. 그때보단 낫겠지?

"요즘 그런 집이 잘 없어. 보자~ 3억 원은 있어야 원하는 집이 있을랑가? 3억 원짜리 집도 뭐 그닥…. 요즘 호재가 많아서 집들을 잘 안 내놓거든. 들어오면 연락해 줄게요."

난 1억 원만 모으면 세상을 다 가질 수 있을 줄 알았다. 1억 5천만 원을 모아도 아마 집값은 계속 올라서 더 많은 빚을 지지 않고는 못 살 것이다. 내 시간과 청춘을 바쳐 번 돈이 이렇게 얼마 되지 않고 초라하게 보일 줄이야. 내 아까운 20대를 보상받고 싶다. 집을 알아보는 건, 답도 없다. 나도 돈을 불려야겠다. 투자라는 걸 해야지. 부동산, 주식, 경매 이것저것 남들이 한다는 건 다 한 번씩

들여다봤지만, 괜히 욕심부리다가 피땀 흘려 번 원금마저 날릴까 봐 선뜻 투자를 못 해봤다.

계속 제자리걸음만 하는데, 이젠 시간과 돈을 바꾸는 일에 질려 가고 있다. 지쳐가고 있다. 분명히 열심히 쉬지도 않고, 쓰지도 못 하고 일하고 있는데, 왜 통장엔 돈이 더 안 쌓이는 거야? 얼마나 더 이렇게 착실히 착하게 살아야 돈이라는 게 벌어지는 거야? 아니 벌어지긴 하는 거야? 그렇게 벌어서 집 사고 나면? 집 살 때 빚진 거 갚느라 한동안은 힘들 거고, 갚고 나면 그땐 좀 나으려나? 더 큰 집, 더 좋은 집 안 바랄 자신은? 있어?

사기 안 치고, 남의 눈에서 눈물 안 뽑고 살기가 왜 이렇게 힘든 거야? 자책하다가 그만 서른둘이 되어 버렸다. 27~28살에 8,000만 원일 때, 그때 즈음 정리하고 새 인생을 살았으면 지금쯤 평범하게 남들처럼 결혼도 하고 아기 낳고 살았을까? 왜, 그 타이밍을 놓친 거지? 내가 너무 욕심이 많았나? 나도 남들처럼 결혼하고, 아기 낳 고 살고 싶었는데, 어디서부터 뭐가 잘못된 거지? 돈만 벌면, 돈만 있으면 이 모든 게 가능할 거로 생각하며 쉬지도 않고 오전 11시부 터 새벽 1시까지 매일 6~7년간 꾸준히, 착실히 살았는데, 손에 쥔 돈으로 할 수 있는 게 없다는 것에 충격을 받았다.

차라리 그럴 거면 나를 위해 살기라도 할걸. 온전히 나를 내려놓 고, 먹을 거 안 먹고, 입을 거 안 입고 모았다. 그래서 더는 이렇게 지지리 궁상맞게 살기가 싫은 거다. 결코 어리지도 않은 나이, 선 시장에 나가도 이젠 안 먹힐 나이라고 1~2년 더 늦어지면 이젠 노 산이라며 놀리는 나이가 되어서도 사랑하지도 사랑받지도, 가정을

사람이 답이다

꾸리지도, 집을 사지도 못했다. 친구들이 잘 나가면 잘 나갈수록 혼자 드는 자괴감.

'나는 뭐 했나, 나는 어떻게 살아야 하지?', '앞으로 그럼 어떻게 살고 싶은 건데? 네가 하고 싶고 욕심나는 게 뭔데? 집 아니었어?' 최근에서야 알게 됐다. 난 사랑하고, 사랑받고, 인정하고, 인정받고 싶은 욕구가 남들보다 더 크다는 것을. 그래서 내가 살고 싶은 대로 사는 것에 돈이 따라와야지 돈을 좇아가면 안 되는 것이었다. 누구나 그 말을 한다. 그때 나도 콧방귀를 꼈었다. 가게를 열고 1년 반 정도 만에 듀오 본부장님이자 내 멘토 교수님의 전화가 왔다.

"옥선~ 어디야?"

"창원이에요. 교수님 잘 지내시죠?"

"창원? 거기 왜 있어? 언제 올 거야?"

"저, 여기서 피자집 해요. 히힛."

"오~ 그래? 사장님이야? 장사는 잘돼?"

"네, 이제 시작해서 뭐 그래요. 교수님은 잘 지내시고요?"

"응, 이번에 우리 멤버들이랑 컨설팅 오픈할 건데 옥선도 와. 이제 프로 대접해줄게."

"오~ 진짜요? 저는 교수님 밑에서 일 배우는 것만으로도 영광인데요?"

"응, 물론이지, 다 가르쳐줄게. 네 꿈을 이룰 기회야. 잘 생각해보고 연락해."

"네, 교수님."

"근데 너 올라오면 지낼 데는 있어?"

"큭큭큭, 없죠. 교수님 집에서 재워주세요."

"그래, 잘 고민해보고 연락해. 알겠지?"

"네, 감사합니다."

내가 아르바이트만 가도 우리 과 언니들과 친구들이 나를 물어 뜯으려 했던 그 듀오. 그 듀오웨드 창립멤버인 교수님이 나와서 차리는 거면 비전이야 밝을 거고, 나의 대학시절 당한 수모를 갚아주면서 내 꿈을 이룰 기회. 남자친구에게 이 이야기를 하자 단번에, "이제 시작했는데 가긴 어딜 가. 지금 올라오고 있는 거 안 보여? 가면 어디서 살게?"

역시나 집이 문제였다. 월세 3~40만 원이 문제가 아니라 보증금! 보증금이 없으면 말 그래도 쪽방 하나도 구하기 힘들어서 고시원에 살아야 하는데. 휴~ 어떻게 하지? 내 고민은 하루 만에 끝났다.

"교수님!"

"응, 생각해 봤어? 좀 더 생각해봐도 되는데."

"네, 지금은 안 될 것 같아요. 여기에 벌여놓은 일도 있고, 아직은 서울에 보증금 할 만큼은 못 벌어서 좀 더 벌어 보증금 생기면 그때 갈게요. 자리 하나 내주세요."

"그때 오면 자리 없는데?"

"큭큭큭, 제가 만들 수 있어요. 이렇게 중요한 시기에 저를 떠올려 주신 것만으로도 감사합니다. 교수님, 좀 더 커서 갈게요."

"그래, 잘하고 언제든 와."

"네, 감사합니다."

사람이 답이다

그때가 25~26살 때니까 그때부터 '돈이 없으면 꿈도 못 이루는구나.'를 생각하며 돈을 모은 거였는데, 모으고 모으다 보니 내가 돈을 버는 목적이 '나'가 아닌 '집'이 되어있었다. '꿈'이 아닌 '생계'가 되어 버렸다. '집을 사야 돼, 돈을 벌어야 해'라는 끝없는 욕망에 사로잡혀 날려버린 나의 20대를 돌아보면 앞으로는 어떻게 살아야 할지가 보인다. 이렇게는 살기 싫다.

변호사, 의사, 선생님, 작가, 마술사, 커피집 주인, 펜션 주인 모두 내가 직접 따로 필요할 때마다 자문을 구하거나 도움을 요청할 때 비용이 발생해야 한다면 난 도대체 얼마를 벌어야 할까? 이 모두를 필요할 때마다 마음과 정성을 주고받으면서 그렇고 살 수 없을까? 나의 욕심은 처음부터 돈 욕심이 아니었다. 사람 욕심, 세상에 많은 변호사 중에 나와 생각이 비슷하고, 내 일이라면 돈이 아니라 진심으로 사수나 선배에게 자문을 구해서라도 나를 돕고 싶어 할 그 마음을 가진 내 사람, 내 능력이 다소 조금 부족할지라도 나를 위해서 손발 걷어붙이고 나서줄 나와 같은 진심을 가진 사람에 대한 욕심. 내가 조금 더 좋은 사람이 되고 싶게 만드는 응원이 되어줄 좋은 욕심을 집이나 돈으로 착각하고, 집착하며 살았으니 얼마나 힘에 부치고 외로웠을까.

이제라도 내 욕심의 정체는 사람, 내 사람, 좋은 사람에 대한 것이었다는 걸 알았으니 다행이고, 그렇게 살기 위해 노력해야겠다. 사랑하고 사랑받고 인정하고 인정받는 일을 하면서 좋은 사람들과 좋은 세상을 만들다 보면 돈이 따라오는 삶을 살고 있지 않을까?

관심받고 싶은 날

오늘 밤은 나를 위해 아무 말 말아줄래요

혼자인 게 나 이렇게 힘들 줄 몰랐는데

(그대가 보고 싶어)

오늘 밤만 나를 위해 친구가 되어줄래요

이 좋은 날 아름다운 날 네가 그리운 날

오늘 밤은 삐딱하게

— 지드래곤, '삐딱하게' 중에서

패션의 아이콘, 지드래곤의 '삐딱하게'. 이 노래를 처음 들었을 때 위로가 됐다. 세상에 대한 반항이나 원망이 아니라 '오늘만은 특별히 한 번만 좀 눈감아주면 안 될까요?'라고 귀엽게 양해를 구하는 느낌이었다. 모르는 척해주거나 친구가 되어 줄래요?

관심이 받고 싶은 날, 엄밀히 말하면 사랑이 받고 싶은 날, 좋은 관심이나 사랑이면 오케이. 불편한 시선은 오늘만큼은 제발 싫다는 것이다.

완벽하게 튀지 않게 그럭저럭 무난하게 살다가 어느 날 나 좀 봐달라고 여기 있다고 말하고 싶어지기도 한다. 우리는 그 따뜻한 관심과 사랑으로도 치유되기도 하고, 따갑고 차가운 시선을 그냥 넘

사람이 답이다

기지 못하고 폭발하기도 한다.

악을 보고 모르는 척해야만 하는 세상을 살고 있다. 어떠한 시선도 보내지 말고 그냥 지나쳤다가 신고해 주는 편이 가장 안전하고 완벽한 방법이라고 전문가들이 조언한다. 어떠한 시선도 그들이 불편하게 느껴서 화가 옮겨 올 수 있기 때문이란다. 관심과 시선은 그만큼 무서운 것이다.

관심받고 싶은 날에 관심을 안 가져 주는 것도 속상하고, 조용히 혼자 들러리처럼, 이방인처럼, 그림자처럼 머물다 가고 싶을 때 주목받는 것은 부담되고, 어색하다. 내가 예쁨받고 싶을 때 예쁨받는 것은 행복이고 기쁨이지만, 우울한 날, 처량한 날조차도 미소 지어야 하는 건 슬픈 일이다. 연예인들이 그렇고, 엄마나 아빠라는 직업을 가진 사람들이 그렇고, 서비스직에 있는 사람들이 그럴 것이다. 나는 사람 때문에 자신감을 얻고 사람 때문에 상처를 받는다. 돈이 없는 것보다도 돈이 없을 때 사람들이 보이는 반응이 더 상처가 되고, 내가 기분 좋아 업돼서 실수한 것에 지적받은 게 상처가 아니라 그 업된 모습이 꼴 보기 싫었는데 실수까지 하니 '옳다구나. 잘 걸렸다.' 싶어 하는 사람들에게 상처를 받는 것이다. 이렇게 집중 공격을 받고 나면 한동안은 정신을 못 차린다. 아찔해지는, 아득해지는 정신을 부여잡으려고 며칠을 혼미한 상태로 몽롱해져 있다. 나이 서른이 넘도록 아직도 이런 것에 상처받아 이러고 있는 나 자신을 보는 게 한 번 더 상처다.

나는 언제부턴가 아주 소설 같은 이야기지만 선악설을 기반으로 한 스토리가 꼬리에 꼬리를 물어 이제는 한편에 영화를 본 듯 머리에 맴돈다.

인간은 본래 천상에 살았다. 그런데 그곳에서 잘못을 저지르고, 신들의 세상을 어지럽히고, 더럽히는 인간들이 생겨나자 신께서 벌을 주기 위해 만든 것이 인간 세상이다. 가서 범죄를 저지른 너희끼리 물고 뜯고 괴롭히며 아주 고통스럽게 살아봐라. 죽는 순간에 참회하여 고통을 받아들이고, 깨닫고 반성한다면 다시 천상으로 불러 주리라. 그때 내가 너희를 다시 거두리라.

끝끝내 참회에 이르지 못하는 것들은 그에 응당한 지옥을 맛보게 해 주겠다. 바로 지옥으로 보내지 못한 마음 약한 신은 실수도 하고 나쁜 짓도 했지만, 다시 천상으로 데려올 인간과 그렇지 못한 인간을 가려내기 위한 테스트의 세상, 스스로 벌을 주고, 스스로 벌을 받고 너희들이 저지르는 실수와 나쁜 짓의 대가를 너희 스스로가 뼈저리게 느끼라고 던져놓은 곳, 인간세계.

나쁜 짓을 한 인간들끼리 모여 있으면, 더럽고 추악하고 타락하고 매일 피의 전쟁으로 참회할 때까지 죽고 태어나길 반복할 거로 생각했는데, 신의 생각과는 달랐다. 그 안에서 감사할 줄 알고 행복한 미소를 지으며 사는 이들, 천상의 생활을 기억하고 전하려는 이들을 발견한다. 신은 당황하지만, 그 모습 또한 인간의 본성이고 더불어 살며, 아기를 악으로 키워내는 것이 아니라 사랑으로 이해로 품으며 선으로 만들어가는 과정을 흥미롭게 지켜보기 시작한다.

그중에 악한 짓을 해서 인간 세상을 더럽힘으로써 얽히고 설켜 살아야 하는데 어떤 시험에도 항상 선을 베푸는 이들에겐 심부름꾼을 보내 다시 천상으로 일찍 돌아올 수 있도록 해주었다.

사람이 답이다

천상에는 끊임없이 악을 저지르는 인간들이 생겨났고 그때마다 아기라는 이름으로 인간 세상에 던져졌다. 말하지도 기억하지도 못하는 어린 존재로 보내서 너희 인간들의 악함으로 죽여도 좋고, 보호해주며, 살려내도 잘못 키워내면, 오히려 해악이 될 수 있는 어린 존재. 인간은 다시 기적을 만들어냈다. 이 어린 존재를 사랑으로 진심으로 아름다운 존재로 만들기 위한 노력, 희생이라는 걸 하고 있는 것이다. 희생이라는 걸 해본 인간들은 천상에 조금 더 가까울 수 있었다. 자기성찰과 반성이 수반된 희생은 인간만이 가진 선함의 뿌리가 되니까.

선을 지향하는 인간들의 세상이 조금씩 밝아지는 것을 보며 악랄한 신들은 전쟁을 부추기기도 하고 욕망을 일깨워 어둠으로 지옥을 경험하게 해주고 싶어 한다. 허나 인간은 그때마다 끊임없이 의심하고 마음 약해 하는 선한 본성만은 잃지 않았고, 더 많은 성찰과 발전을 통해 선을 향해간다. 신은 인간 세상을 용서하지 않을 것이다. 다만 뉘우치고 끊임없이 선을 추구하고 노력한 인간만큼은 우열을 가려 본질에 맞는 직업을 주어 다시 천상에 살게 할 것이다. 그러니 인간 세상에서는 실수도 좀 해도 되고, 나쁜 짓도 할 수 있다. 이미 천상에서 쫓겨나올 때 같은 실수, 같은 잘못을 했기 때문이다. 하지만 뉘우침의 과정 없이는 천상으로 돌아갈 수 없다. '신의 한 수'라는 내기바둑을 소재로 한 영화에서 '지저스'라는 맹인 바둑을 두는 역할을 맡은 안성기가 이런 말을 한다.

"하수들에겐 지옥이오. 고수들에겐 놀이터다." 놀다 돌아갈 때 선함을 주고 가고, 깨달음과 깨우침을 주고 가되 이 놀이터에서만큼은 상처 주고 말이나 폭력으로 타인을 피 흘리게 하지 않다가 갔으면 하는 바람이다. 중·고등학교 때 『구운몽』이라는 소설을 배웠다. 너무도 현실 같은 꿈을 꿨다가 이것이 꿈인지 그것이 꿈인지 알 수 없는 꿈이었다고 말한다.

이게 만약 꿈속이라면 너무 집착하고, 매달리고, 속상하고, 전전긍긍해 하지 말고 긍정적으로 밝게 웃으며 주변에 좋은 사람들과 조금 돌아가더라도 천천히 즐기면서 가는 건 어떨까? 언제 깰지 모르는 이 한낮의 꿈을 달달하니 말랑한 꿈으로 만들 것인지, 스릴러 액션물로 만들 것인지 다시 한 번 생각해보면 어떨까?

내가 따뜻한 시선과 관심으로 세상을 먼저 바라보자. 그러면 분명히 나의 따뜻한 시선과 관심을 받은 누군가가 나에게도, 또 다른 누군가에게도 따뜻한 관심과 사랑을 보낼 것이고 신이 벌을 주기 위해 만든 이 인간세계가 벌이 아닌 따뜻함으로 넘쳐나는 세상으로 조금 더 변해가지 않을까? 신의 질투로 절망과 아픔을 겪는 그 순간이 온다 해도 우리끼리 물고 뜯고 싸워서 신들이 바라는 대로 해 주지 말자. 나는 기독교도 아니고 종교도 없지만, 인간이 악함에서 왔으나 그 악함보다 더 깊은 곳에 있는 선함을 보았다. 죽는 것을 겁낼 때 악함이 나오는데, 그건 더 지옥으로 갈까 봐 그런 거다. 그나마 이곳이 낫다는 걸 본능적으로 아니까. 근데, 다시 천상으로 돌아가는 거라면 그렇게 발버둥 치고, 더러워질 필요 있을까? 치열하게 죽기 살기로 남을 짓밟아가며, 시기 질투로 우리끼리 이러지 말고 우린 다시 천상으로 돌아갈 것이니 놀이터에서는 신나고 재미있게 즐기다 가면 어떨까?

사람이 답이다

길들여지지 마

　세상에 길들여진다. 동생과 밥을 먹으러 쌈밥집에 들어갔는데 TV가 켜져 있었다. 좀 어색하다고 생각했다. 점심시간이 지난 시간이라 쉬시던 중 들어온 손님인가보다. '김 과장'이라는 드라마. 주문해놓고 우리도 자연스럽게 소리가 들리는 TV에 시선을 두었다. 하청 업체의 돈을 본사 몸통 누군가가 착취하는 바람에 단가가 인상되는 것이고, 뭐 그래서 구조조정을 당하지 않기 위해 누군가는 그 비리를 캐야 하는 내용인 것 같았다. 부하직원들은 다들 맡을 수 없다고 하는데 상사 한 명이 그런 부하직원들을 다독이면서 이런 말을 했다.

　"내가 왜 이러는지 아냐? 진짜로 폼 나는 일 하는 것 같아서 그렇다. 나도 한때는 이 A4용지처럼 스치면 손끝 베일만큼 날카로운 시절이 있었다. 그런데 무뎌지고, 구겨지더니 한 조각 한 조각 떨어져 나가더라. 결혼할 때 한 번, 애 낳고 나서 아빠 되니까 또 한 번, 집 사고 나서 또 한 번. 그리고 애 대학 갈 때쯤 가서 들여다보니까 이게 다 녹아서 없어졌더라. 그러다 김 과장 만난 거야. 저 미친놈 만나고 나서 보니까 조금씩 찾아지고 있더라."

　윽, 요즘은 저런 명대사를 들으면 머리가 띵하다. 한 초등학교 입학식에서 아파트별로 줄을 세워 논란이 된 것을 보았다. 휴먼시아에 사는 아이들을 '휴먼거지'라고 부른다는 말에 충격을 받았다. 이렇게 자란 아이들이 살아갈 세상이 너무 두려워졌다. 어릴 때는 흙을, 곤충을, 동물을 사랑하던 아이들이 중학교, 고등학교에 진학하기 위해 영어, 수학에 집중하고 매달리는 동안 동심을 잃어가고, 천방지축 뛰어다니길 좋아하던 아이들이 교실에 갇혀서 바른 자세로 앉고, 조용히 40분, 45분, 50분 앉아있는 시간을 강요받는다. 그러다 익숙해지고 지쳐간다. 포기하는 게 생기고, 뭘 좋아하는지, 뭘 할 때 신났었는지 잃어버리면서 남들처럼 살기 위해, 남들보다 조금 더 좋은 대학, 좋은 차, 좋은 집을 갖기 위해 전전긍긍하며 돈을 벌기 위한 시스템에 갇혀 아침에 눈 뜨고 잠든다. 무엇을 위하여 사는지조차 모른 채 그냥 살아간다.

그러다 결혼을 하고, 아이를 낳으면 이 아이들도 자신들과 똑같은 시스템에 가둔다. 다르게 살게 해주고 싶은, 자유롭게 살게 해주고 싶던 꿈도 아이들이 중·고등학교에 갈 때쯤 다시 와르르 무너져 내리고 만다. 어른들이 변하지 않으면 이렇게 자란 아이들이 살아갈 세상은 더욱 끔찍할지도 모른다. 틀이나 편견을 먼저 심어주지 말아야 하는데, 그게 쉽지만은 않아 많은 용기와 대가가 따르는 세상에 살고 있다.

모피어스: 매트릭스는 컴퓨터가 만든 꿈의 세계야. 우릴 통제하기 위한 거지. 인간을 이것으로 만들려고. 매트릭스는 모든 곳에 있어. 우리 주위의 모든 곳에. 바로 이 방 안에도 있고, 창밖을 내다봐도 있

사람이 답이다

고, TV 안에도 있지. 출근할 때도 느껴지고, 교회에 갈 때도. 세금을 낼 때도. 진실을 못 보도록 눈을 가리는 세계란 말이지.

네오: 무슨 진실이요?

모피어스: 네가 노예란 진실. 너도 다른 사람과 마찬가지로 모든 감각이 마비된 채 감옥에서 태어났지. 네 마음의 감옥. 불행히도 매트릭스가 뭔지 말로는 설명할 수 없어. 직접 봐야만 해.

— 영화 '매트릭스' 중에서

'매트릭스'가 처음 나왔을 때 사람들은 '파란 약, 빨간 약', '길을 아는 것과 걸어가는 것에는 차이가 있지', '정신이 죽으면 육체도 죽어', '숟가락을 구부리려 하지 말고 그곳에 숟가락이 없다는 것을 깨달으세요'에 관심을 두는 것 같았지만 나는 저 노예라는 말이 와닿았다.

대기업이 파는 옷을 입고, 대기업이 만든 카드로 대기업이 파는 음식을 먹는다. 대기업이 지어 파는 아파트에 살고, 대기업이 파는 자동차를 탄다. 점점 소비를 부추기고 책임을 강요하며, 그렇게 인간을 무기력하게 만들고, 창조나 모험 도전과는 거리가 멀게 길들여 간다. 도전이라는 단어, 창조와 모험이란 단어들을 들으면 심장이 뛰지 않는가? 그렇게 사는 사람들에게 경의를 표하게 되고, 대단하다고 느끼는 이유는 우리는 그렇게 할 수 없는 일이라 생각하고, 단정 지어서, "하루하루 살아가는 것도 벅찬데, 어떻게 그럴 수 있겠어?"라든가 "나에겐 딸린 식구들, 책임져야 할 사람들이 너무나 많아, 현실을 버리고 그것만 향해서 가는 게 오히려 대책 없고 무책임한 거라고."라며 자신의 내면의 소리를 외면한다.

그대, 이미 길들여진 건 아닌가? 아니면 길들여지는 중인가? 혹시 아직 길들여지고 싶지 않다는 저항이 남아있다면 마음의 소리, 어린 시절 행복했던 순간들을 떠올려보며 당신이 원하는 모습의 삶을 살기를 바란다. 분명히 일상에서도 찾을 수 있을 것이고 그것들이 연습이 되면 더 큰 변화를 꿈꿔 볼 수도 있을 것이다. 복제인간을 주제로 한 SF영화 '아일랜드' 이 영화의 시작도 의심과 호기심이었다. 지금 이 현실에 대한 의심과 호기심으로 오늘을 뜨겁게 멋지게 살아가길 바란다. '길들여지는 것을 경계해야 한다.'

나는 창업에 성공했고 적당한 돈 걱정과 흔한 30대 여자의 연애 걱정, 결혼 걱정을 하며 늙어가던 중, '이게 정말로 내가 원하던 삶인가?'에 대한 의심, 세상 사람들은 어떻게 살아가지? 어떤 사람들은 끊임없이 부딪치고 깨지면서도 새로운 것에 도전하며 행복을 느끼고, 돈 한 푼 없어도 가난한 나라의 아이들과 사람들을 위해 학교와 병원을 짓기 위해 100원만, 100원만을 외치며 조금씩 세상을 바꾸어 가는 사람들도 있다. 반면 위기에 빠진 기업을 헐값에 매입해 구조조정, 몸집 줄이기 등을 통해 계산 이외의 사람들을 내쫓고, 합리적인 상태를 만들어 다시 비싼 값에 파는 일을 하는 사람들도 있다. 정의나 도덕보다는 나를 위한 '부의 축적'을 위해 사회와 등을 지는 사람들을 보면 갖가지 생각이 든다. 똑똑한 사람들이 세상을 긍정으로 바꾸면 더 좋을 텐데 왜 세상을 따뜻하게 하는 건 오히려 그 반대편에 있는 사람들일까? 나는 어디쯤인가?

사람이 답이다

"나 하고 싶은 대로 살다 보면, 나도, 내 아이도 '휴먼거지'가 될 수도 있는데, 자신 있어? 진짜?"

"그렇게까지 해서라도 이 시스템도 매트릭스도 벗어나고 싶어? 왜?"

내 대답은 시스템 매트릭스 안에서도 내가 행복하고 누군가에게 행복을 줄 수 있다면, 도전과 모험이 즐길 수 있다면 그렇게 살지 못할 건 또 뭐냐고 묻고 싶다. "도다리에서 놀고, 직장 가서 일한다."는 대표님과 언니야들 이야기처럼 뭐 건강한 행복을, 도전을, 자신을 찾는 놀이를 하면서 시스템에 갇히는 것이 아니라 넘나들 수 있다면 그 또한 행복일 터.

나는 아직 완전히 벗어나진 못 했지만 이미 익숙한 가게가 아닌 새로운 직업에 도전 중이고, 결혼은 생각도 없는 오래된 남자친구를 정리하고 독립을 계획한다. 다이어트도 꾸준히 하고 있고, 대만으로, 제주도로 홀로 떠나는 여행을 계획 중이다. 또, 스킨스쿠버에 도전해서 바닷속에 사는 친구들을 피부로, 눈으로 만나보고 싶다. 마치 어린아이처럼 하루하루가 신나고 사람들과 어울리는 게 좋다. 하고 싶은 것들이 너무 많아졌다. 나는 거창한 이야기를 하려는 게 아니다. 남들과 나를 비교하고 남들에 맞춰가고, 남들을 이기고 싶어서 안달 내기를 포기하자마자 행복이 찾아왔으니 당신도 당신만의 시스템, 매트릭스, 강박에서 벗어나 자신만의 가치와 행복 진실과 진심을 찾았으면 한다는 이야기를 해주고 싶다. 왜? 벗어던진 나는 지금 너무 행복하니까.

5 장
／

결국은 사람이다

불과 한 달 보름 전의 나는 세상 걱정 혼자 다 짊어진 우울한 한 30대 미혼 여성이었다. 돈은 벌어도, 벌어도 계속 오르기만 하는 집값만 좇아가다 좌절하고, 공들여 준비한 시험엔 떨어졌고, 맘대로 안 되는 연애에 이젠 독기만 남은 채 나이만 먹어버린, 다 알지도 못하면서 아예 순진하지도 않은 어중간한 철없는 30대 여자가 바로 나였다.

이런 내가, 사는 게 바쁜 사람들 붙잡고 괜히 괴롭히지 말고, 혼자 하고 싶은 이야기 쏟아내 보자는 마음으로 시작된 글쓰기가 어느덧 5장에 다다르면서 내 삶에 변화가 찾아왔다. 심지어 3장까지도 아프고, 쓰리고, 아려서 손도 못 되게 했던, 세상에 절대 꺼내고 싶지 않은 이야기들을 쓰는데, 매일 밤 마음이 편치 않았다. '내가 지금 뭐하는 거지?'라는 의심도, '세상에 알려져도 좋아? 감성팔이, 사연팔이 하려는 거야?' '왜?'라는 의문과 의심이 들 때마다 더욱 아팠다. 그러다 4장에 들어섰는데, 1장에서 상처에 깊게 박힌 칼을 뽑아냈다면, 2장에선 피를 흘리고, 3장에선 새 피를 수혈받고, 휴식을 주었더니, 4장에 들어서자 이제 바르던 약이 효과를 내는지 안색이 좋아지고, 얼굴도 예뻐졌으며, 특히 웃는 데 자신감이 생겼다. 상처의 실체를 정확히 보고 극복을 해내는 느낌, 이 느낌을 느낄 수 있도록 해준 것 또한 결국은 사람이었다.

　　　　　　　　　　　　　사 람 이 답 이 다

사람으로 치유하다

"아빠 또 게임 방이세요? 왜? 뭐가 그리 재밌어요?"

"그냥 사람들 만나고, 동생들이 따르고 하는 게 좋지. 캐릭터 키워서 전쟁 같은 거 나갈 때 협력하는 것도 재미있고, 아빠가 또 했다 하면 항상 대장을 한다. 아빠 믿고 따르는 혈맹원들이 있는데 재미있지!"

예전에 유재석, 김구라, 서장훈 등이 진행하는 '동상이몽 괜찮아, 괜찮아'라는 프로그램이 있었다. 한날은 밥을 먹기 위해 TV를 틀었는데 이 프로가 방송되고 있었다. 중학생 딸아이가 나와서, "우리 엄마는 이상하다. 내가 이제 고등학교도 가야 하는데 나한테 관심도 없고 성적이나 진학에도 더 관심이 없다. 오로지 게임만 하시느라 딸인 내가 와도 시큰둥하다."라고 하는 것이다. 진행자들은 여중생의 고민을 진지하게 들어주면서, "걱정이 많겠다. 심각한 수준이냐? 그럴 줄 알고 VCR을 준비했다. 일상을 한번 들여다보자." 며 관찰 카메라를 재생했다. 40대 중후반으로 보이는 아줌마가 아침 일찍 학교 가는 딸을 깨워 밥 먹여 학교에 보내고 집안청소, 빨래, 저녁준비 등을 아주 빠른 손으로 후다닥 해내고는 혼자 간단한 점심을 먹는다. 그 뒤, 헤드셋을 끼고 비장한 자세로 컴퓨터를

켠 다음 게임에 접속하더니, "누님 왔다."고 채팅창에 치며 대화를 시작한다. 일제히 많은 사람들이 반갑게 맞아주며, "어서 오세요. 누님!", "어서 오세요. 대장님, 식사는 하셨어요?" "자리 없으신 동안 이런 일 이런 일이 있었고요." 어쩌고, 어쩌고 채팅을 하면서 그룹을 지어 사냥하러 다니고 하는데 너무 행복해 보이는 모습이 담겼다. 헤드셋을 끼고 게임에 집중하느라 딸이 학교에서 돌아온 것도 모르는 엄마를 보자 딸이 서운함에 지쳐 등 뒤에서 톡톡 건드렸다. 그제서야 딸이 온 걸 알았다. 엄마는 뒤돌아서 눈인사를 하며 "왔어?"라고 짧게 인사했고 딸이 뭐라고 하자 헤드셋을 벗으면서 "뭐라고?"라고 말했다. 딸은 투정을 부렸다.

"엄만 딸이 왔는지도 몰라? 나 이제 고등학교 가고 나면 더 시간 없을 텐데. 엄만 나랑 보내는 시간이 안 소중해? 나랑 쇼핑도 다니고, 맛난 것도 먹고, 그러면 안 돼?" 엄마는 지지 않았다. "인생 각자 사는 거야. 넌 학교 안 가고, 내가 시간 날 때 나랑 놀아 줄 거야? 아니잖아? 난 내 할 일 다 해 놓고 내 시간을 즐기는 거야. 그리고 너 고등학교 가고, 대학 가고, 시집가면 난 혼자 남을 텐데, 난 지금부터 준비하는 거야. 혼자 우울하게 살기 싫어." 이러는 것이다. 엄마와 딸은 팽팽했지만, 엄마는 딸이 원하는 대로 쇼핑을 같이 가줬다. 딸도 조금 마음이 풀어진 듯 행복한 표정을 지으며 영상은 끝이 났다.

어떤가? 다들 그 여중생의 마음에 더 큰 공감을 하는 것처럼 보였지만 난 내 아버지가 게임을 저 엄마와 같은 심정으로 즐기고 있다는 걸 알기 때문에 저 여중생의 엄마 마음이 더 이해가 됐다. 그

사람이 답이다

리고 비록 인터넷상이지만, 그 따뜻한 온기를, 안부를 서로 반갑게 전하고, 공통된 주제를 가지고 응원하고, 칭찬하고, 격려하면서, 또 함께 해결해가면서 공감, 위로, 자존감을 찾아가는 중인 거라고 느꼈다. 아무 이유나 조건 같은 거 따지지 않고 사랑을 주고 믿어주고 응원해주는 것은 참으로 어려운 일이다. 내 아버지도 그렇게는 못 하신다. 오히려 너무 사랑하시기에 잘못될까 봐 두렵고, 상처받을까 봐 겁나고, 그래서 응원이나 사랑보다는 질타와 경계, 의심을 거두지 말라며 나에게 먼저 걱정과 우려를 쏟아내신다.

"참, 호강에 받쳐서 요강에 똥 싸고 있네. 김 서방 같은 사람이 어디 있노? 더 좋은 사람? 지랄 같은 네 성격 받아주고, 맞춰 줄 사람 또 있을 것 같나? 참 먹고 살만하니까 왜 이제 배가 부른 갑지?" 놀리는 듯한 말투에 완전히 기분이 상했다. '딸 편이야? 그 사람 편이야?'

"아빠, 그 사람은 내가 하고 싶은 일들 응원해주지 못하는 사람이라니까. 그냥 평생 이 피자집에서 썩었으면 좋겠어요? 이날 이때까지 같이 있으면서 식도 올리자는 말이 없고 혼인신고하자는 말도 한마디 못 하는 남자를 무슨 사위라고, 그렇게 편들고 예뻐하는 거예요? 나를 행복하게 못 해준다고. 내가 안 행복하다고요."

"으이구, 행복 좋지, 좋아. 김 서방하고 행복할 방법을 찾아볼 수는 없나? 꼭 그래 혼자 나가야만 행복하나? 너 남자 생긴 거 아니가?"

"아빠, 난 사람들을 만나기만 해도, 에너지를 주고받는 것만으로도 행복한 사람인데 그 사람은 일단 내가 사람 만나러 다니는 걸 싫어해요. 가게 일에 지장을 준다고."

"맞지, 틀린 말이가? 가게에 지장 주면서 뭐 한다고 사람을 만나고 댕기는데? 하루도 못 쉬고 그렇게 열심히 하드만 가게 내팽개치고 나간다는데 이해가 될 일이가?"

"아빠! 일단 남자 생긴 거 아니고 이제부터 천천히 내가 예뻐지면 자연히 생기겠지. 내가 말하는 건 사람들은 주말에 쉬고, 저녁에 쉬는데 사람들 만나는 게 행복한 나는 그 시간에 피자집에 있으니 결국은 잘 만나지 못하고, 행복할 수 있는 기회들을 놓쳐요. 그렇다고 김 서방이 이해해주고 양해해 주는 게 없고, 그냥 싫어만 하니까. 가게 걱정돼서 내가 나가는 것도, 사람 만나는 것도 싫은 거니까. 그럴 거면 피자집 때려치우는 게 1번이라는 거야. 그리고 응원이고, 이해고 못 해주는 사람들 다 정리하는 게 2번이에요. 지금은 응원받고, 격려받아야 열매를 맺는 시점인데 조금만 더 하면 열매를 얻을 수도 있을 것 같은데 또 여기서 주저앉으라는 게 너무너무 싫다고요."

"참 열매 같은 소리하고 있다. 나가면 고생하고 상처받을 게 뻔~한데. 아빠한테 응원해 달라카니 참 어찌해야 되긋노."

"그냥 믿고 지켜봐 주면 돼요. 잘할 거라고 믿는다고 한마디만 해줘도 된단 말이야. 아빠는 나 못 믿어요? 아빠는 게임상에서 만난 사람들한테도 힘 받고 에너지 채워지는 걸 느껴봤으면서 지금 내 부족한 에너지를 좋은 사람들 만나서 조금만 더 채우면 좋은 열매를 맺을 것 같다는데 왜 이해 못 해줘요?"

"아이고, 마 모르겠다. 난중에 왜 안 뜯어말렸냐고 원망이나 하지

사람이 답이다

마라. 고속도로 그리 힘들게 올리드만 갑자기 차에서 내리가 가시밭길 걷겠다 카는 딸이 걱정 안 되는 아빠 있으면 나와 보라캐라."

"아빠~ 가시밭길이라고 생각하지 마세요. 아직 모르잖아? 잘 이겨내 볼게요. 아빠 원망 안 할게요. 그럼 됐죠?"

"아이고 참나, 퍽이나 나중에 뭔 소리를 들을라고? 됐거든?"

내가 가장 응원받고 싶고, 위로받고 싶은 가족에게 지지를 얻어내기가 이렇게나 힘이 든다. 그렇기 때문에 더 잘해서 잘되어야만 한다는 의무, 책임에 어깨가 무거워진다. 여러 개의 화살을 맞아 몸이 너덜너덜 지쳐가지만 아마도 내 자신감, 도전정신, 모험심에 가운데 가장 큰 칼을 정면으로 박아 넣은 건 가족이 아닐까 싶다.

3~4년 전부터 뭐가 잘못되어 감을 느끼고는 있었다. 그때마다 나는 똑같은 포인트에서 주저앉는 것을 반복했었다. 그래서 다들 이 정도 뜯어말리면 자기 상처가 아파서 다시 주저앉을 거로 생각하는 것인데, 이 부분이 나를 더 화나게 했다. 나가고 싶다. 어디론가 떠나고 싶고, 이곳을 벗어나고 싶다고 생각했다. 더 강하게, 더 간절하게.

그러다 반짝반짝 빛나는 눈동자를 가진 한 언니를 알게 됐다. 코발트블루의 코트를 입고 요목조목 예쁜 이목구비에 웃는 모습, 목소리만으로도 행복을 주는 사람. 친해지고 싶었지만, 용기라는 게, 사람에 대한 상처라는 게 덧나있던 나는 먼저 다가가지 못했다. 그러다 사람들 앞에서 자신의 아팠던 이야기를 하는 걸 듣게 됐다. 이 언니는 정말 따뜻한, 사랑이 많은 사람이었다. 세상을 따뜻한 마음으로 안아주고 싶다던 이 언니는 "묻지 마 범죄'를 저지르던 사람들도 단 한 사람만 진심으로 이야기 들어주고 안아주었다면 그랬을까?"라며 자신에게도 책임이 있는 것 같다던, 그야말로 존재만으로도 사랑인 사람, 우연히 같은 글쓰기 수업을 듣게 되었는데, 3번 오프라인 강의를 듣는 수업이 있기 전에 언니와 카톡을 하고 인사를 나눌 수 있었다. 과연 이 별 볼 일 없는 나와 친해질수 있을까 생각했던 것이 무색할 정도로 우린 너무 잘 맞았다.

마치 좋아하는 남녀가 첫 데이트를 앞두고 설레하는 감정과 같은 벅참과 두근거림을 느꼈다. 친해지고 싶었고 같은 수업을 듣게 돼서 너무 기쁘다는 이야기를 했다. 알면 알수록 매력적인 사람. 두 번째 강의를 듣던 날은 꽃잎처럼 하늘거리면서도 은은한 향기와 빛깔로 보는 이 모두에게 설렘을 주는 이 언니를 난 꽃 같다고 느꼈다. 그래서 "꽃에게 꽃을 주는 건 싫으니, 난 풀떼기를 선물한다."며 목화를 선물했다. 어머니의 희생이라는 꽃말을 가졌다는 목화는 눈꽃 송이를 품고 있는 듯 보이지만 실제로 보이는 것보다 훨씬 더 따뜻하고 좋은 쓰임이 되어주는, 언니에게 어울리는 목화 다발. 언니는 보면 볼수록 매력적인 사람이었다. 그날 나는 학교가 경산이고 언니 집도 경산이라던 말이 떠올라, "언니 저 대학교 졸업해요."라고 신나서 말했었다.

"학교? 무슨 학교? 대학도 다니고 있었어?"

"히힛, 제가 졸업할 때만 해도 2년제였는데요. 학교도 성장해서 4년제가 됐고 저도 기회가 돼서 장학생으로 공부하다 이번에 모교를 졸업하게 됐어요."

"정말? 대단하다~ 옥선이. 학교 어딘데?"

"언니 경산이랬죠? 대경대학교요."

"와~ 우리 집이랑 가깝다."

"진짜요? 대박! 언니도 오서서 축하해 주시면 좋겠다. 저 21살 졸업할 때는 오실 부모님도 없고, 아무도 없을 것 같아서 안 갔거든요. 앨범은 이사 다니면서 잃어버리고."

"아, 그랬구나, 언니도 결혼을 일찍 하는 바람에 졸업을 못 해서 졸업사진 없어."

"진짜요? 와요, 와요. 우리 학사모 나눠 쓰면서 졸업식 놀이해요."

암투 병을 오래 했고, 이후엔 하루하루 선물 받듯 사는 언니에게 나도 선물을 주고 싶었다. 졸업식 날 언니는 찾아와 주었다. 동생과도 인사하고 내 18년 된 친구 놈과도 인사를 나누었다. 동생은 둘째 조카를 데리고 이모 졸업식에 왔는데, 이날 둘째 조카를 잃어버리는 사건이 발생했다. 실종 2~3시간이 다 되어가자 다들 포기를 해야 하나? 아니면 조금만 더 둘러봐야 하나? 의견이 분분할 때 언니가 "경찰에 신고하자. 우리끼리 될 일이 아니다, 전문가의 도움이 필요하다. 더 늦어지면 어쩌노."

실종 직후에 졸업식이 진행 중인 무대로 달려가 미아 찾기 방송도 앞장서서 해주고 실종신고를 경찰에 하자고 먼저 말해주어서 너무 감사했다.

"옥선아, 신고했고, 이쪽으로 와주신대. 어, 잠시만 전화 왔다."

"네, 네, 네? 거기 있다고요? 황제영. 네, 맞아요, 아이쿠, 감사합니다. 너무 감사합니다. 정말 감사합니다. 네, 바로 갈게요. 네, 알아요. 감사합니다."

"옥선아, 옥선아!" 내 손부터 잡으신 언니는 이미 눈물이 울컥해서 울먹이고 있었다. 나도 덩달아 눈물을 흘렸다.

"찾았대요? 찾았대요? 어디요? 어디요? 언니! 너무 감사해요. 언니가 찾아주신 거예요."

"아이다. 아니다. 다들 그래 애타게 찾으니까 진짜 누가 도와주셨나 보다. 자인 파출소라 하거든 언니가 가서 델꼬 올게. 애 엄마랑 어디 가 있어라. 전화해 줘라, 빨리. 걱정하고 있을 거다." 동생과 통화를 했고 동생이 파출소로 데리러 가서 극적인 상봉이 이뤄졌다. 누군가 아이 혼자 싱글벙글 가는 모습이 너무 이상해서 "어디 가?" 하고 물었는데 대답 없이 계속 혼자 가길래 파출소에 전화해 준 것이란다. 찾았겠지. 결국은 파출소에 전화했을 거고 결국은 찾았을 거다. 그런데 진심으로 전심을 다 해 안 지 며칠 되지도 않은 내 졸업식에 참석해 준 것만으로도 고마운데, 내 조카를 찾고 나서 반가움과 감사함에 눈물을 울컥 쏟아내는 언니를 보며 사랑하지 않을 수 없었다. 이 얼마나 감사한 인연인가, 난 이날 졸업식에서 언니와 친구 내 동생이 찾아와 준 것 그리고 한마음, 한 뜻을 모아 마음 졸이고, 걱정하고, 반가워하고, 기뻐했다.

우리가 사는 세상이 서로 아픔, 상처, 독을 내뿜는 세상일지 모른다. 난 그 속에서 정말 그들이 주는 대로 그대로 온몸으로 상처를 느끼며 살아왔다. 그런데 말이다. 상처 하나에 감사가 둘이면 결국은 감사가 이겨서 오늘 하루를 감사한 하루로 마무리할 수 있고, 그렇게 쌓인 하루하루가 어쩌면 내 삶을 변화시킬 수 있지 않을까? 하는 생각이 들었다. 돈을 벌지 않으면 안 되니까, 돈 벌러 나간 사이 아이들은 자라서 모두 떠나버리고, 혼자 집을 지키는 무료한 삶을 살던 아버지는 게임상에서 친구들, 동생들을 만나며 안부를 묻고, 인사를 나누며, 나름대로 따뜻하게 살아가고 계셨고, 그 여중생 엄마도 같은 맥락이라고 본다. 당신을 기다리는 당신만의 사람들과 소통하고, 의지하고, 자신들만의 방식으로 사람의 정, 따뜻함을 통해 다른 마음의 병이 오지 못하도록 긍정 에너지를 채우고 있는 게 아니었을까 하는 생각이 든다.

마음의 병이 나태함이나 우울함, 박탈감으로 이어지다가 황폐한 생활을 하게 되면 결국 몸도 못 쓰게 될 수 있다. 그러기 전에 자신만의 상처를 건강한 사람들에게 드러내고, 위로하고, 위로받아보면 어떨까? 나는 꽃 같은 현정 언니를 만나고 사람에 대한 거부감이나 부담감을 어느 정도 떨쳐 낼 수 있었고, 심지어 따뜻하고, 편안하고, 감사한 모습으로 나를 안아주었는데, 그것만으로도 정말 상처에 약을 바른 것처럼 뭉글뭉글해지는 느낌이 들었다. 더 아프기 전에 이런 따뜻한 치료제를 만난 것에 감사하다. 이런 존재가 있고, 그녀가 내 곁에서 힘내라며 응원해주는 것이 믿기지 않게 행복하다. "옥선아, 화이팅! 희망을 노래하자. 사랑해~"라는 이 맑고 청량한 목소리는 아직도 내 안에 울려 퍼져서 내 상처를 치유 중이다.

내가 운이 좋은 걸까? 아마도 그럴지도 모른다. 하지만 분명한 것은 내가 용기를 냈다는 점, 그리고 다가가고, 원하고, 감사하다고 표현했다. 숨기고, 감추고, 알아주겠지 하는 건 요즘 세상과도 안 맞고, 내 상처를 치유하고, 바깥으로 나오는 데는 더 안 맞다. 세상 밖으로 나오기 위해 너덜너덜해진 당신의 그 지쳐가는 마음의 상처에 치유제를 발라줄, 약효를 전해줄 사람을 찾기 위해 좀 더 열린 마음으로 노력해 보았으면 좋겠다. 나처럼.

사람이 답이다

사랑하고 또 사랑하자

　내가 힘이 들었던 것 중에 가장 큰 건 사랑받고 싶은 사람, 내가 사랑하는 사람에게 사랑받지 못한다는 좌절과 분노가 나약함이 되어가는 걸 스스로 문득문득 느낄 때였다.

　나 자체로써 빛나고 강해져야 하는데 자존감이 떨어지고, 나 스스로에 대한 믿음이나 확신이 들지 않으니 하루하루 사는 게 재미있기보단 답답했다. '욕구불만'이라고 표현해야 맞는 건지, 매사에 그렇게 부정적이고 화가 불쑥 튀어나오는 시기를 보냈다. 사랑을 달라고도 해봤지만 원하는 대로 원하는 만큼은 받을 수 없는 게 사랑인지라 항상 사랑에 목말라 있었다.

　동생과 나는 토론하는 걸 좋아한다. "언니야 남자친구할 꺼가? 남편할 꺼가? 하나만 해라, 하나만. 그러니까 형부가 헷갈리지. 형부는 지금 남편이라 생각하는 거다. 그니까 돈 열심히 벌어오고, 장인어른이 호출하면 달려가고, 조카들 오면 성심껏 놀아 주고, 그것만으로도 대단한 건데, 언닌 거기다가 남자친구가 하는 것까지 바라니까 이 남자가 얼마나 힘들겠냐고? 나 우리 제경이 아빠 대단하다고 느끼는 게 그런 건데. 우리 제경이 아빠 같은 사람 몇 없다. 많은 걸 바라지 마라."

"야! 장난하나? 나 사랑하는 남자친구 같은 남편이 기본 옵션이 거든? 여기에 추가가 붙고, 안 붙고인 거지. 남편에 남자친구 옵션이 아니라고! 나를 평생 소녀, 소녀 하게 언니가 가진 내면의 하이드를 꺼내지 않게 만드는 남자가 좋다."

"헐~ 형부감 누굴 델꼬 올지 그 형부 불쌍해~"

"왜? 그래야 그 남자도 좋은 거야. 여자 친구 기본 장착에서 풀리지 않도록 자기가 잘해야지. 잔소리쟁이, 마귀 할망구랑 살 건지 여자, 여자 한 사랑스러운 여자 친구 기본에 생활력, 책임감, 현명함을 갖춘 부인이면, 캬~ 얼마나 좋겠노! 하이드는 한번 나오는 순간 돌이킬 수 없다. 한번 보인 사람한테는 계속 보이게 되는 게 그 야수본능이거든. 그때부턴 전쟁의 민족이 되는 거지! 전쟁이냐 평화냐는 남자 하기 나름인 거다."

"헐, 그렇긴 한데 남자들이 그런 거 잘 안 된다. 그래서 여자들이 참고, 참으면서 도를 닦고, 닦고 또 닦으면서 곰에서 웅녀가 돼야 하는 거다. 단군은 처음부터 계속 그 자리에 있었는데 곰이 단군 이랑 살려고 인고의 시간을 버텨 낸 거다. 언니도 언니가 도 닦으며 살아도 행복한 남자 만나야 한다. 시집살이가 그렇게 달달하고 그렇지가 않거든."

"동생아~ 왜 언니는 우리 동생이 그렇게 참고 산다는 이야기로 들리지~ 힘내라! 내 동생~ 제부가 눈을 너무 높여놔서 언닌 시집 다 갔다. 이제 어쩌노?"

"치, 나도 좋은 것만 이야기하고 웬만하면 안 꺼내려고 해서 그렇지 제경이 아빠도 진짜 힘든 케이스거든?"

세상에 태어나면서부터 내 인간관계가 가족뿐일 때 나는 가족이 전부였다. 가족과 트러블이 생기기 시작할 때 그때 친구가 없었다면 너무나 외로웠을 것이고, 친구와 트러블이 생겼을 때 연인이 들어주고 곁에 있어 주었기에 서운한 것들을 잘 표현하며, 우정을 이만큼 지켜올 수 있었다. 연인에게 생긴 서운함과 트러블은 공감해 주고 격려해 주는 친구들이 없었다면 사랑에서도 헤어짐에서도 얼마나 많은 눈물을 흘리지도 삼키지도 못한 채 힘든 시간을 보내야 했을까?

연인이 되면, 사랑에 빠지면 좋은 건, 이 넓고 거친 세상에 나를 가장 잘 아는, 어쩌면 엄마나 친구들도 모르는 나를 알고, 이해해 주는, 사랑하는 내 편이 생긴 행복감 때문이다. 그런 내 사람이 생기면 말랑말랑, 달달, 설렘, 찌릿 이런 감정들이 어떤 힘든 현실도 넘어갈 수 있는 마법 망토의 역할을 한다.

사랑하는 사람과 체온을 나누고, 비밀을 공유하며, 하트가 뿅뿅 나오는 마법 같은 시기. 마음이 시키는 대로 불타오르는 시기. 세상에서 가장 예쁘고, 멋있어 보이고, 함께 춤추고, 함께 잡은 두 손 놓지 않는 황금기. 핑크빛, 장밋빛이라 말하는 이 시기를 헤어지는 게 겁나서, 싸우기 싫어서, 귀찮아서, 돈 없어서 포기하는 건 정말 청춘으로써 죄이고, 벌이라는 생각이 든다. 나 역시 이 핑계, 저 핑계로 사랑을, 연애를 피해 왔었다. 항상 모자라고 채워지지 않는 헛헛함, 허기짐, 갈증, 외로움으로 나는 괴로워하고 힘들어했다. 오래된 감정인데도 스스로 통제하지 못하는 것에 익숙해지지 않는 것에 자책하며 오늘까지 살아내던 중, 우연히 너무 지쳐서 '더는 이렇게는 못 살겠다.' 싶어 빛을 향해, 세상에 나와 보니 좋은 사람이 너무 많았다.

『일상변주곡』을 쓰신 베레카 권 작가님은 온라인상에서 만난 사람들이 너무 따뜻하고 좋아서 '따뜻할 온(溫)'을 써서 온라인이라 부른다고 하신다는데 그 부족한 사랑을, 건강한 행복을 주는, 서로 사랑을 주고받는 것이 간절한 다른 이들을 찾는 것 자체를 행복이라 여겨야겠다.

반려동물 시장이 어마어마하게 커져서 개 팔자가 상팔자인 시절을 지나 이제 개가 유산도 받는 세상이 되었다. 사람이 사람하고 관계가 얼마나 힘이 들고 지치면 나를 안고 잠들어 줄 사람을 돈을 주며 고용하고, 동물들과 정을 나누고 교감하는 걸 넘어 더 잘 교감하기 위해 동물들 마음을 읽는 수업까지 듣는다고 하니, 이건 뭐 어디까지가 진짜고 어디까지가 지어낸 말인지 헷갈릴 정도지만 모두 사실이다. 아기 키우는 비용이나 짐승 키우는 비용이나 매한가지로 들어가는 세상이라고 하니 이게 웃어야 할 일인지 헷갈린다.

"자식 키워 놔 봤자 시집, 장가 가버리면 그만인데, 우리 순심이는 아빠 들어오면 멀리서부터 현관에 서서 아빠 발걸음 소리만 듣고도 좋아하면서 뛰어나온다. 너희보다 훨씬 낫다. 오구~ 우리 순심이 아빠 많이 기다렸어요? 맘마 먹자."

정 둘 곳 없고 헛헛한 마음에 동물들이 보여주는 무조건적인 사랑이나 체온이 때론 사람 이상의 감동을 주기도 하나 보다.

반려동물을 키우는 인구가 1,000만 시대라고 하는데 반려동물을 키워 본 적 없는 나는 아기를 충분히 낳아 키울 수 있는 형편과 나이인데도 아기 대신 동물을 택하는 사람들에게 "왜요?"라고 묻게 되고, 배우자나 아기는 귀찮다고 하면서 똥, 오줌 못 가리는 개나 고양이는 또 엄청 사랑하는 게 아직도 아이러니이긴 하다. 혼자 살던 친구는 외롭다며 강아지를 키웠다.

"결혼할 신랑이 '삐야'를 싫어해서 분양 보냈어. 늙어서 데려가려는 사람도 잘 없는데, 거기다가 가기 싫다는데 떼놓는 게 너무 마음 아파서 며칠을 울었어."라고 말한다.

"신랑은 동물 싫어해?"

"응, 동물 냄새도 싫대서 우리 집에 잘 안 오고, 항상 내가 갔었지! 시어머니도 아기랑 같이 있으면 아기한테 안 좋다며 너무 싫어하신대서 어쩔 수 없었어. 같은 애견인끼리 만났으면 얼마나 좋았을까 싶기도 하고 우리 '삐야' 보고 싶어."

"응, 참 똑똑하고 정 많은 아이긴 했는데, 기운 내고 아기 빨리 가지면 되지." 아파서 죽는 일도 많고, 좋은 것보다 귀찮고, 싫은 점이 더 많을 텐데 도대체 내가 이해하지 못하는 사람을 이기는 반려동물의 매력이 뭘까? 궁금하긴 하다. 귀여운 것도, 예쁜 짓도 다 잠시일 텐데 말이다.

애완동물은 애완동물대로 사랑, 정, 교감을 나누고 오늘은 옆에 있는 가족, 친구, 연인에게 사랑한다고 말해보면 어떨까? 우리 부모님이 나보다 순심이를 왜 더 사랑하는지, 우리 부모님이 내게서 서운한 게 있으셨던 건 아닌지 대화도 해보고 순심이의 애교를 함께 감상해주며 아버지의 마음을 다독여 주면 어떨까? 분명 외로워서 말동무가 필요해서 그러신 것 같은데 말이다.

반려동물 시장이 커지고 있다는 것은 그만큼 사람에게 많이 다치고, 베여서 이젠 사람에게 정 주고, 마음 주기 싫어졌다고, 배신 안 하고, 잔소리 안 하는 짐승이 사람보다 백 배 낫다고 하는 이 말에서 우리는 힌트를 찾아야 하지 않을까? 내 강아지, 우리 강아지에게만 사랑을 주지 말고 주변이나 사회에 당신의 사랑을 기다리는 이들에게 다가가서 더욱 온정을 나눌 수 있게, 나에게 어떤 일이 있었는지 그래서 나는 얼마나 아팠는지 들여다보자.

안고 잠만 자는 아르바이트가 있다고? 아무 짓 안 하고 그냥 안고 자기만 해? 왜 그런 아르바이트를 고용하지? 사람들이 외롭긴 외롭나 보다. 강아지든, 고양이든 사랑해도 좋다. 사람이 못 해주는 걸 해 주는 분명 어떤 부분이 있겠지. 혹시 그러고도 마음에 아직 외로움이나 헛헛함이 남아있다면 그땐 사랑하라. 매번 새로운 사람과 마법 망토를 쓸 수 없다면 오늘은 마법 구두, 내일은 마법 모자 이렇게 다양한 삶으로 다양한 사랑을 나누길 바란다.

사랑하는 데 있어서만큼은 지치지 말자. 남녀 간의 에로스를 말하는 게 아니다. 오히려 요즘 시대에는 너무 무분별한 에로스가 넘쳐나서 탈이다. 세상의 사랑에는 종류가 많다 지나가는 이에게 친절을 베푸는 것도 어찌 보면 인류애, 사랑이 아닌가? 각박하고 험한 세상일수록 다양한 방식의 다양한 사랑을 실천하자. 회사에서 상사한테 받은 쪼임을 바로 아래 직원들한테 풀지 말고, 마법 망토, 안 되면 마법 넥타이라도 매고 한번 숨 고르고 응원해주는 것 또한 사랑이라고 생각한다.

택시 기사님이나, 택배 기사님, 상담원이 오늘따라 나에게만 까

사람이 답이다

칠한 것 같아도 같이 맞대응하지 말고 칭찬이나 응원을 보내보자. 나쁜 사람에겐 나쁘게 대하고, 착한 사람에겐 착하게 대하게 되어 있다. 소비자의 입장에서 물건이나 상품을 구매할 때, 부당한 대우를 받거나, 진정한 전쟁을 걸어온다면 생각해 볼 일이지만, 그것이 아니라 사람 대 사람이 하는 일이면 좀 더 너그러워져 보자. 사랑이 넘치고, 응원을 주고받으며 행복해지다 보면 잃어버린 줄 알았던 마법 망토를 찾아낼 수도 있지 않을까? 그땐 겁내지 말고 늦둥이도 만들고, 또 다른 행복감으로 세상에 사랑을 전하시길 바란다. 이런 식이면 세상에 사랑이 넘쳐나고 감사가 넘쳐나서 집집마다 웃음소리가 끊이지 않을 것이다. 주변에 좋은 사람이 많고, 그들과 함께 항상 다양하고 건강한 사랑을 나누는 그대, 당신이 있어 세상이 한번 웃을 수 있고, 조금 밝아질 수 있다면 그것으로 족하지 않을까?

영화 '엑스맨'을 보면 초능력자들이 나오는데, 일반인들과 섞여 살아가지만, 너무나 힘이 들고 고통스러워한다. 가족이나 친구들조차 쉽게 받아들여지지 않는 그들의 특별함, 인정받고 싶고, 사랑받고 싶던, 항상 외로운 그들은 초능력 학교에 와서야 비슷한 사람들이 있고, 아니 많고, 세상의 쓰임이 있을 수 있고, 이해받을 수 있다는 것에 행복감, 해방감을 느낀다. 나도 나의 또 다른 가족과 같은 초능력 학교와 같은 곳에서 좋은 사람들을 만나 사랑하고 또 사랑하며 사랑받으며, 치유 받고 웃고 행복해지는 중이다.

집에만, 내 소속 동물에게만, 내 가족이나 친구, 연인에게만 사랑을 바라다보니 생기는 헛헛함과 외로움, 이해받지 못하는 데서 오는 공복감은 너무나도 크다. 그런데 조금만 범위를 넓혀서 보면 나와 같은 사람들이 너무도 많다는 걸 알 수 있다. 긍정적인 사람을 만나라. 만나서, 그들과 함께 말하고, 듣고, 안아주고, 보듬어 주면서 다 함께 살아갔으면 좋겠다. 이젠 혼자 외롭지 않을 수 있다는 걸 믿길 바란다. 초능력 학교에 가면 우리와 같은 초능력자들과 함께 행복하게 지낼 수 있다. 당신은 혼자가 아니다.

사람이 답이다

변화와 치유

어제와 똑같이 살면서 다른 미래를 기대하는 것은 정신병 초기증세다.

— 아인슈타인

　나도 변하고 싶다. 이렇게는 더 이상 살기 싫다. 왜냐고 물으면 아버지 말대로 배때기가 부른 것일 수도 있고, 호강에 받친 걸 수도 있는데 내가 원하던 삶은 이런 게 아니었다. 그냥 되는 대로 하루하루 버티는 삶은 나답지 못하다. 하옥선답지 못하다.

　살아있는 것도, 죽은 것도 아닌 이 뭣도 아닌 삶. 당장 생활비에 카드값 걱정돼서 아무것도 안 하고 기껏해야 친구들 만나 밥이나 한 끼, 술이나 한잔 먹는 거로 행복하다고 최면을 걸며 흘려보내는 삶, 이렇게 대충 살아서는 5년 뒤, 10년 뒤의 나에게 부끄러울 것 같아 더는 안 되겠다고 브레이크를 걸고 떠난 여행마저 별 소득 없이 돌아왔다 생각했다.

　지금은? 이 모든 자극이 결국은 내가 글을 쓰는 이유가 되었다. 몇십 년 된 변비가 한꺼번에 해결되지 않듯 초반에는 많이 아프고 힘든 시간을 보냈지만, 집중 또 집중, 매일매일 써 나갔다. 내 마음속에 있는 묵은 똥들을 어느 정도 밖으로 밀어내고 나니 몸도 마음도 가벼워졌다. 한동안 안 쓰던 힘을 갑자기 쓰니 없던 두통이 생겨서 머리 아프다며 인상을 찌푸리던 시기를 지나 이젠 두통도 어느 정도 사라진 느낌이다. 이럴 수가 있나?

처음 글을 쓰고, 쓰고, 쓰다 보니 누군가에게 세상에 딱 한 사람에게만 보여주고 객관적인 평가와 위로, 응원 뭐 그런 걸 받고 싶었다. 딱 한 사람이라도 좋아.

짓무른 채 방치되어 썩어버린 상처, 상처받아 고꾸라져서 어디처박혀 조용히 살길 바라는 맘으로 세상의 나쁜 말들 모두 모아 내뱉었던 단어 중 하나였던 그 창녀라는 소리는 그때까지만 해도 입 밖으로 꺼내기조차 더럽고, 수치스러운 기억이었다.

"아이들의 생각과 표현이니 그냥 넘어가라. 너만 아니면 되지 않느냐. 넌 지금 아주 아름답게 살아내고 있는데 더 이상 그들이 심어놓아 자라버린 두려움의 독 나무를 싹둑 베어버리고, 그 자리에 행복의 나무를 심어라."라고 말해줄 수 있을까? 단 한 사람이라도 좋으니 객관적인 평가를 받고 싶다. 글이 어느 정도 완성되자 12월에 강연들은 적 있는 이은대 작가님이 생각났다.

"그래, 암 환자라고 국립암센터, 뭐 어쩌고 그랬으니 얼마 안 남으셨단 거지? 내 글을 읽고 잊어 주실 거야. 딱이야." 그리고 이은대 작가님의 글쓰기 수업을 들었다.

"응? 돌아가실 만한 암은 아닌 것 같은데? 피부암? 그걸로 죽지는 않을 것 같지? 어쩌지? 난 내 글을 보여드리고 싶어 온 건데. 이제 와서 '안 돌아가실 거면 안 보여드릴래요.' 할 수도 없고. 헐~" 나는 내 글을 며칠에 나눠 보내드렸다. 다듬고, 정리해서 그날그날 새 글인 것처럼 조금씩 보내드렸다. 첫 주가 지나고 둘째 주가 되었다.

사람이 답이다

딱 세 명의 목차를 뽑아오셨단다. '음, 누군지 몰라도 좋겠군.'이라고 생각하고 있는데 A4용지에 내 이름과 목차가 있었다. '응? 진짜 내 거 맞…' 놀랐다. 사실 '설마 읽으시겠어? 그렇게 바쁘시고, 제자도 많으신데. 내 글을 얼마나 깊게 보시겠어?'라는 의심이 사라졌다. 내 글을 읽지 않았다면 나오지 않을 목차였다. 뜨거운 무언가가 터져버리더니 흐르고 있었다. 내 아픈 상처를 글로 보니 무언가들이 떠올라서 울었고, 또 감사해서 울었다. '내 글을 읽으셨어, 읽으신 거야. 내가 드디어 내가 누군가에게, 처음 보는 사람에게 내 밑바닥까지 다 내보였다.' 스스로 이 눈물의 의미를 찾으며 대견해했다. 관심받지 못할 것도, 나를 보는 눈빛이 변할 것도 이미 예상했었다. 이 예상이 다 부질없는 상상이었음을 깨달았다.

　내가 믿고 내 상처 부위와 병을 거짓 없이, 겁 없이 드러냈기 때문에 의사가 정확하게 진단하고 수술계획을 짜는 건 어쩌면 당연하고도 쉬운 일일지 모른다. 내가 나를 못 믿고 집도의를 못 믿어서 계속 감추고 드러내길 부끄러워했다면 어디가 어떻게 아프다는 건지 어떤 수술을 하고 뭘 어떻게 치료해야 할지 모르는 의사는 환자 스스로가 마음을 열 때까지 기다릴 수밖에. 이 수술은 환자 본인이 해야 하는 게 함정이자, 가장 큰 장점이다. 의사는 진단과 수술계획만 잡아주고 경과를 지켜봐 줄 뿐 직접 수술을 해주지 못한다. 난 다 드러냈다. 뭘 이런 것까지 싶은 치부와 더러운, 모든 것들을 의사 선생님에게 보였다.

　'아파서 병원에 왔는데, 낫는 게 우선이지 감춰봐야 뭐하겠어?' 다행히 진단을 정확히 해주셨고, 세워주신 수술계획대로 천천히 조금씩 너덜너덜해진 마음을 한자, 한자 써내려갔다.

아픈 사람이 회복돼서 세상으로, 일상으로 돌아올 때의 두려움과 희열, 그리고 설렘이 이런 걸까? 내 육신이 더 크게 깊이 아프기 전에 아픈 부위를 치료한 것은 얼마나 큰 행운이 따른 것일까? 나의 이 모든 시련과 상처와 아픔이 있었고 극복하고 있기에 지금의 나는 남들보다 몇 배는 행복하다. 그동안은 겁이 날 정도로 나는 넘어야 할 산들이 많았던 삶을 살아왔다. 지금은? 이 그 산을 넘고 나면 그래도 다시 깊은 계곡을 만날 수도 배고플 수도 있겠지만, 다시 어떤 행복이나 감사가 찾아올 때 몇 배로 행복할 거라는 걸 알게 되었다. 혹독한 겨울밤이 있었기에 따스한 봄 햇살에 감격의 눈물이 흐르는 것이라는 걸 몸소 배워왔다.

춥고, 외로운 혹독한 한계의 끝인 것 같던 행군 끝에 부대로 복귀할 때의 울려 퍼지는 팡파르는, 그 기분은, 대한민국 남자들이 뽑는 군 생활 감동 NO. 3 안에 들어간다. 나는 지금 고단한 행군 중에 시원한 바람을 만난 것인지 오늘의 팡파르로 한동안은 어떤 훈련도 괜찮을는지는 알 수 없다. 그렇지만 상처를 치유하고 회복하고 '다시 걷는 것'과 그대로 '계속 걷는 것'의 차이는 느낀다. 난 다시 걸을 수 있도록 조금 쉬었다 가는 느낌이고 지금 글을 쓰고 있는 이 순간이 너무 행복하고 좋다. 나의 팡파르는 아직 울리지 않았다고 생각하는 편이 더 행복하려나? 뭐든 좋다. 함께 갈 전우들을 만난 기분, 덕분에 나도 더 열심히 나의 길을 힘차게 걸어가야 할 이유가 생긴 기분이다. 글을 쓰며 똥도 한판 시원하게 싸고 쉬었다 가서 행복한데, 함께 갈 전우들까지 만났으니 내 삶이 지금

사람이 답이다

행복하지 않을 수가 없다. 어떤 행군도 자신 있고 산도, 들도 함께 넘어 보자고 자신감이 붙을 수밖에. 자만하지 말고, 덤벙거리지 말고 새로운 길에 들어선 나를 경계하고 응원하면서 천천히 가볼 생각이다. 가고 있는 길에 답이 보이지 않고 확신이 없으면 주위도 둘러보고 쉬었다 가길 권한다. 내가 그래 보니 알겠더라.

수렁에서 나와 보니 그 수렁은 깊은 수렁이 아니었다. 범숙 학교로 봉사활동을 빙자한 예쁜 소녀들과 데이트를 다녀왔다. 그 소녀들은 상처를 치유하는 중인 아이들이다.

"이야~ 너희 정말 멋지다, 또, 뭐 기억에 남는 거 있어?"

"언니, 저희 말고 저 언니 있잖아요. 저 언니랑 다른 사람들은 국토 대장정 같은 것도 다녀왔어요."

"진짜? 헐~ 안 힘들었대? 누구?"

"안녕, 안녕, 너야? 국토 대장정 다녀왔다는 아이가? 어땠어? 할 만했어? 완전 힘들었지?"

"진짜, 죽는 줄 알았죠. 물집은 예사고, 그냥 걷기 싫고, 덥고, 춥고, 진짜 친구들 아니었으면 포기했을 거예요."

"친구들?"

"네, 지금은 졸업한 친구들인데, 같이 가면서 힘내자고 응원해주고, 노래하고, 같이 쉬면서 가니까 한 거지 혼자서는 절대로 못 하는 거예요. 장난 아니거든요."

우리가 가는 길도 어쩌면 이 국토대장정과 같지 않을까? 이 힘든 길을 혼자 가려고 하니 힘든 게 당연한 것 아닐까?

선생님의 사랑과 믿음이면
세상의 범죄자는 없습니다

몇 년 전 대학은사님과 만나 식사를 하게 됐다.

"요즘도 그때처럼 인기 많으세요? 예전만 못 하죠? 장가갔다고 인기 떨어졌어요?"

"에이~ 너희 때가 제일 재밌었지. 열정도 있었고, 해보고 싶은 것도 많았고. 요새는 서로 정을 안 주니 정이 안 간다."

"진짜요? 왜 그렇지? 그래도 눈에 확 들어오는 애들은 있죠?"

"응, 근데 뭐 애들 자체가 학교에는 별 관심이 없다. 취업에나 관심 있지. 뭐 요즘은 캠퍼스의 낭만은 1학년 1학기가 끝이다."

"그럴수록 더 '예쁠 때니까 지금 놀아야 후회가 없다'고 말씀해주세요. 잘 놀고 추억도 잘 만들어야 나중에 뭘 해도 더 잘할 수 있다고 취업이 다가 아니라고요."

"요즘 애들은 뭔가 영악한 느낌이다. 의심하는 삶을 살아온 게 생활화돼서 그런가? 자기 스스로도 못 믿고 의심하니 뭐 하나 제대로 하고 싶다고 할 수가 없지. 열등감 때문에 뒤처질까 봐 제대로 놀아지지도 않고, 남의 말을 들으려고 하지도 않고, 뭘 또 스스로 결정하고 책임지고를 해본 적 없으니 겁도 날 수밖에."

교수님을 만나고 돌아오는 길이 더 허전하다. 스스로 뭘 결정

사람이 답이다

해본 적이 없어서, 책임지는 게 겁나니까 아무것도 못 한다고? 나도 부모가 되면 아이가 내리는 결정을 지지할 수 있을까? 아니, 아무리 세상이 변했다지만 선생을 선생으로 안 보는 사회가 미래가 있어?

요즘은 영유아 반, 신생아 반이라는 단어가 있을 정도로 일찍부터 아이들이 부모의 품을 떠나 단체생활을 시작하고, 교육을 시작한다. 그 교육의 중심에는 선생님이라는 존재들이 있지만 어떻게 된 게 요즘은 선생님의 권한이라는 것이 예전보다 축소되다 못해 학부모의 눈치를 보는 상황이고, 권한과 함께 열정도 줄어들었다고 선생님들 스스로도 그렇게 말씀하신다.

"선생이라고 뭘 할 수 있고, 가르칠 수 있는 시대는 지난 것 같다. 그냥 애 봐주는 보모 수준이지. 인생관이나, 철학적인 이야기를 했다간 당신이 뭔데 우리 아이에게 쓸데없는 소리를 늘어놓느냐며 다음 날 득달같이 달려와 쏘아붙이거든."

선생님들을 존중하고 그들에게 아이를 잘 부탁한다고 예전보다 더 지극정성을 부어도 부족할 만큼의 시간을 아이들이 부모가 아닌 그분들 손에서 자라는데, 그들에게 저렇게 함부로 하면? 결국, 그게 다 아이들에게 간다는 생각은 안 하나?

내가 어릴 때, 나를 착한 아이라고 믿어주는 선생님들께는 그에 맞는 보답을 하려고 더욱 멋지고 착한 일들만 했다. 예를 들면 급식소에 아이들이 밥을 먹고 의자를 제대로 넣지 않고 일어나면 난 내 밥을 다 먹고 나서부터 놀이를 했다. 의자 넣기 놀이! 저학년들은 그 제대로 되어있지 않은 의자로 인해 다칠 수도 있거니와 단순히 의자만 넣어줬을 뿐인데 일이 많이 줄었다며 사람들이 좋아했다.

난 뛰어다니면서 놀 수 있는 놀이터를 찾은 셈이었고, 칭찬까지 들어가며 놀 수 있었다. 이 놀이로 식사를 늦게 하시는 행정 선생님이나 교장·교감 선생님들의 눈에 들어 선행상도 받았고, 글을 쓰면 잘 썼다고 복도에 걸자 하셨다. 반에 무슨 일이 생기면 내게 먼저 이 아이랑 저 아이 사이에 무슨 일 있냐고 너희들이 볼 땐 어때 보이냐고 물어보시기도 했다.

유광지 선생님 때 가장 행복했었다. 아픔과 함께 공존하는 행복은 그 행복을 배로 만든다. 어쩔 수 없는 상황에 집중하지 말고, 할 수 있는 모든 걸 다해 행복해져라. 11살 때 저금통 사건으로 알몸으로 물대포를 맞고 전봇대 앞에 서 있던 그 사건 이후 또 사는 곳을 옮겼다가 12살 때 연이어 옆집 아저씨에게 성폭행을 당했다. 공짜 좋아하던 알코올중독 할머니는 자신의 손녀딸을 그렇게 만든 그놈을 신고했지만, 두 번씩이나 마트 장거리에 나를 팔아먹은 할머니는 평생 용서가 안 된다. 연이은 충격으로 어른들 자체에 대한 분노가 극에 달해있었다. 나이 먹었다고 다 어른다운 어른이길 기대하면 안 된다. 어른들이 더 나쁘고, 어른들이 더 바보 같다고 생각하던 시절에 학교에마저 천사가 없었으면 난 어떻게 됐을까?

내 인생에 절대적 변화를 준 건 고등학교 담임들이지만 그 고등학교까지 오기 위해 실은 난 담임 복이 꽤 많았다. 그냥 있는 그대로의 나로 봐주는 것만으로도 얼마나 행복한 건지 느꼈다. 아빠는 장어배 타러 나가서 생사를 알 수도 없고, 누구 하나 지켜줄 어른도 없는, 천애 고아나 다름없는 나를 가정형편과 상관없이 그냥 끼

많고, 호기심 많은 밝은 하옥선으로 봐주신 것에 감사하다.

초등학교 때 밝은 나의 가능성, 마음씨, 끼를 봐주지 않고 환경, 상황, 형편만 놓고 봤더라면 난 많은 불량청소년을 양성해내는 악의 축이 되었을지 모른다. 악의 축! 가능했을 것 같다. 따르는 친구들과 보여주기 식 장난을 치며 놀 때, 벨 누르고 도망가기가 아니라 더 과감해 보이려고 더 과시하려고 빈집털이범으로 발전했을 가능성? 있다. 충분히. 내 눈엔 세상이 온통 훔치고, 괴롭히고, 깨고, 부수고 싶은 것들이 널려있었다. 그때 나를 잡아준 건 선생님들의 믿음이었다. 그 믿음마저 저버린다면 더 이상 숨을 쉬고 있을 이유 따윈 없었다.

내 아버지도 버거워하는 나는 언제, 어디서, 무슨 나쁜 짓을 해도 다 어른들 탓으로 돌려도 될 정당한 명분도 있었다. 하지만 그렇게 더 세상이 원하는 대로 망가지기 싫었다. 내 안의 나는 약하고, 여려서 보호받고 사랑받고 싶지, 강한 척 못된 척하느라 애쓰고 미움받고 싶지 않았다. 얼마나 다행인가? 중학교 때 윤숙현 선생임, 강미라 선생님, 김석민 선생님 모두 생생하게 기억할 만큼 그냥 있는 그대로의 나를 봐주시고 믿어주셨다.

집에선 문제아, 감당하지 못할 별 나디 별난 아이였지만, 나를 믿어주고 응원해주시는 선생님과 나의 활동적인 면, 발랄한 면을 좋아해 주는 친구들이 있는 학교는 내겐 놀이터였다. 키도 초등학교 3학년 때 6학년 언니들과 비슷할 정도로 커서 벌써부터 육상부도, 치어리더 팀에도 들어가 언니들에게 불려 다니며 응원가를 배워다가 친구들에게 가르치는 놀이를 했다. 초등학교 시절 난 엄마 없는 아이 같지 않다는 말을 많이 들었다. 친구들이 "엄마, 옥선이는 엄마가 없대요."라고 말해도 "그래? 옥선이가 그랬어? 그래도 그 아이는 할머니랑 살아서 그런지 예의도 바르고 씩씩하더라. 옥선이 한 번 우리 집에 데려와 밥 먹자."라고 했다.

당당하고, 반 아이들 두루두루 살피고, 매일 다른 친구네에 가정 방문하는 그 별남이 신비한 매력으로 발산되고 있었다. 문제가 생기면 일단 부모가 선생님을 먼저 찾아온다. 그 아이는 어떤 아이냐? 우리 아이와 이런 다툼이 있었다더라. 이때 선생님들 눈에도 그 아이에 대한 시선이 안 좋으면 그 아이의 미래는 끝이다. 뒤가 없다. 하지만 선생님들이 부모에게 신뢰를 주면서 "상황을 이미 알아봤고, 이 정도로 열심히 사는 아이다. 밝고 긍정적인 아이다. 이런 일이 있어서 이렇게 된 상황이더라."며, 목격한 아이를 불러 설명을 시켜 주셨다. 죄인이 아니라 목격자 진술을 확보하시고 상대방 부모를 진정시킨 다음 내가 상처 안 받게 먼저 커버해 주신 거였다.

교실에서 싸움이 벌어졌고 난 앞니가 나가고, 남자애는 콧대가 부러졌다. 난 그때도 키가 성인인 지금만 할 때여서 대장처럼, 수호자처럼 남자아이들이 여자아이들을 건드리거나, 싸움이 났다고 하면 내가 달려가 말리거나 시시비비를 가려주곤 했다. 그날도 사소한 장난이 싸움이 되었고, 내가 중재에 나서자 남자아이가 간섭하지 말라며, 분에 차 나를 힘껏 내리친 건데 나는 그걸 또 못 참고 주먹과 팔다리를 휘두르다가 콧대에 문제가 생겼다. 두 아이 다 피를 질질 흘리며 집으로 갔고 양쪽 집에선 난리가 나야 하지만 난 그때 제대로 치료를 받지 않아 아직도 앞니가 약하다. 이후에 난 싸움에 휘말리진 않았다.

"야! 각자 문제는 각자가 해결하자. 나 믿고 싸움 만들지도 말고. 잘못하면 크게 다치더라. 이건 싸움이지 장난이 아니더라. 장난으로 몸싸움하고 놀 것 못 되더라."고 아이들에게 선언했다. 나를 지켜주신 선생님이 없었다면 어떻게 됐을까? 내 가정환경만 보고 판단하는 선생님이었다면 나는 어떻게 됐을까? 중학교는 갔을까? 내가 그럼에도 불구하고 이렇게 밝게 자랄 수 있었을까? 여태껏 나는 내가 잘해서 여기까지 온 거로 생각했다.

가시밭길을 혼자 맨몸으로 헤쳐 왔으니 얼마나 아팠겠냐고 스스로를 달래며, 벌거벗은 맨몸의 여자아이를 이런 가시밭길에 홀로 걷게 한 세상을 원망하면서 왔다. 그런데 요즘 내가 나를 조금 치유하고, 다시 내가 살아온 시간을 돌아보니 내 주위엔 그 가시밭길 속에서도 조금 더 나은 길, 조금 더 따뜻한 길로 안내해주는 분들, 그리고 주저앉지 않도록 도와주신 분들이 분명히 있었음을 다시금 깨닫는다.

선생님에게 나는 밖에서 어떤 나쁜 짓을 해도 잠은 집에 들어와서 자는 망나니 둘째 아들 같은 느낌이었을지 모른다. 그래도 집에는 들어온 자식인지라 잔소리나, 구박은 하지 않고 밝게 있어 주길, 자라주길 바라는 그 마음이 전해졌다. 그 망나니 아들도 결국 한 학년, 한 학년 올라가더니 졸업도 하고 고등학교도 갔다. 나에게 학교는 오히려 집보다도 안전하고 고마운 곳이었다. 중학교 때 학교 안에서 나를 못 괴롭혀서 안달 난 칠 공주들이 있었지만, 우리같이 부모 없고 상처 많은 15살 아이들이 학교가 아닌 세상 던져지는 순간 그땐 진짜 먹잇감이 된다는 걸 본능적으로 알았던가 보다.

세상에 던져지기에는 아직 많이 연약하고 약한 아이들에게 집은 감옥이나 지옥일 테니 학교라도 안전한 또 다른 가족, 부모가 되어 주어야 한다는 생각이다. 선생님들께서 혹시 이 글을 보고 있다면 나같이 진짜 관심과 보호가 필요한 학생을 선입견 없는 시선으로 따뜻하게 바라보고, 지켜주고, 응원해주는 분들이 되어 주셨으면 좋겠다. 나이가 들어서 보니 학부모회가 오히려 교장·교감보다도 힘이 있고, 그 학부모회는 돈 있고, 시간 있는 사람들이 주류를 이룬다는 걸 알았지만, 학교가 마지막 보루인 아이들을 제발 세상 밖으로 밀어내는 데 선생님들이 앞장서지 않으셨으면 좋겠다.

이 장마가 지나갈 때까지만 세상으로부터 지켜달라고 애원하는 것이다. 악의 축으로 내몰아서 사회를 더 어둡고, 습하게 만들 것인지 평범한 학생으로 자라 결혼식 준비해주는 사람, 피자 구워 사람들 먹이는 게 즐거웠던 사람, 글 쓰는 게 행복한 사람으로 만들 것인지는 지금 당신들의 시선, 눈빛으로 결정된다는 것을 부디 명심해 주었으면 좋겠다.

그동안 어린, 여린, 별난 하옥선을 있는 그대로 봐주신 저의 담임선생님들께 감사드립니다. 선생님들은 제 엄마였고, 아빠였고, 누구보다 멋진 어른이셨습니다. 선생님들이 제 뿌리이고, 기둥이십니다. 감사합니다.

새로운 사람들

며칠 전 나의 32살 생일파티가 있었다. 여태껏 우리는 기껏해야 자리 잡고 앉아 술집에서 틀어주는 생일축하노래에 맞춰 노래 불러주고, 눈빛을 주고받고, 선물을 주고받고, 사진촬영을 한 후 술을 마시고, 노래방에 가서 또 술 마시며, 노래 부르며 단출하게 보내왔다.

별 기대하지 않았던 우리들의 생일파티, 그래도 그렇게라도 친구들과 함께할 수 있어서 좋다며 흥에 겨워하던 시간들, 그동안은 그랬었다. 이번 생일파티가 있기 한 달도 전에,

"옥아, 너 요즘 많이 밝아지고 웃는 게 예뻐진 게 새롭게 알게 된 분들 덕이라고?"

"응응, 그분들 없었으면 또 꼬꾸라졌을지도 모르지. 날 많이 응원해주시고, 있는 그대로 사랑해주시지. 요즘은 진짜 기가 살았어."

"사랑? 에이 그건 모르지. 누구누군데? 나 연락처 좀 보내 줄 수 있나? 나도 좀 알자. 넌 사람을 너무 잘 믿잖아."

"그런가? 진짜 괜찮으신 분들인데, 근데 뭐 네가 알아둬도 좋을 분들이긴 해."라며 무례한 짓 할 아이는 아니니까 별걱정 없이 전

송했다. 그리고 며칠 후,

"옥아, 옥아, 옥아!"

"응, 응, 응?"

"이번 네 생일파티는 펍에서 할까? 점장이 자기도 생일파티 못 했다고 같이 할까 하고 묻는데?"

"응, 뭐 난 상관없어. 재밌을 것 같네." 또 며칠 뒤,

"옥이야~"

"응?"

"네 생일파티 날, 너의 그 도다리 새 친구들도 부를까?"

"다들 바쁘실 텐데, 오실 수 있을까? 그래! 하긴, 오실 수 있는 분들만 오셔도 행복할 것 같긴 하다."

"그래? 네가 부르고 싶은 분들 있으면 불러. 이번엔 재밌게, 좀 새롭게 해보자. 준비는 내가 다 할게. 넌 그냥 네가 좋아하는 사람들 초대만 해."

"진짜? 그래도 돼? 너 준비할 시간 없을 텐데, 그렇게나 맘 쓰고 신경 써도 되나?"

"뭐, 크게 거창하게 할 거 아닌데? 뭘 바라지는 마래이~"

"응응, 네 마음이 예쁜 거지. 고맙다, 라호야." 아이들 가르치는 일을 하는 친구라 봄에는 신학기에는 더욱 바쁘다면서도 공부는 해야겠다며 하루를 이틀 분량으로 꽉꽉 채워 사는, 매일 목이 쉬어 있는 놈이 내 생일파티까지 준비해준다니 반갑고 고마우면서도 대충할 성격이 아닌 것을 알기에 걱정도 됐다.

그렇게 생일파티 날이 되었다. 오실지, 못 오실지 모르겠다던 너

사람이 답이다

무 바쁜 윤 대표님, 12월에 무대에서 보고 내가 첫눈에 반해버린 춤추는 마술사 김승주 선생님, 31살에 직장 그만두고 산티아고 순례길 걸으러 떠나는 상우 씨, 도다리의 처음 친구이자 같은 동네 살면서 내 피자를 사랑해주던 숨은 고객님 너무 예쁜 인연 도유 언니, 내 연예인, 내 사랑, 내 변화의 시작 현정 언니. 모두 모두 와 주었다. 무슨 이런 일이, 최근 내 고민을 가장 많이 들어주는 민우, 내 17년 된 친구 또치, 고운 정보다 미운 정이 더 많이 든 12년 차 대학 친구 진이, 이 모든 걸 기획하고 준비해준 멋진 자극제 라호. 그리고 행복한 하루에 걸맞은 헤어와 의상을 준비해주겠다며 소꿉놀이처럼 내 설렘을 위해 애써준 내 친동생 은미까지 꿈같은 시간, 행복한 시간이었다. 영상편지 속에서 만난, 인생 중에 절반을 같이 살 부딪치며 살던 만두와 경원 언니, 내 조언으로 힘든 사춘기와 왕따를 극복하고 지금은 행복하다던 친구의 제자까지 모두 모두 반가웠다.

내가 이런 사랑을 받을 자격이 있는 사람인가? 내가 이토록 사랑 받는 사람이었는데 왜 나만 정작 모르고 살면서 '아프다, 힘들다.'며 내 상처만 들여다보고 살았을까? 이젠 진짜 다시는 예전 돌아가지 않으리라. 이곳에 모여 준 내 사람, 내 사랑들을 위해서라도 용기 내보리라 다짐했다. 내가 못 느끼고 있었을 뿐 실은 이미 많은 사랑을 받고 있었는데 불평하고, 투정부리느라 모르고, 느끼지 못하고 지내온 나 자신에게 부끄럽고, 그럴수록 이 자리를 만들어준 친구들과 참석해준 에너지쟁이들에게 뭘 어떻게 감사해야 할지 몸 둘 바를 모르겠는 과한 사랑을 받았다.

상처만 쳐다보고 있으면서 한탄만 하고 있을 때는 몰랐던 세상, 알면서도 간과했던, 당연시했던 이미 내 가족과 같은 오랜 친구들이 내가 세상을 향해 나오려고 마음먹으니 이렇게나 성대한, 격렬한 환영인사를 해주고 있었다. 내가 너무 어리석었다. 세상에 아무도 내게 관심이 없는 게 아니었는데, 내가 눈을 감고 무섭다고 울고 있었지, 사실은 내가 눈을 뜨기만 하면 내 사람들은 나를 응원하고 있었다.

세상에 나와 있는 자기계발서에 긍정이 어쩌고, 행복이 어쩌고, 웃으면 어쩌고 하지만 그게 그렇게 와 닿지를 않았다. 먹고 살기도 어려운데, 뭘 그렇게 긍정하라는 거냐고 삐딱하게 보던 내가 이제야 그 말이 무슨 말이었는지 알게 되었다.

꾸준한 관심과 사랑을 받고 내 마음의 상처들이 조금씩 치유가 되고 나니 웃을 일이 생겼고, 웃을 일이 생겨서 웃다 보니 더 좋은 더 많은 웃을 일들이 따라왔다. 내 오래된 친구들이 하는 응원에 무덤덤해지고 있었나 보다. 그동안 꾸준히 해오던 내 고민인지라 듣는 이도, 하는 이도 이젠 그 이야기에 지쳐갔나 보다. 몰랐다. 그들은 내가 제발 이제 그 두려움에 그만 갇혀있으라고 제발 눈을 떠 세상을 좀 보라고 했었는데, 원래 똑같은 말이라도 엄마 말은 안 들리고 남의 말은 들린다더니 그런 걸까? 아니면 날 사랑해주시는 이 특별한 에너지쟁이 친구들이 정말 대단한 힘을 가진 걸까? 안아주고, 같이 울어주던 이 언니들 덕분에 난 드디어 그동안 내 사람들이 그렇게 말하던, 바라던 대로 눈을 떴고, 일어났고, 걸어서 지금은 문밖으로 드디어 나간다. 내 웃음이 이렇게 예뻤다는 사

사람이 답이다

실을 지난 6~7년 동안 잊고 살았다는 게 억울하다가도 이제라도 알게 된 것에 감사하게 된 것은 정말로 내가 건강해지고 있다는 증거가 아닐까?

지금 곁에 있는 소중한 사람들 그만 괴롭히고, 스스로 치유할 힘도, 용기도 없다면 뭘 하긴 해야겠는데 뭐부터 시작해야 할지 모르겠고, 앞으로 어떻게 살아야 할지 암담하고 답답해서 잠조차 이룰 수가 없다면 나처럼 쏟아내고 뱉어야 한다. 우린 체했다. 급하게 먹다 체했고 안 맞는 걸 억지로 쑤셔 넣다 체했다. 뱉어내라. 쏟아내라. 그래야 살 수 있다. 그게 글이나 일기면 제일 좋겠고, 새로운 긍정적인 에너지를 함께 나눌 수 있는 곳, 사람, 모임이 분명히 있고, 많으니 말을 해보는 것도 좋을 것 같다. 내 친구들에겐 식상한 내 이야기가 새로운 사람들에겐 자극도 교훈도 될 수 있다. 이 글을 읽고 있는 당신도 내 변화가 느껴지는가? 혹시 앞으로도 그대로 살아야 한다는 게 두렵지는 않은가? 만약에 혹시 내 변화에 조금이라도 공감하거나 부러움을 느낀다면 당신도 당신 속에 박혀 있는 가시, 화살, 칼날들을 뽑아내고 두려움에 눈을 질끈 감아버린 그 세상에서 눈을 뜨고 한 걸음만 밖으로 나와 새 피를 수혈받듯 건강한, 새로운 사람들로부터 새로운 사랑과 에너지를 받으며 이젠 자신을 용서하고, 응원해주고 달래서 상처가 아무는 것을 경험해보길 바란다. 내가 건강해지면 나뿐만 아니라 나를 사랑하는 사람들도 웃음을 찾을 수 있다는 걸 배우는 중이다.

세상을 밝히는 기술

어젯밤, 현정 언니와 카톡을 주고받았다.

"옥선아, 나 요즘 너무 행복해."

"저도요, 언니. 저도 요즘 너무 행복해요."

"너무 과분한 사랑을 받는 것 같아."

"저도요, 언니. 저는 여태껏 다들 '안 돼', '조용히 좀 해', '목소리 좀 낮춰. 너 소리밖에 안 들려', '사람들이 쳐다보잖아'라는 말만 들었는데, 요즘은 제가 뭘 해도 애들 재롱떠는 것마냥 예뻐해 주시는 언니야들 있으니까 기가 살았어요. 진짜, 진짜 말도 못하게 행복해요."

"넌 충분히 사랑받을 만하단다. 옥선아, 그러니까 일부 사람들이 그런 시선을 보낸다고 해도 기죽지 말고, 맘 상해하지 않아도 돼."

"네, 언니, 언니도 정말 존재만으로도 사랑스러워요. 이렇게 과분하다 느끼는 그 마음조차 사랑스러운걸요?"

그렇다. 요즘 내가 예뻐지고, 기가 살고, 신이 나고, 행복한 게 그동안 안 돼, 안 돼 하며 누르고 살았던 거 맘껏 해보는 중이어서다.

가고 싶으면 가고, 놀고 싶으면 놀고, 하고 싶으면 하고, 먹고 싶으면 먹고, 보고 싶은 사람은 보고, 울고 싶으면 울어서 행복하다. 싫

사람이 답이다

은 사람들 억지로 맞추느라 나를 죽이지 않고 사느라 행복하다.

특별히 애쓰지 않아도 존재만으로도 그냥 예뻐해 주는 그 마음이 너무 슬프고 너무나도 감동적이다. 이제 와서 이런 사랑을 처음 받아본 것에 슬프고, 이제라도 이런 사랑을 받은 것에 온몸이 저릴 정도로 감사하다. 그야말로 감동이다.

세상을 밝히는 기술은 여기에 있다. 나처럼 사는 것? 아니 나처럼 살 수 있도록 사람들이 따뜻한 시선을 보내는 것. 어떤 편견도, 선입견도 가지지 않고 긍정의 신호를 보내 주는 게 기술이다. 어렵다. 나조차도 문득 올라오는 피해의식, 자격지심과 같은 단어들이 주는 열등감 때문에 나는 나를 지키고자 약간의 불이익이나 부당한 대우를 받을 때마다 폭발하기 직전까지 갔다.

사실은 무수히 폭발시키며 살았다. 나에게 걸린 상담원이 어리바리하거나 못 알아듣고 했던 말 또 하고, 또 하게 만들 때, 보험 가입 시에 없던 이야기가 보상 때 나오는 경우, 녹취내용까지 찾아내서 전쟁을 치르는, 그래서 친구나 가족, 내 오래된 과거의 남자친구는 내게 "전사의 피가 흐른다."고 놀렸다. 이때 폭발해서 서로 기분이 나쁠 수밖에 없지만 폭발한다고 해결될 것도 아닌데 일단 나를 무시하는 기분이 들거나, 시간 낭비, 에너지 낭비를 하게 만든다는 생각이 들어 쏘아붙일 때, 상대방의 목소리가 떨리거나 당황하거나 땀을 뻘뻘 흘리는 중인 것이 느껴져야 이긴 기분이 들었다.

지금은? 가끔 진짜 욱하지만 일단 화를 내서 내 기분을 상하게 할 가치가 있는지 나에게 묻는다. '옥선아 너 화낼 거야?' 그렇게 나에게 한 번만 물어봐도 벌써 '아니, 좋게 이야기해도 될 것 같아.'라고 대답이 오는 경우가 많다. 또 아니면 내가 원하는 게 있는 것인지 묻는다. '야, 내가 원하는 게 이런 거라는데 저 사람이 못 알아듣고 있잖아. 근데 화가 안 나겠냐고 내 시간을 저 사람이 얼마나 잡아먹고 있냐고!'라는 생각이 들면 "저기요, 이 부분은 처음이신가요? 지금 저랑 코드가 잘 안 맞고 있는 듯해요. 노련하신 분으로 부탁드립니다."라고 말한다. 그러면 훨씬 더 프로와 프로다운 보상이나 대안을 논하기가 쉽다.

세상에 누구에게나 처음이 있다. 그래서 여유 있고, 시간 있을 때는 천천히 기다려준다. 농담도 하고 천천히 크도록 기다려주거나, 오히려 더 정확히 분명하게 원하는 걸 말하기도 한다. 하지만 그냥 그 사람이 싫은 경우도 있다. 내 급한 성질머리에 비해 심하게 천천히 업무를 보시고, 묻고, 묻고 또 묻는 저런 과한 친절이 짜증을 불러일으키거나 손님들은 줄을 서 있는데 테이블을 늦게 치우거나 손님이 앉은 지가 언젠데 주문받을 생각이 없는 직원을 볼 때 '뭐지?' 하고 또 스물스물 뭔가가 올라온다. 그때 나에게 긍정으로 다시 묻는다. '그 사람이 나를 못 본 거겠지?' 아니면 '오늘 무지 바빴나 보다', 것도 아니면 '오늘 집이나 친구 또는 남자친구 때문에 뭐가 안 좋은가 보군.' 하고 좀 더 가족이나 친구처럼 보는 습관을 기르는 중이다.

"저기요, 못 본 거죠? 주문해도 될까요?"

"오늘같이 사람 많은 날 잘하면 사장님들 눈에 들기 좋아요. 나도 가게 해서 알거든요. 힘내요. 그래도 잘하고 있어요." 이렇게 말하고 나면 오히려 더 마음에 여유가 생긴다.

사람이 답이다

"빠른데요?", "친절하시네요."라고 내가 받고 싶은 대우를 미리 칭찬해 주기도 한다. 이전에 바쁘고, 급하고, 재촉하고, 성질 낼 때는 '내 돈 내고 내가 이 정도 요구하는 게 왜? 당연한 거 아니야?'라고 생각했었다. 그런데 지금은? '그 일을 하는 건 사람이잖아. 사람이랑 하는 건데 뭘 그렇게까지 할 필요 있어?'를 생각하게 됐다.

물론 진상들, 까칠한 예전의 나 같은 고객들을 위한 서비스가 존재하는 걸 알지만 어지간한 상황에서는 굳이 이용하고 싶지 않아졌다. 이제는 먹고살 만하니까, 금전적으로도 여유가 있으니까 하는 이야기 아니냐고? 아니다. 지금은 피자가게를 하는 사장님이 아니다.

고가 브랜드 하나, 저가 브랜드 하나 해서 두 개를 가지고 광고비 천만 원씩 주던 사람일 때가 돈에 여유가 있을까? 자유인, 곧 백수가 여유가 있을까? 금전적인 여유는 오히려 많이 너무 많이 차이가 난다. 백수가 무슨 여유가 있어 조금만 싸워주면 얻을 수 있는 혜택들을 포기하느냐고? 이젠 그 싸울 때 들어가는 내 에너지가 아깝다고 말하는 게 가장 정확할 것이고, 화가 잘 안 난다. 안 내 버릇하니까 화내는 근육이 퇴화되나? 한동안 웃을 일 없어 웃는 근육이 굳어서 웃어도 이상한 느낌일 때랑 같은 느낌인가? 내가 한번 참음으로써 나도, 세상도 조금씩 나빠지지 않고, 내가 한번 웃고, 미소를 지음으로써 나도, 세상도 조금씩 좋은 방향으로 옮겨오고 밝아진다고 믿게 됐다. 나에게 혼이 빠질 때까지 탈탈 털린 그 상담가나 아르바이트들 역시 누군가의 아들, 딸이고, 누군가의 친구, 연인일 텐데, 대기업에 고용된 노예로서 합당한 대우를 받으며 사는 것도 아닐 텐데, 그들이 그 일터 밖에서 기울이는 술잔 속에 얼마나 많은 설움과 노고가 담겼을까? 나까지 굳이 눈물 한 방울, 소주 한 잔 더할 필요가 있을까? "단련시키고 훈련시켜 주는 거야. 나를 거쳐 가고 나면 얼마나 프로로 성장해 있겠어?"라고 정당화하던 내가, 그냥 웃어주고 실수를 눈감아주고 담담히 기다려주는 게 오히려 그들을 성장시키는 일이라는 걸 느끼게 되었다. 한동안 잊고 살았었다.

웨딩 플래너 시절, 눈발이 제법 거세던 겨울에 이희정 신부님과 드레스 숍을 가기 위해 학동사거리에서 만났다. 청담사거리를 가기 전 어디쯤이었다고 생각했다. '조금만 더 가면 있을 것도 같은데…'라며 그 일대를 15분? 20분? 오르락내리락 거리며 업체와 통화를 하는데도 신부님도, 나도 도대체 감을 못 잡고 있었다.

"어, 어, 신부님 너무 죄송해요. 어딘지 너무 헷갈려요. 어디지?" 눈발은 점점 굵어지고 몸은 점점 차가워지는데 한번 잃은 길은 점점 더 모르겠는 혼란에 정신을 못 차리고 있었다.

"플래너님 괜찮아요. 저도 소문난 길치라서 이해해요. 천천히 하셔도 되세요."라며 오히려 내 손을 잡아주었다. 신부님 손도 차가웠다. 내 손을 꼬옥, 따뜻하게 힘을 주어 잡아주었다. 어떻게든 찾아보려고 끙끙거리던 내게 그 체온과 마음은 너무나도 크고 감사했다. 그제서야 수화기 너머의 소리가 귀에 들어왔다. 강남구청역 방면으로 올라가다 보니 '그래, 기억이 났다!' 짜증이나 화를 내는 것도 이해되는, 충분히 감내해 내야 하는 상황이었다. 그런데, 위로와 함께 건넨 따뜻한 체온과 마음은 내 긴장과 초조함을 한 방에 녹여주었고, 이성이라는 걸 차리는 데 힘이 되었다. 신부님도 내게 돈값이나 시간적 효율 뭐 그런 것들을 따지며 내게 다그쳤었다면 나는 어떻게 변해 있을까? 하루, 하루가 선택의 연속이고, 인연의 연속이다. 작게는 버스나 지하철에서 식당이나 마트, 엘리베이터 안에서 다들 별 생각 없이 스쳐 지나가기도 하고 어떤 중요한 순간을 맞이하기도 한다. 그때 우리의 자세를 생각하게 됐다.

좋은 인상과 이미지를 줄 수도 있고, 그렇지 않을 수도 있다. 당장 내 감정에 치우쳐 남의 감정을 보지 못할 수도 있다. 하지만 조금만 여유를 가지고 한 번만 생각해서 웃는 얼굴로 또는 이해하는 마음으로 내 가족이나 연인들을 대하듯 다정함을 조금만 나누어 주면 어떨까? 돈 드는 게 아니고, 시간 드는 게 아니다. 내가 미소를 보이고 나면 내 마음도 밝아지는 걸 느낄 수 있다. 따뜻한 시선 보내기, 응원의 말 한마디, 그리고 함께 있어 주기, 세상을 밝히는 데 대단한 기술은 필요 없다.

나보다 먼저 장애를 가진 힘든 길을 간 사람들이나 조금 다른 선택을 해서 남들과 조금 다른 삶을 살아내는 이들에게 굳이 차갑거나 따가운 시선을 보내서 주눅 들게, 기죽게 할 필요가 있을까? 우리도 언제, 어떻게 그런 상황이나 순간에 놓일지 모른다. 또, 그들 중에 우리에게 빅뱅, 블랙홀을 알려준 스티븐 호킹이 있을 수도 있고, 전 세계인이 사랑한 가난한 화가 빈센트 반 고흐가 있을 수 있다고 해도 그런 시선을 보낼 수 있을까?

하고 싶은 거 하면서
살 수 있어

바람의 노랫소리, 꽃잎의 인사, 노을의 위로를 느껴보러 홀로 여행을 떠날 계획을 세운다. 그동안은 혼자가 싫었다. 함께 웃고 떠들 때는 몰랐던 내 안의 슬픔, 아픔, 상처를 삼킨 짐승 한 마리가 언제 튀어나와 나를 잡아먹어 버릴까 봐 무서워서 술에 취해 얼른 잠들어버렸다.

고단한 하루를 잊어내고 외로움을 떨쳐내는 나만의 방식이었다. 술 없이는 살 수 없던 예전과 달리 요즘은 술을 일부러는 찾지 않는다. 술병만 흔들어도 까르르 웃던 나를 기억하던 친구들에겐 미안한 일이다. '이 한잔으로 오늘은 버텨보고 내일은 죽자'를 되풀이하며 이겨낸 10대 때는 술에 취하지 않고는 버틸 수 없었다. 20대 때는 술에 미쳤었다. 함께인 것이 좋아서 마시고, 힘든 일 달래며 마시고, 축하한다며 마시고, 오늘은 특별히 안주가 좋다고 마셨다.

30대에는 드디어 가끔 즐길 수 있게 되었고 40대에는 술이 없어도 되지 않을까 생각한다. 30대에 접어들면서 술을 일부러 찾지 않게 된 이유는 최근엔 술에 취하지 않아도 취해 있는 듯한 행복감에 젖어 살기 때문이다. 술을 먹어야만 잠들 수 있을 만큼 고단하고 고달프지 않다. 술을 먹어야 업이 되고, 신이 나는 게 아니어서 행복하다. 요즘은 매사에 모든 게 감사하고 고맙다. '헬'조선에 사는 자영업 때려 친 답도 없는 백수에, 남자친구도 없는 32세 미혼 여자가 뭐에 그리 신이 나서 그 좋다던 술도 별로고, 이 요지경 세상이 고맙다는 건지 이해가 가지 않는 게 당연하다. 나도 요즘의 나는 정말 이해가 되지 않는다. 돈보다 자유를 선택하고, 여자 혼자 여행 다니는 거 위험하다던 사람들을 뒤로하고 여행을 준비 중이라니. 여태 외롭다며 중학교 때부터 친구까지 불러 북적북적 살아야 사는 거 같다던 사람이 32살이 되어서야 독립이라는 걸 하겠다고 전셋집을 계약하고 도배를 했다. 침대, 책상, 책장, 옷장을 샀다. 청소, 빨래, 밥도 이제 혼자 먹어보려고 한다. 불 꺼진 빈집에 혼자 들어가는 두려움도 극복해 보려 한다.

11월부터 160일간의 변화, 거의 매일 글을 쓰고, 새로운 사람들을 만나면서 생각들을 나눴다. 내 안의 나와 끊임없이 대화하고 화해해본 결과, 내 안에는 괴물이나 짐승이 있었던 게 아니었다. 그냥 겁에 질려 담요 뒤집어쓴 어린 시절 내가 있었던 것일 뿐, 나를 겁에 질리게 한 그 세상의 괴물이나 짐승을 '나'로 착각하며 나는 나를 겁냈었다.

'어린 시절의 나가 얼마나 예쁘고 아름다운 아이였는지, 얼마나 가능성이 많고 자신감 넘치던 아이였는지 기억해냈다. 그리고 아직 다는 아니지만, 그 어린 나를 겁에 질리게 했던 것들은 이제 털어내고 사랑하는 사람들과 함께 꽃길을 걸어 보고 싶다.

언제부터였는지 눈을 감은 채 사람들에 떠밀려 돈을 쫓으며 살았다. 그렇게 살아도 살아졌다. 못 살 것이 없다. 다들 그렇게 떠밀려 살아가니까. 그러던 어느 날부터 내 맘이 내 맘 같지 않았다. 두 눈을 감고 걷던 내게 멀리서 봄이 됐다고 다들 봄 꽃잎이 흩날리는 걸 표현하고, 사랑을 노래하는 소리가 들렸다. 내 코에는 꽃향기도, 봄 햇살도 느껴지지 않는데? 갑자기 나도 싱그러운 바람이 부는 나무그늘 아래에서 더위를 피하고 싶어졌다. 걷다가 지친 건가? 내가 지금 어디쯤 걷고 있는 거지? 뭐지? 얼마나 더 가야 하지? 갑갑함, 답답함을 비로소 느꼈다. 하지만 눈을 뜰 수는 없었다. 눈을 뜨고 살아갈 자신은 아직 없었다. 눈을 감을 때보다도 더 세상은 무서워졌다고 하고, 각박해졌다고들 하니까. 눈을 감아 버린지도 너무 오래돼서 겁이 났지만, 갑갑함을 느낀 이상 이대로 있을 수는 없었다. 더 이상 떠밀려가지 말아야지, 걸어야지. 좋은 소리, 좋은 향기가 나는 쪽으로 용기 내 조금씩 걸어보기 시작했다. 그랬더니 누군가 내 손을 잡아주었다. 그 따뜻한 손을 따라 발을 맞춰 천천히 걸어갔더니 꽃향기가 났고, 햇살의 따스함이 느껴졌다.

내 남은 손을 가져다가 나무의 밑둥을 만져 보게 했다. 지금 눈을 떠서 세상을 볼까? 다른 이들이 한 번씩, 한 번씩, 내 손을 잡았다 놓으며 응원과 위로 격려와 공감을 해주었다. 그들에게 너무 감사했고, 눈을 뜨고 싶은 마음은 더욱 간절해졌다. 마침내 나는 눈을 떴다. 몇십 년도 더 전부터 감고 있던 두 눈은 아직 적응 중이다. 세상은 많이 변해 있었고, 내 주위엔 눈을 감을 때보다도 더 좋은 많은 이들이 함께였다. 그동안 내 곁에서 내가 더 아프지 않도록 곁을 지켜준 내 오랜 친구들과 가족이 있었다. 눈을 감고 걸었던 시간 동안 하지 못하고, 보지 못한 것을 하는 게 내 인생의 목표가 되었다.

진해 군항제를 창원 산 지 8년 만에 처음 가봤다. 꽃도 꽃이지만 사람들의 표정이 너무 예뻤다. "요즘 애들은 어쩜 저렇게도 잘 찍고 잘 놀지?" 난 언제고 헤어질 텐데 굳이 사진을 찍어서 버리고, 지우고 할 것이 걱정된다며 여태껏 단 한 번도 남자친구들과 사진이라는 걸 찍어본 적이 없었는데, 이 모든 것 하나하나가 다 후회가 됐다. 더 늦기 전에 나도 해봐야지.

나의 인생에도 길고 긴 그 겨울은 끝나고 다시 봄이 왔다. 다른 청춘들은 이미 이러고들 살았을 텐데라는 아쉬움보다는 아직 어떤 이의 눈에는 나도 청춘일 텐데, 지금을 즐기면서 행복하게 당당하게 살아야겠다. 돈 버느라, 사느라, 길들여지느라 하지 못했던 것들을 하면서 매일매일 리즈를 갱신하면서 웃으면서 떠밀려서, 어영부영 대충 살지 말고 하고 싶은 거 하면서 살기 위해 열정적으로 열심히 매 순간순간 온 마음을 다해 살아야지. 진정한 삶의 가치를 만들고, 살아있는 이유를 찾아가는 가장 나다운 삶. 언제 죽어도 후회 없을 멋진 삶을 살다 가야겠다.

이제는 술기운이 필요 없는 세상에 와있다. 한 걸음 한 걸음 내 마음이 시키는 대로 더 이상 핑계 대지 않고, 미루지 않고 걸었더니 이곳이었다. 내일도 오늘처럼 걷는다면 나의 10년 뒤엔 어떤 모습으로 어디에 서 있을까? 설레서, 뜨거워져서 잠 못 이루는 밤들이 이어져 이젠 어떤 계절이 와도 나만의 방식으로 즐길 수 있기를 기도해본다.

말하는 대로 말하는 대로
될 수 있다곤 믿지 않았지
믿을 수 없었지
마음먹은 대로 생각한 대로
할 수 있단 건 거짓말 같았지
고개를 저었지

그러던 어느 날 내 맘에 찾아온
작지만 놀라운 깨달음이
내일 뭘 할지 내일 뭘 할지 꿈꾸게 했지

사실은 한 번도 미친 듯 그렇게
달려든 적이 없었다는 것을
생각해 봤지 일으켜 세웠지 내 자신을

말하는 대로 말하는 대로
될 수 있단 걸 눈으로 본 순간
믿어보기로 했지
마음먹은 대로 생각한 대로
할 수 있단 걸 알게 된 순간
고갤 끄덕였지

― 처진 달팽이, '말하는 대로' 중에서

사람이 답이다